WANDA MARKOWSKA · ANNA MILSKA

MONDMÄRCHEN

ILLUSTRIERT VON WALDEMAR ANDRZEJEWSKI

AUS DEM POLNISCHEN ÜBERSETZT VON IRMGARD LUFT

NASZA KSIĘGARNIA ·
WARSZAWA 1979

Originaltitel: BAŚNIE KSIĘŻYCOWE

HERR TWARDOWSKI AUF DEM MOND

Die Leute erzählen, vor Jahren habe in Krakau unweit des Schloßtors, der Grodzka Brama, ein großer Zauberer gewohnt, der Twardowski hieß. Väterlicher- wie mütterlicherseits entstammte er edlem Geschlecht, doch hatte er von Kindheit auf, statt sich in Ritterspielen zu üben, die Zeit über Büchern verbracht und Weisheit gesucht. Ruhm erwarb er im ganzen Königreich und außerhalb seiner Grenzen, so groß und furchtbar war seine Zaubermacht.

In alten Büchern hatte er gelesen, wie man den Teufel aus der Hölle zitieren kann, und so begab er sich denn in einer Neumondnacht auf den Kremenki oder Feuersteinberg bei Podgórze, um auf dem Kreuzweg inmitten der Felsen den Bösen zu rufen mit geheimnisvollen Beschwörungen. Laut schrie er den Teufelsnamen dreimal in alle vier Himmelsrichtungen, dann wandte er sich um und harrte, was wohl geschähe.

Mitternacht schlug es, als sich der Teufel ihm zeigte. Fremdländisch gekleidet war er, trug einen kurzen Frack, wie die Deutschen, ein langes Wams, das bis zum Bauch reichte, kurze Pluderhosen und Schuhe mit goldenen Schnallen. Man hätte ihn für einen jungen Herrn halten können, einen Höfling aus einem fremden Königreich, doch unter dem Spitzhut schauten Hörner hervor, zwischen den Frackschößen hing ein buschiger Schwanz, aus den Schuhen drangen die Hufe und schiefen Klauen.

Gar tief verbeugte er sich vor Herrn Twardowski, ganz tief, schier bis zum Erdboden, schwenkte den Spitzhut mit der Hahnenfeder und sprach mit honigsüßer Stimme:

„Du hast mich gerufen, Herr. Hier bin ich auf dein Geheiß. Beelzebub persönlich sandte mich, dir getreulich zu dienen."

„So höre denn, Teufelsbrut", versetzte Herr Twardowski. „Bis aufs Jota sollst alles du erfüllen, was ich nur ersinne oder erträume, im Augenblick sei es geschehen. Gehorchst du nicht, Teufel, so wirst du es bitter bereuen, denn bekannt ist mir der magischen Beschwörungen Gewalt, und damit werde ich dich im Zaum halten, werde dir so zusetzen, daß du unter meinen Stock winselst."

Der Teufel warf den Schweif herum, legte die Ohren an und quiekte mit durchdringender Stimme:

„Befiehl nur, Herr, so will ich dein treuester Diener sein, alle deine Wünsche werde ich erfüllen, alle Launen und Kapricen, Macht will ich dir geben über die Menschen und alle Welt, Schätze ohne Zahl. Nur einen winzigen Vertrag laß uns schreiben, eine wahre Bagatelle, das ist nun einmal die übliche Formalität. Nichts weiter will ich für all meine Mühen und Geschenke, verschreibe mir nur deine Seele und besiegle dein Einverständnis auf diesem Chyrograph mit deinem Blut."

Der Teufel zog eine lange Pergamentrolle aus der Tasche und schob sie Herrn Twardowski zur Unterschrift hin.

Herr Twardowski ritzte seinen Ringfinger und unterschrieb den Teufelsvertrag mit seinem Blut statt mit Tinte, und er tat dies um so bereitwilliger, als der Vertrag eine Bedingung enthielt, die schien ihm ein gutes Schlupfloch zu sein, um den Teufel übers Ohr zu hauen. Schwarz auf weiß stand nämlich zu lesen, daß der Teufel keine Gewalt habe über Leib und Seele, so lange Herr Twardowski seinen Fuß nicht setze auf römischen Boden.

‚Dumm bist du, Teufel!' dachte er, listig die Augen zusammenkneifend. ‚Bekommst mich wohl nimmermehr in deine Klauen, denn so wahr ich ein Schlachtschitz bin seit Urväter Zeiten, soll mein Fuß niemals römischen Boden berühren.'

Der Teufel entriß ihm das unterschriebene Chyrograph, wedelte mit dem Schwanz, daß die Schöße seines kurzen Frackes emporflogen, und wollte gerade im Erdboden versinken, um im Triumph zu seinem Herrn zu jagen, dem Teufel Beelzebub, und sich seiner Beute rühmen, denn schon wieder war eine Christenseele der Hölle verfallen in Ewigkeit, da packte ihn Herr Twardowski beim Kragen und schrie:

„Holla ho! Mein bist du, Herr Teufel! Jetzt bist du mein Diener, also erfülle meine Befehle. Wohlan, eile sogleich gen Olkusz und schleppe dort alles Silber aus ganz Polen auf einen Haufen und bedecke es sorgsam mit Sand und Felsen, damit es mir die Räuber nicht stehlen!"

Der Teufel flog in die Hölle, seine gehörnten Kollegen zu rufen. Sogleich schwärmten die Teufel in ganz Polen auseinander und trugen von überallher Silber nach Olkusz, einer kleinen Stadt in der Krakauer Wojewodschaft. Dabei gerieten sie gehörig ins Schwitzen, brachen schier zusammen unter der Last des Silbermetalls, aber Herr Twardowski hatte noch immer nicht genug. Endlich hatten sie das gesamte Silber aus dem ganzen Lande zusammengeschleppt, hatten Polen von den Bergen bis hin zum Meere durchforscht, und als sie den letzten Barren ins Olkuszer Land gelegt, mit Sand und Felsgestein bedeckt hatten, da kehrten sie zu Tode erschöpft zurück in die Hölle. Nur Herrn Twardowskis Teufel, noch ganz erhitzt und schweißgebadet wie eine Maus, durfte sich keinen Augenblick Ruhe gönnen, denn wieder mußte er vor seinem Herrn stehen und neuer Befehle harren.

Herr Twardowski aber zwirbelte seinen Schnurrbart und sprach:

„Hast dich wacker gehalten, verehrter Herr Teufel. Nimm also diesen hohen Felsen hier auf deinen Rücken, kehre ihn um und stoße ihn mit der Spitze in den Erdboden neben dem Sandfelsen. Hurtig, mache dich ans Werk!"

Der Teufel stöhnte unter der Last, er ging tiefgebückt, sein Kreuz drohte zu brechen, aber er schleppte den Felsen an die Stelle, die Herr Twardowski ihm gewiesen. Dort rammte er ihn mit dem spitzen Ende ins Erdreich, und jener Felsen steht dort bis auf den heutigen Tag. Da Falken sich auf ihm ihr Nest gebaut, heißt er der Falkenfelsen.

Herr Twardowski sah, daß sich der Teufel gewaltig anstrengte. Also zwirbelte er wiederum seinen Schnurrbart und sprach:

„Siehst du diesen Hahn, der auf dem Zaune kräht? Mach, daß ich auf ihm reiten kann wie auf einem geflügelten Pferdchen."

Diesmal wand sich der Teufel vor Schmerzen, er klatschte in die Hände, schnaufte und japste, doch im nächsten Augenblick schon saß Herr Twardowski auf dem Hahnenrücken, dieser aber schlug mit den Flügeln und flog mit ihm nach Krakau. Das Volk lief zusammen, jedermann riß den Mund auf vor Staunen und starrte das Wunder an. Die Krakauer schüttelten die Köpfe und flüsterten einander zu:

„Teufel aber auch! Daß sie nur schwände, die unreine Kraft!"

Doch da war es Herr Twardowski, der in eigener Person vom Hahn herabstieg, den Schnurrbart drehte und grinste von einem Ohr zum anderen.

„Habt keine Angst, Leute! Kennt ihr mich nicht? Bin doch euer Landsmann, der Magister Twardowski."

Seitdem lebte Herr Twardowski wie ein König. Er brauchte nur mit dem Zauberstab zu winken, schon ging alles in Erfüllung, was er nur verlangte oder erträumte, alles stand ihm zu Gebote. Hatte er Lust, so ritt er auf einem bemalten Pferdchen, flog ohne Flügel durch die Luft, oder er setzte sich unter allgemeinem Gelächter auf den Hahn und ritt ins Schloß, um den König mit Zauberkunststücken zu ergötzen.

Gold besaß er wie Sand am Meer, und Silber konnte er fördern aus seiner Grube bei Olkusz, so viel nur sein Herz begehrte.

Bis er eines Tages auf dem Krakauer Markt dem Töchterlein eines Topfdrehers begegnete, das war gut gewachsen und von wunderbarer Schönheit, witzig und schlagfertig und fürchtete nicht einmal den Teufel.

Just diese Schöne gefiel Herrn Twardowski, und er wollte sie zur Frau nehmen. Das Fräulein jedoch war nicht auf den Kopf gefallen, geschweige den willens, sogleich in den Ehestand zu treten. Sie hatte gelobt, die Hand nur jenem zu reichen, der erriet, welches Tier sie in einem gläsernen Fläschchen aufbewahrte.

Herr Twardowski hüllte sich bis zur Unkenntlichkeit in die Lumpen eines Bettlers, überzog sein Gesicht mit Falten, ließ ein Büschel weißer Haare unter seiner Kapuze hervorlugen und trat in solcher Verwandlung vor seine Auserwählte.

„Schönes Fräulein, willst du mich zum Mann nehmen?"

Beim Anblick des Alten brach das Mädchen in lautes Gelächter aus, es zeigte ihm jedoch das Fläschchen von weitem und fragte mehr zum Scherz:

„Was für ein Tier ist's, das dort sitzt?
Ist es ein Wurm, ein Vogel oder eine Schlange?
Wer's errät, dem will die Hand ich reichen
und sagen: ‚Dieser wird mein Eh'gemahl.'"

Sie hatte diese Worte noch nicht zu Ende gesprochen, da rief Herr Twardowski schon:

„Eine Biene ist es, schöne Schelmin!"

Dem Mädchen fiel das Fläschchen aus der Hand und zerbrach. Herr Twardowski aber lachte.

„Siehst du, meine Schöne, ich habe es erraten, also bereite dich auf die Hochzeit vor, denn meine Frau sollst du werden."

Vor Staunen schlug das Mädchen die Hände zusammen, dann brach es in Tränen aus. Wie sollte man da nicht weinen, wenn man einen alten Großvater in Lumpen heiraten muß!

Herrn Twardowski aber ward beim Anblick seiner in Tränen aufgelösten Angebeteten das Herz weich, er riß die Lumpen von sich, glättete mit einem Zauberspruch die Falten auf seinem Angesicht und stand vor ihr in einem prachtvollen Polenrock mit Pekeschen, eine goldene Kette auf der Brust, die Haare zierlich in Locken gekämmt, in Pluderhosen aus schwarzem Sammet und Schuhen mit diamantenen Spangen.

„Ich bin es doch, fürchte dich nicht. Wirst du erst Frau Twardowska, so soll es dir selbst an Vogelmilch nicht gebrechen, sondern du sollst alles haben, was das Herz begehrt."

Das Fräulein jedoch war stolzen Sinnes, es stemmte die Hände in die Hüften und rief:

„Ich stehe nicht um Euer Gold, auch nicht um Teufelsschätze. Kann mir mein Brot auch selbst verdienen!"

Ein energisches Mädchen war es, alles was wahr ist. Ließ sich nicht in den Brei pusten. Bald nach der Hochzeit hatte sie Herrn Twardowski im Zaum, daß er im ehelichen Gespann dahinlief wie ein geduldiges Schäfchen. Ihres Mannes Teufelsgeld wollte sie nicht nutzen, deshalb stand sie weiterhin in ihrer Marktbude und verkaufte irdene Schüsseln und Töpfe.

Nicht selten geschah es, wenn sie aneinandergerieten, daß es Herrn Twardowski gelüstete, seiner Frau einen üblen Streich zu spielen. Also verwandelte er sich in einen großen Herrn, setzte sich in eine schöne, mit vier Grauschimmeln bespannte Karosse mit einer berittenen Suite im Geleit und befahl, auf den Krakauer Markt zu fahren. Dort hetzte er sein Gesinde auf die Marktbude seiner Frau und gebot seinen Dienern, die zerbrechlichen Tonkrüge in Scherben zu schlagen.

Frau Twardowska erhob Geschrei. Ihr Jammern und Schelten scholl über den ganzen Markt, sie raufte sich die Haare und schalt die Schurken und Taugenichtse, die ihre Ware verdarben, während ihr angetrauter Gatte gemütlich in der Herrenkutsche saß, auf weiche Kissen hingestreckt, und sich ins Fäustchen lachte ob des Getöses seiner Ehehälfte.

Seiner Zauberkunststückchen wegen war er den Krakauern wohlbekannt, auch die Leute von Kielce kannten ihn, denn unweit dieser Stadt, auf der Łysa Góra, pflegte er mit den Hexen Zechgelage und Sabbate zu veranstalten, und an des Königs Hofe weilte er auch. Im Volksmund hieß es, er habe dem in Gnaden herrschenden König Zygmunt August, als diesem die geliebte Gattin Barbara Radziwiłłówna früh verstarb, dank seiner Zauberkraft, mit Sprüchen und einem Zauberspiegel dazu verholfen, ihre Gestalt aus dem Grabe zu rufen, um des Königs Schmerz wenigstens für ein Weilchen zu besänftigen. Der diensthabende Teufel hatte es nicht leicht an seiner Seite, denn sein Herr verfiel auf die seltsamsten Gedanken, und alles war augenblicklich zu erfüllen. Einmal bekam er Lust, Peitschen aus Sand zu drehen, dann wieder ließ er ein stattliches Haus errichten aus Nüssen und Mohnsamen, ein andermal jagte er den Teufel nach Kräutern und Arzneien, die Gesundheit und Leben verliehen, denn er war ein geschätzter Arzt und rettete die Menschen durch seine unfehlbare Kunst vor dem Tode.

Das ging so viele, viele Jahre. Herr Twardowski lebte fröhlich dahin, sein Ruhm wuchs, der Teufel aber wurde immer elender, immer miserabler, denn sein Herr preßte auch den letzten Tropfen Schweiß aus ihm heraus, kein Erbarmen, keinerlei Gnade ward ihm zuteil, und nicht selten geschah es, daß Herr Twardowski, wenn er Schnaps getrunken hatte und gerade bei Laune war, dem Teufel befahl, in Weihwasser zu baden. Ein schlimmeres Bad gab es nicht für eine Teufelskreatur! Vergeblich klagte der Teufel, er winselte, schrie Zetermordio, es half ihm alles nichts, bis an den Hals mußte er ins Wasser hinein. Halb tot ging er aus solch harter Prozedur hervor und zählte die Tage, da er Herrn Twardowski in die Hand bekäme. Hei, zeigen würde er's ihm, gar übel und auf seine Weise würde er ihm mitspielen, ihm alle Mühen und Nöte hundertfach vergelten!

Doch unser Meister dachte mitnichten daran, sich in des Teufels Macht zu begeben. Einst ging er in den Wald, und da er sich just eben mit seiner zänkischen Ehehälfte heftig gestritten hatte, so besann er sich auf sein Zauberstäbchen.

Er schlenderte gerade eine Waldschneise entlang, ging so für sich hin und überlegte, was er wohl anstellen könnte, das die ganze Welt in Erstaunen versetzte.

Da sprang plötzlich der Teufel aus dem Gebüsch und packte ihn am Schoß seines Frackes.

„Habe ich dich endlich, diesmal entkommst du mir nicht!" fauchte er, kratzte ihn gar mit seinen Krallen. „Nach Rom mußt du mit mir, deine Zeit ist um, jetzt bist du mein."

Herr Twardowski schlug um sich, ein zweites, ein drittes Mal, er sprach fürchterliche Beschwörungen aus und schüttelte so den Teufel ab, bis dieser sich unter einer Föhre verkroch. Der Böse knirschte mit den Zähnen, riß vor

Wut die Föhre samt Wurzeln aus und begann damit auf Herrn Twardowski einzuschlagen. Dabei zerschmetterte er ihm das Bein. Trotz der Schmerzen gelang es dem Meister jedoch, den Teufel zu vertreiben. Aber nur unter Aufbietung aller Kräfte schleppte er sich nach Hause, der Ärmste. Da halfen nun keine Beschwörungen und Zauberformeln, dies Andenken an den Teufel behielt er bis ans Lebensende, und die Leute nannten ihn Hinkebein, denn er hinkte sehr.

Nach diesem Abenteuer ließ der Teufel Herrn Twardowski lange Zeit in Ruhe. Die Zeit eilte dahin, ein Jahr nach dem anderen verstrich, bis der Böse des Wartens auf seines Klienten Seele überdrüssig wurde. Also nahm er die Gestalt eines Bediensteten an, erschien bei Herrn Twardowski, verbeugte sich gar demütig und bat im Namen seines Herrn, eines mächtigen Kastellans, der gerade schwer erkrankt war, der ob seiner medizinischen Kunst berühmte Meister möge ihn vor dem Sensenmann retten, der ihn schon am Kragen hielt.

Der verkleidete Teufel wußte die Zunge so geschickt zu wetzen, er flehte den alten Meister an, umfaßte gar seine Knie, rühmte seine Heilkunst in den höchsten Tönen, daß Herr Twardowski die Arglist nicht durchschaute. Er ließ sich erbitten und ritt zusammen mit dem Boten aufs Land zum Gehöft jenes alten kranken Kastellans.

Sie ritten und ritten immer tiefer hinein in den Wald, die Pferde waren schon ganz erschöpft, aber das Dorf kam und kam nicht in Sicht. Endlich ritten sie auf einen breiten Weg, da sahen sie eine Schenke am Rande stehen, hell erleuchtet, sie war voller Leute.

„Bin schon recht müde, da du mich so lange durch diese Wälder führst. Laß uns in dieser Schenke ein wenig verschnaufen", sagte Herr Twardowski zu dem Bediensteten. Flugs sprang dieser vom Pferd, erging sich in Bücklingen, hielt dem Meister höflich den Steigbügel und führte ihn geradenwegs in die Schenke.

Kaum hatte Herr Twardowski den Fuß über die Schwelle gesetzt, da ließ sich ein riesiger Schwarm Krähen, Raben, Eulen und Uhus auf dem Dach der Schenke nieder, die schrien und krächzten, daß alle das Grausen packte, die in der Stube waren.

Twardowski merkte, daß der Teufel ihm einen Streich spielte und ihm Gefahr drohen müsse. Welche aber, das wußte er nicht, er konnte es nur ahnen. Da ward aus dem vornehm gekleideten Diener der Teufel, sein alter, wohlbekannter Beelzebub. Die Schöße seines kurzen Fracks wedelte er mit dem Schwanz empor, schob seinen Dreispitz zurück, daß die Hörner auf seiner

Stirn sichtbar wurden, stemmte die Hände in die Hüften und grinste von einem Ohr zum anderen.

„Ach, Herr Twardowski, hast ja schön an meinen Angelhaken angebissen, wie ein Fischchen. Jetzt bist du nämlich mein. Diese Schenke heißt ‚Rom'!"

Der alte Meister erzitterte vor Grauen, ließ sich aber nichts anmerken.

„Das wollen wir noch sehen, wer obenauf zu sitzen kommt, noch hast du nicht gesiegt, du Teufelsbesen!" rief er und sträubte drohend den Bart. Noch ehe der Teufel es sich versah, war Twardowski zur Wiege gesprungen, hatte das unschuldige neugeborene Kind ergriffen, das darinnen schlief, und schritt mit dem Kind im Arm auf die Tür zu. Just wollte er die Schwelle überschreiten und des Teufels Gewalt entrinnen, der ja kindliche Unschuld fürchtete wie das Feuer, da rief der Teufel hinterher:

„Also könnt Ihr Euer Wort nicht halten, und Ihr wollt ein Schlachtschitz sein?" Und lateinisch fügte er hinzu: „Verbum nobile, debet esse stabile", was auf deutsch heißt: ‚Fest und von Dauer sollte sein eines Edlen Wort'.

Da er diese Worte vernahm, wich Meister Twardowski von der Schwelle zurück wie ein Verbrühter, legte das Kind in die Arme seiner erschrockenen Mutter und sprach zum Teufel:

„Recht hast du, Euer Gnaden, Herr Teufel, so nimm mich denn mit in die Hölle, wie ich dir versprochen, nun hilft mir auch der Herrgott nimmer."

Der Teufel ließ sich das kein zweites Mal sagen, er tat einen Freudenpfiff, sprang hin zu dem alten Meister, packte ihn bei den Frackschößen, und beide flogen durch den Schornstein hinaus in die Luft. Die Krähen, Raben und Habichte erhoben ein dumpfes Krächzen, die Uhus und Eulen begannen zu schreien und umgaben sie in dichtem Schwarme. Plötzlich jedoch kehrten sie zum Erdboden zurück, denn der Teufel stieg mit dem Meister Twardowski immer höher und noch weiter, über die Berge, höher als die Wolken, in Höhen, die nicht einmal der Adler noch der wendigste Falke erreichen.

Da stand schon der Mond über ihnen, riesengroß, silbrig hell, entsetzlich ob seiner Leere und Stille.

Herr Twardowski blickte nach unten auf die Stadt Krakau, den Wawel, das Königsschloß, den Turm der Marienkirche, und alles sah aus der Höhe so schön aus, so vertraut, er schaute also hinunter, und Kummer bedrückte sein Herz.

An seine Jugendjahre mußte er denken, da er den Pakt mit der Hölle noch nicht geschlossen, jenen Vertrag, der ihm zum Unglück gereichte. Er atmete tief und begann zu singen, in einer Wolke den Berg überfliegend, die Erde grünend zu seinen Füßen. Eine fromme Kantilene war es, die seine Mutter ihn gelehrt hatte.

Nachdem er das Lied beendet, gewahrte er mit Erstaunen, daß der Teufel nicht mehr bei ihm war. Allein war er, hing zwischen Mond und Erde, flog nicht mehr höher, sondern schwebte einsam im unendlichen Raume.

Gleichzeitig vernahm er eine gewaltige Stimme:

„So wirst du stehen bleiben bis zum Tage des Jüngsten Gerichts!"

Seither und bis auf den heutigen Tag hängt Herr Twardowski am Monde fest und schaut doch immer mit Sehnsucht zur Erde herab. Aber er ist nicht allein in der Leere und Stille des Mondes. Zusammen mit ihm schaukelt im Windhauch sein liebster Kamerad, Schüler und Herzensfreund, der in eine Spinne verwandelt in sein Gewand gekrochen und mit ihm in die Höhe geflogen war. Von Zeit zu Zeit läßt er sich an einem Spinnwebfaden zur Erde nieder, hört, was die Leute reden, schaut sich an, wie sie leben, schleicht in die Stuben der Gelehrten und Weisen, verfolgt ihre Erfindungen und Erkenntnisse, um dann zu seinem Herrn zurückzukehren und ihm alles der Reihe nach zu berichten. Denn Herrn Twardowski, auch wenn er am Monde hängt, ist die Erde noch immer lieb, und er hört mit Vergnügen, wie die Menschen da unten sich zu helfen und zu raten wissen, und er gibt die Hoffnung nicht auf, daß es ihm eines Tages gestattet wird, nach Krakau heimzukehren, alte Winkel aufzustöbern und auf dem Krakauer Markt Bier zu trinken.

Derlei Geschichten erzählt man sich in Krakau vom Meister Twardowski, ich aber habe sie gesammelt, und was ich hörte, aufgeschrieben.

Wenn ihr einmal den Mond anleuchtet, werdet ihr dort unseren Meister erkennen, sehen, wie er der Spinne sein Ohr leiht und begierig der Kunde lauscht von unserer Erde.

VON DEM FURCHTBAREN DRACHEN UND DEN DREI BRÜDERN – DEM WAGNER, DEM HOLZFÄLLER UND DEM IMKER

Wir wissen's nicht, wo, auch wissen wir nicht, wann, vielleicht vor tausend Jahren, da gab es im tiefsten Urwalddickicht an den schwarzen Wassern das Königreich der Schlangen. Dort herrschte König Viper, gar gewaltig war er, wohl an die hundert Ellen lang, und er hatte einen Drachenrachen. Feind war er der Sonne, dem Mond und den Sternen, er haßte die Erde und verbarg sich in finsteren Höhlen oder Grotten, die das Wasser der Flüsse und Seen gegraben hatte.

Jedesmal aber, wenn er an die Oberfläche kroch, da blendeten Sonne, Mond oder Sterne seine Augen, die an die Finsternis gewöhnt waren. Endlich beschloß König Viper, jenen feindseligen Lichtern aufzulauern, sie herunterzureißen und sie in seinen unterirdischen Höhlen aufzuhängen.

Einst, als die Sonne im Westen ganz niedrig über dem Erdboden stand, da schnellte Viper in voller Länge empor, erreichte mit der Stirn das Himmelsgewölbe, riß die Sonne in seinen Rachen und verbarg sie tief unter dem Erdboden in seinem Königreich. Dann lauerte er auch dem Mond auf, und schließlich riß er jede Nacht ein paar Sterne vom Firmament, bis am Ende der Himmel finster war und leer wie ein Abgrund.

Ein großes Unglück war das für alle Menschen. Statt der hellen Sonne, der funkelnden Sterne und des Mondes Silberschein hing schwarze Nacht über der ganzen Erde.

Am Rande des Urwaldes lebte der Hirt Kostryn mit seinen drei Söhnen. Der älteste war ein Wagner, der mittlere ein Holzfäller, und der jüngste war Imker.

„Liebe Söhne", sprach der Vater zu ihnen, „wenn ihr nicht den König Viper tötet und Sonne, Mond und Sterne befreit, dann wird niemand auf Erden dazu imstande sein, so lang und breit sie ist. Am stärksten seid ihr und gar geschickt, meine ganze Hoffnung setze ich auf euch, daß ich die helle Sonne am Himmel erblicke, die funkelnden Sterne und des Silbermondes Sichel, ehe ich die Augen schließe."

„Na, dann wollen wir es einmal versuchen mit dem König Viper, Väterchen, wenn es dein Wille ist", sagten die Söhne, verneigten sich bis zum Gürtel vor dem Vater und gingen auf die Weide.

Der älteste Sohn suchte sich einen Rappen aus, der mittlere einen Kastanienbraunen und der jüngste einen Grauschimmel.

Die Brüder bestiegen ihre Pferde, nahmen ihre Bögen, spannten sie und zielten lange, sehr lange, bis drei Pfeile davonflogen. Der erste Pfeil, jener vom Bogen des Wagners, blieb im Stamm einer Kiefer stecken, der zweite Pfeil, jener des Holzfällers, drang in den Stamm einer weißen Birke, während der dritte, des Imkers Pfeil, in einer Eiche festsaß.

Der Wagner, der älteste Bruder, ritt davon, bis er beim Kiefernwald anlangte.

Der Holzfäller, der mittlere Bruder, wandte sich nach links und hielt sein Pferd im weißen Birkenwalde an.

Der jüngste Bruder, der Imker, jagte auf seinem Grauschimmel hin zum Eichenhain.

Im Kiefernwald rauschten die Bäume, sie rauschten und schüttelten ihre Kronen. Sie hatten Kostryns ältesten Sohn erblickt.

„Oho! Schaut her! Der Wagner sitzt auf dem Rappen mit dem Bogen über der Schulter und der Keule in der Faust. Sicher will er sich mit König Viper schlagen", flüsterten die Kiefern einander zu und wiegten ihre Wipfel im Winde. „Warnen muß man ihn vor unbedachtem Schritte, denn gut Freund ist er mit den Bäumen. Schöne Räder fertigt er für die Menschen, dank seiner Hilfe hat so manche unserer Schwestern die weite Welt gesehen, der Wunder viele geschaut. Nicht weiter reiten soll er, denn er wird umkommen. Nicht er wird den König der Schlangen bezwingen."

Eine junge Kiefer, die am Wegrand wuchs, begann so stark zu schwanken, daß der Rappe wie festgewurzelt stehen blieb.

„Wo jagst du hin, halt inne! Rasch kehre um. Dort harrt deiner das Verderben!" rief die Kiefer. Der Rappe hörte die Warnung, denn wie alle Tiere verstand er die Sprache der Pflanzen und Bäume.

Es halfen weder Bitten noch Drohungen, das Pferd rührte sich nicht vom Fleck, stand da, als wäre es festgeschmiedet auf dem Pfade.

Ob er nun wollte oder nicht, Kostryns ältester Sohn kehrte nach Hause zurück und erzählte dem Vater alles der Reihe nach:

„Der Rappe weigerte sich, stemmte sich mit allen Vieren gegen den Erdboden, keinen Schritt wollte er weiter reiten, so sehr ich ihn auch bat, anflehte und schließlich gar mit der Peitsche auf ihn einschlug, es nutzte alles nichts. Offenbar ist es mir versagt, König Viper zu töten." Der Wagner war tief betrübt.

„Versagt ist es dir offenbar, Söhnchen", sagte der alte Kostryn und strich sich den grauen Bart.

Im weißen Birkenwäldchen hielt der mittlere Bruder, der Holzfäller, sein Pferd an, nahm ihm das Zaumzeug ab und ließ es weiden, denn es sollte sich ausruhen nach langem Wege und Kräfte sammeln vor dem Kampfe. Das Pferdchen zupfte Gras, es spitzte die Ohren, fing jedes Geräusch ein. Dá hörte es, wie die Birken miteinander redeten:

„Schaut einmal an, seht her, das ist ja wohl der mittlere Sohn des Hirten Kostryn, der da in unserem Wäldchen Einkehr hält. Finster ist es hier, auch wenn man die Augen in die Hand nähme, man sähe nichts, seit König Viper die Sonne stahl. Ich aber erkenne ihn wohl, ist er doch häufiger Gast im Walde. Alte Bäume und Stümpfe rodet er, das Holz behaut er mit seiner Axt. Wir alle hier im Birkenwald fürchten ihn, in Todesangst erzittern unsere Blätter! Aber warum trägt er einen Bogen über der Schulter und eine Keule in der Faust? Sicher will er gegen König Viper ziehen. Ahnt nicht, daß Verderben dort seiner harrt, sterben wird er, vom Schlangenkönig umwunden. Doch das Pferdchen tut uns leid, wir müssen es warnen."

Das Pferdchen hatte der Bäume Gespräch verstanden, also lief es zu seinem Herrn, fuhr ihm mit den Nüstern über die Stirn, als bäte es ihn um etwas.

„Na, ich sehe, du hast dich sattgeweidet." Der Holzfäller lachte und saß auf.

„Nun, mein Pferdchen, spring, Galopp! Fliege hin zur Schlangenhöhle", rief er.

Aber was war denn das?

Nicht einen Schritt vorwärts gehen wollte der Kastanienbraune, mit allen Vieren stemmte er sich gegen den Erdboden und rührte sich nicht von der Stelle. Auch als sein Herr zur Peitsche griff, blieb er stehen wie eine Eiche, und endlich jagte er im Galopp zurück! Staub wirbelte auf unter seinen Hufen. Erst vor Kostryns Hütte blieb er stehen.

Was sollte der mittlere Bruder tun? Voll Kummer und Scham betrat er das väterliche Gehöft, setzte sich auf die Bank in der Stube und erzählte dem Vater alles, wie es gewesen war, der Reihe nach.

„Es ist mir wohl nicht bestimmt, König Viper zu töten, der Kastanienbraune wollte auf keinen Fall hinreiten", brummte der Holzfäller in seinen Bart.

„So ist es, mein Sohn", versetzte der alte Kostryn. „Es ist dir offenbar nicht bestimmt."

Auch Kostryns jüngster Sohn brach auf. Ritt auf seinem Grauschimmel hin zum grünen Eichenhain. Haushohe Eichen standen da in der Finsternis, ihre Blätter rauschten. Der Grauschimmel spitzte die Ohren und lauschte, was sie untereinander sprachen.

„Wer reitet da unten auf einem grauen Pferd?" fragte eine Eiche die andere. „Ist es nicht Kostryns jüngster Sohn?"

„Ja, er ist es." Die Eichen schüttelten ihr mächtiges Geäst. „Der Imker ist es. Wir kennen ihn wohl, denn oft sammelte er den Honig der Wildbienen im Walde, Stöcke, Nester baute er ihnen, neue Schwärme siedelte er an, als die Sonne noch schien und die Sterne nachts am Himmel blinkten. Aber warum trägt er den Bogen auf der Schulter und die Keule in der Faust? Will er gegen König Viper ziehen? Er weiß nicht, daß weder Pfeil noch Keule den König der Schlangen töten. Einen Bienenschwarm muß er um Hilfe bitten. Nur die Bienen können den König Viper bezwingen."

„He, Grauer, bleib stehen!" knarrte mit aller Kraft eine stämmige Eiche und streifte das Pferd gar mit einem Zweig. „Trabe nach links, hin zum See. Dort findest du einen verrotteten Baumstumpf am Ufer, darin einen Wildbienenstock. Sage den Bienen, sie mögen deinem Herrn zu Hilfe kommen. Auch sie hassen König Viper, denn seinetwegen können sie weder Nektar noch Blütenstaub sammeln aus den Blumen, sie haben keinen Honig, und Hunger droht ihnen."

Der Graue legte die Ohren an und trabte hin zum See. Vergebens suchte der Reiter ihn anzuhalten, wie besessen jagte das Pferd den Waldpfad entlang, erst am See ward sein Lauf langsamer, und es begann die Baumstämme zu beschnuppern, die da am Ufer wuchsen.

Endlich blieb der Grauschimmel stehen und wieherte dreimal. Der erstaunte Reiter zog die Zügel straff, wollte das Pferd mit Gewalt zur Umkehr bewegen, aber dieses, als hätte es seines Herrn Befehl nicht verstanden, wieherte erneut dreimal, und das Echo trug seine Stimme durch den Wald. Offenbar hatten die Bienen des Pferdes Sprache vernommen, denn plötzlich begann es ringsum zu summen, zu brummen, und tausende Bienen flogen aus dem Stock heraus. Sie umkreisten den Reiter und entschwirrten geradenwegs zu des Schlangenkönigs Höhle.

Der Graue folgte ihnen im Galopp! Nun hatte der Reiter keine Mühe mehr mit ihm, denn das Pferd jagte hin zum Königreich der Schlangen, als wären Flügel ihm gewachsen.

Nicht lange ritten sie, aber auch nicht kurze Zeit, just so lange, wie zu reiten war, da standen sie vor des Schlangenkönigs Höhle. Die Bienen hatten sich zur Wolke geballt am Eingang und schärften ihre Stacheln zum Angriff auf den Feind.

Neunmal wieherte der Grauschimmel. Nach dem neunten Mal schaute der furchtbare flache Kopf König Vipers aus der schwarzen Drachenhöhle. Auf der Stirn gleißte ihm in der Finsternis das Königsdiadem.

„Wer wagt es, meine Ruhe zu stören, in meinem eigenen Hause?" zischte Viper unheilverkündend, langsam vorwärts gleitend, wobei er seines riesigen Leibes Ringe auseinander und dann wieder zusammenzog.

Kostryns jüngster Sohn riß den Bogen von der Schulter, Pfeil um Pfeil schoß er ab, doch keiner traf das Ungeheuer, denn es fiel dem Imker schwer, im Dunkeln zu zielen.

Das Pferd zitterte vor Angst, Schweiß bedeckte seinen Rücken. Immer rascher glitt König Viper heran, immer schneller, da, er war schon ganz nahe, nur noch ein Weilchen, da würde er beide erdrücken, den Reiter und das Pferd.

Der Imker schwang seine Keule, ließ sie genau auf den Schlangenschädel sausen, aber das Holz prallte daran ab wie von Eisen und zersprang in zwei Hälften.

‚Na, jetzt ist der Tod mir sicher', dachte der Jüngste, ‚vielleicht kann wenigstens der Grauschimmel dem Ungeheuer entkommen. Nur nicht in seine Augen schauen! Kein Pferd, kein Vogel, auch kein Mensch oder sonst irgendein Geschöpf bliebe da wohl am Leben. Unbeweglich stünde es da, halbtot vor Entsetzen, so furchtbar ist die Gewalt der Schlangenaugen.'

Der Imker fühlte, daß sein Grauer sich schon keinen Schritt mehr bewegte, er zitterte am ganzen Leibe vor Schrecken, König Vipers Zauber begann zu wirken.

Da fing es an zu summen, zu brummen ringsum, wie eine finstere Wolke fiel es über den Schlangenkönig her. Seines Diadems Lichtstrahl verlosch, der gewaltige Schlangenkörper warf sich hilflos hin und her, denn Viper erkannte den Feind nicht, der ihn so schmerzhaft verwundete. Lange noch schlug Viper mit seinem Schwanz um sich, rollte über den Erdboden, daß der ganze Wald dröhnte, bis er endlich leblos unter einem Baum darnieder sank. Die Bienen

begannen vor Freude zu tanzen, die Vögel, eben noch stumm in der Finsternis, stimmten ein Hochzeitslied an, der Wald belebte sich, die Baumwipfel huben an zu rauschen von einem Ende des Urwalds zum anderen, trugen Kunde davon vom Tode des schrecklichen Unholds.

Mutig betrat Kostryns jüngster Sohn die Schlangenhöhle, befreite Sonne, Mond und Sterne aus den Schlingen und ließ sie hinaus in die Freiheit.

Sogleich entschwand die helle Sonne zur Höhe empor, hängte sich wieder am Himmel fest, wobei sie mit ihren goldenen Strahlen die ganze Welt erleuchtete, und ihr folgten eilends der Mond und die Sterne, um auch des Nachts die Erde mit ihrem Lichtschein zu beschenken. Oho, Freude herrschte da auf der Erde, alle waren sehr froh.

Der jüngste Sohn kehrte in des Vaters Hütte zurück und verneigte sich vor dem alten Kostryn bis zum Gürtel.

„Sei gegrüßt, Söhnchen", sagte der Alte. „Ich wußte es ja, einer von euch muß König Viper bezwingen, und du hast ihn besiegt."

„Nicht ich habe ihn besiegt, die kleinen Bienen waren es", versetzte der Jüngste, „und mein lieber Grauer war auch dabei. Ohne ihre Hilfe hätte Viper mich verschlungen samt Pferd, Finsternis und Trauer aber hätten die Erde beherrscht."

VON DEM ARMEN WAISENKIND UND SEINEM BRUDER, DEM IWASJ, DIE DER MOND ZU SICH NAHM

Vor langer, langer Zeit, da lebte einmal ein Waisenkind, weder Vater noch Mutter hatte es, ein armes Ding, ein Jammer war's, es anzuschaun. Bei den Reichen diente es in den Hütten, wiegte die Kinder, hütete die Gänse, war mutterseelenalleine draußen in der Steppe, denn die Hausfrau hatte es hinausgejagt, das Vieh zu holen.

Einmal, das war ein strenger Winter, und klirrender Frost stand draußen auf dem Hofe, eisiger Wind pfiff durch alle Ritzen, daß die Welt gar schrecklich anzusehen war, da schickte die Hausfrau das Waisenkind nach Wasser zum Eisloch an den Fluß.

Das Mädchen nahm das Tragjoch mit den Eimern und ging zum Fluß. Dämmerung brach herein, und im Osten zog des Mondes runde Scheibe herauf. Es fror Stein und Bein, der Schnee knirschte unter den Füßen, und Sturmwind erhob sich mit solcher Gewalt, daß er das Kind fast umgerissen hätte. Endlich stand es am Flusse. So weit das Auge reichte, war das Flußbett zugefroren, schneeweiß, nur Wolfsspuren waren im Schnee zu erkennen. Kein Mensch weit und breit.

Das Waisenkind blieb am Eisloch stehen und bückte sich, um Wasser in den Eimer zu schöpfen. Da rutschte es auf dem Eis aus, das arme Ding, und fiel in den Fluß. Entsetzt schrie es auf, griff nach den scharfen Kanten am Rande des Eisloches, und endlich gelang es ihm, mit dem Rest seiner Kräfte und mit blutenden Händen wieder an die Oberfläche zu gelangen.

Zitternd wie Espenlaub begann es um Hilfe zu rufen, aber niemand hörte des Kindes Stimme. Der Frost drang ihm in alle Glieder, augenblicklich glich es einer weißen Eissäule, die nassen Lumpen wurden hart wie Blech, und die Kälte griff ihm ans Herz.

Im Schein des aufgehenden Mondes fiel das Mädchen in den Schnee, die Augen nach oben gerichtet, als erhoffte es sich Hilfe aus der Höhe.

Da erblickte es der helle Mond und erbarmte sich seiner. Er streckte die

Strahlenhand aus und trug es zur Höhe empor, auf die Himmelswiesen, in sein Königreich.

Als der Abend hereinbrach und das Waisenkind vom Fluß nicht heimkehrte, sagte die Hausfrau zu ihrem Mann:

„Geh zum Eisloch, sieh nach, was dem ungeschickten Ding passiert ist, es kommt und kommt nicht zurück, und ich brauche Wasser fürs Abendbrot. Na, der werde ich's zeigen, hat sich bestimmt wieder am aufgehenden Monde festgeguckt, wie es schon mehrmals geschah. Ach, eine Strafe ist's mit diesem Mädel!"

Der Hausherr ging zum Eisloch, da sah er die Eimer umgestürzt im Schnee liegen und das Tragjoch hingeworfen, im Eis festgefroren, das Eisloch am Ufer lang ausgebrochen, als wäre jemand auf den Schnee gekrochen, und sehr viele Wolfsspuren ringsum.

‚Aha, die Wölfe haben das arme Ding gefressen', dachte der Hausherr, kratzte sich verdrießlich den Kopf und ging in die Hütte zurück.

Weder der Mann noch die Frau machten sich lange Gedanken, weil das kleine Waisenkind verschwunden war, denn sogleich erschien ein anderer Diener zu ihrer Hilfe. Keiner weinte ihm auch nur eine Träne nach, und niemand wußte, wo das arme Ding sein Ende gefunden hatte.

Aber das Waisenkind hatte einen einzigen Bruder in der weiten Welt. Iwasj hieß er. Vor langer Zeit war er aus der Eltern Hütte hinausgezogen, Brot zu suchen. Das ganze Land hatte er durchwandert, von der gefrorenen Tundra im eisigen Norden bis hin in die Steppen und Weizenfelder, und am Ende war er ins Heimatdorf zurückgekehrt. So arm wie eh und je kam er zurück, als er der Eltern Hütte verlassen, unter Tränen Vater und Mutter und dem Schwesterchen Lebewohl gesagt hatte.

Nun fragte der Iwasj jeden, wo sie hin wären, wo die elterliche Hütte abgeblieben war, wo die Eltern waren und seine einzige Schwester.

„Deine Eltern sind schon lange tot, nur das Waisenkind haben sie in der Hütte zurückgelassen", sagten die Leute.

„Aber wo ist sie denn, meine Schwester? Bringt sie mir her. Die einzige ist sie doch nun auf der Welt, die mir geblieben", bat der Bruder.

„Da drüben in der Hütte hat sie zuletzt gedient, deine Schwester, das unglückliche Waisenkind, von dort ist sie bei strengem Frost ans Eisloch nach Wasser gegangen. Ist sicher in den Fluß gefallen und ertrunken, die Arme, oder die Wölfe haben sie zerrissen, denn sie hatten viele Spuren am Ufer hinterlassen", erzählte ihm endlich ein alter Mann mit einer abgeschabten Lammfellmütze auf dem Kopfe.

Iwasj brach in Tränen aus, da er diese Worte vernahm, und dann ging er an den Fluß, sah ins dahinströmende Wasser, hielt Ausschau nach dem Bild seiner einzigen Schwester. Ihm schien, als murmelten ihm die Wellen gar seltsame Worte zu:

„Deine Schwester lebt,
Silberlicht trinkt sie,
Weit oben, in der Höhe,
Kaum das Auge sie erreicht!"

Der gute Bruder freute sich über die frohe Kunde und beschloß, seine Schwester zu suchen in aller Welt.

Er ging und ging und ging immer weiter, durch dichten Laubwald, finsteren Fichtenwald, die drohende, ewig gefrorene Tundra. Blieb auf dem Pfad stehen und fragte eine hohe Tanne, die alle übrigen Bäume im Urwald überragte;

„Tanne, silberne Tanne, hast du nicht mein Schwesterchen gesehen, von weitem oder aus der Nähe, hast du mein Schwesterchen nicht gehört in des Sturmwindes Sausen, das unglückliche Waisenkind?"

Die Tanne schüttelte ihren grünen Wipfel, der bis an die Wolken reichte, breitete ihre Zweige aus und begann leise zu rauschen:

„Hab dein Schwesterchen, das Waisenkind, nicht gesehen, doch Nachricht von ihm gab mir jene riesige Buche, deren rotes Laub vom Berghang herüberleuchtet. Viel höher ist sie als ich, schaut weiter ins Land hinein und hört mehr, geh hin und frage sie!"

Also ging Iwasj zur Buche hin, blieb an ihrem Fuße stehen, streichelte die helle, glatte Rinde und bat:

„Buche, rote Buche, sag mir, hast mein Schwesterchen du nicht gesehen, das Waisenkind?"

„Sah es im harten Winter", begann die Buche zu rauschen mit ihrem Laub, „wie es mit Tragjoch und Eimern zum Eisloch ging, doch entschwand es mir aus den Augen, und ich weiß nicht, was mit ihm geschah. Aber gehe an den Fluß, geh hin zur Weide, sie wächst dort nahe am Ufer, sicherlich hat sie alles gehört, alles gesehen. Die Weide, mein Junge, wird dir sagen, wo deine Schwester ist, das Waisenkind."

Iwasj ging zur Weide an den Fluß, streichelte ihre langen, hellgrünen Ruten und bat:

„Weide, Trauerweide, hast du meine Schwester nicht gesehen, das Waisenkind, wie sie im Winter Wasser aus dem Eisloch schöpfte?"

„Hab' es gesehen, das arme Ding, wie es halbtot, frostzitternd, ganz durchfroren aus dem Eisloch ans Ufer kroch, sich an meinen Ruten festhielt und kraftlos in den Schnee fiel. Da nahm der lichte Mond dein Schwesterchen in seine Arme und trug es empor in die himmlischen Steppen. Seitdem wohnt sie dort mit ihm, läuft in seinem Königreich herum und hält immerzu Ausschau nach unserer Erde. Dich sucht sie wohl, ihren Bruder, denn Nacht für Nacht wiederholt sie deinen Namen, Iwasj!"

„Was du nicht sagst! Meinen Namen nennt sie, auf dem Monde wohnt sie?" Der Bruder freute sich, dankte der Weide für so freudige Kunde und ging seinen Weg weiter, flüsterte vor sich hin: „Wunder, o Wunder über Wunder!"

Als es Nacht wurde und der Mond am Himmel erschien, da schnitzte sich Iwasj aus biegsamem Holz einen Bogen und weitreichende Pfeile, befestigte an einen Pfeil schwarze Rabenfedern, band sich selber mit einer langen Leinenschnur daran fest, spannte so kräftig den Bogen, daß er schier zerbrochen wäre, und schoß den Pfeil in den Himmel.

Weithin schwirrte der Pfeil, trug auch den Iwasj mit sich davon in die Ferne, den guten Bruder, der seine Schwester suchte, das Waisenkind. Fast war er schon an des Mondkönigreiches Grenze angelangt, da begann er plötzlich wieder herunterzufallen, auf die Erde zurück, denn zu groß war die Last, sie bremste seinen Himmelsflug. Iwasj band sich, noch in der Luft hängend, mit einem festen Tau an einen anderen Pfeil, den er vorbereitet hatte, und schoß ihn vom Bogen ab.

Der zweite Pfeil war mit weißen Schwanenfedern geschmückt. Empor schwirrte er, flog quer durch die Wolken, höher, immer höher, bis er des Mondes Haustürschwelle erreichte.

Iwasj sprang auf, sah sich um, rieb sich die Augen gar ob des starken Lichtscheins, da lief auch schon die Schwester auf ihn zu, warf sich weinend in seine Arme.

Oho! War das ein freudiges Wiedersehen!

Der lichte Mond aber hatte die beiden Waisenkinder erblickt, er lächelte, zwirbelte seinen silbernen Schnurrbart und strich sich zufrieden über die Glatze.

„Bleibst hier bei mir für immer, wirst im Mondland mit mir die Wirtschaft führen, habe ich recht, Iwasj?" fragte die Schwester den Bruder. „Wozu sollst du die Welt durchstreifen?"

„Freilich bleibe ich", sagte der Iwasj. „Werde deinem Herrn schon zu irgendwas nütze sein. Arbeit gibt es doch hier in Fülle?"

„Ja, es ist allerhand zu tun", antwortete die Schwester und wischte sich die Freudentränen ab mit dem Schürzenzipfel. „Doch ein guter Mann ist er, unser Hausherr, gar freundlich, tut niemandem ein Leid, gönnt jedem, was er braucht. Viel Arme sind hier, kraftlose Greise, und wieviele verlassene Waisen bei ihm Speise und Trank empfangen! Jeden nimmt er in seinen Schutz, für jeden findet er ein Schüsselchen Suppe und ein Dach über den Kopf. Noch so einen Mann, wie den Mond, findest du am ganzen Himmel nicht!"

Der Mond vernahm diese Worte, denn er saß gerade auf der Bank im silbernen Garten unter dem Apfelbaum, lächelte, drehte seinen Schnurrbart und strich zufrieden über seine Glatze.

„Am meisten Angst habe ich immer bei Neumond", begann die Schwester dem Bruder zu erzählen. „Dann schläft der Mond, und man darf ihn nicht wecken, aber es herrscht so schwarze Finsternis, so dicht und dunkel wie Teer. Wie oft, wenn ich das Haus und des Mondes Schlaf bewachte, kam mich eine solche Furcht an, Ängste stand ich aus, daß ich's gar nicht erzählen mag... Aber jetzt werde ich mich nicht mehr fürchten", setzte sie flüsternd hinzu. „Von nun an werden wir beide wachen in der Neumondzeit, denn du bleibst doch bei mir, Brüderchen, stimmt's? Sag es noch einmal, daß du für immer hierbleibst und mich nie wieder verläßt."

„Bleiben, ja, das möchte ich wohl, wenn mich dein Herr nur als Knecht brauchen kann."

Bei diesen Worten erhob sich der Mond von der Bank, auf der er in der Abendkühle zu ruhen pflegte, ehe er zur Fahrt aufbrach über seine himmlischen Felder, und trat in die Stube, den kahlen Kopf tief herunterbeugend, denn er war von hoher Statur, und sprach:

„Ich habe euer Gespräch gehört. Du brauchst keine Befürchtungen zu hegen, Arbeit habe ich genug für alle, die keine Arbeit scheuen. Verstehst du dich darauf, Iwasj, die Pferde zu versorgen, die Stuten zu hüten mit den Fohlen?"

„Das kann ich!" Iwasj sprang auf die Füße und stand vor dem Monde, hochaufgerichtet wie eine Kerze. Dennoch reichte er ihm nur bis unter die Achselhöhle, obwohl er ein schmucker Bursche war, kein Kümmerling.

„Dort unten, auf der Erde, habe ich nicht selten gedient in den Herrenställen."

„Also betreue jetzt meine Pferde", versetzte der Mond gutmütig und strich seinen Bart. „Deine Schwester aber wird sich nicht mehr vor dem Neumond fürchten", fügte er lächelnd hinzu und wandte sich zum Gehen. „So lebt denn wohl, meine Lieben, für mich ist es an der Zeit. Die Schwester wird dir die Ställe zeigen, die Hengste, die Stuten und die Fohlen. Von morgen an, wenn du dich ausgeruht hast, kannst du dich gleich an die Arbeit machen."

Mit diesen Worten trat der gute Hausherr aus der Hütte, und wenig später vernahmen die Geschwister Räderrollen. Der Mond war zur Himmelsumfahrt aufgebrochen.

Seitdem blieb Iwasj mit der Schwester in des Mondes Diensten, die beiden wohnen dort und kehren nicht mehr auf die Erde zurück, weil es ihnen gut geht und sie keinerlei Unrecht erfahren. Nur manchmal an den Abenden schauen sie aus der Höhe auf die Erde nieder, Sehnsucht haben sie und ein paar Tränen vergießen sie, wenn sie ihrer alten Eltern Gräber da unten erspähen, am Waldrande auf dem Dorfanger.

WIE SONNE UND MOND UM DIE SCHÖNE ZAIRA WARBEN FÜR DEN PRINZEN AUS DEM WESTEN

Einst lebte ein stolzer Herrscher auf einem hohen Schlosse, gar mächtig war er. Vor seinem Throne verneigten sich die Könige und Fürsten der Nachbarländer, seiner Taten Ruhm drang bis zu den Sternen, Sonne und Mond aber waren ihm freund. Im Schatten seiner Größe lebten viele Menschen, die rühmten seinen Mut, seine Gerechtigkeit und Weisheit.

Als dem König das Alter die Schläfen versilberte und seine Kräfte abnahmen, da rief er seinen einzigen Sohn, den er mehr liebte als sein Leben.

Da nun der Prinz vor seines Vaters Thron stand, sprach der König zu ihm:

„Mein Sohn! Die Zeit meines Lebens wird sich in Kürze erfüllen. Bald schon werde ich fortgehen von dieser Erde und dir meinen Thron und das Königreich hinterlassen. Für dich ist es Zeit, ans Heiraten zu denken, damit unser uraltes Geschlecht nicht ohne Nachkommen bleibe."

„Mein Vater und König!" antwortete der Sohn, ein schöner Jüngling und stolz wie ein Bergadler. „Unter den Fürstentöchtern und Prinzessinnen in aller Welt weiß ich keine, die mein Herz bewegen könnte."

„So höre, mein Sohn", sprach der alte Herrscher. „Sonne und Mond, die am Himmel erstrahlen, sind meines Herzens Freunde, seit eh und je unserem Geschlechte gewogen. Gehe bei ihnen zu Hofe, verneige dich vor ihnen in meinem Namen, und sie werden sicherlich eine Frau für dich finden, die unseres Königreiches würdig ist, der Erde klügste und schönste Bewohnerin. Ziehen meine himmlischen Freunde doch Tag und Nacht über das Firmament, und nichts auf Erden vermag sich zu bergen vor ihrem Auge, alles sehen, alles wissen sie. Zu ihnen gehe, bitte sie um Rat, und mit einer jungen Schwiegertochter kehre bald aufs Schloß zurück, damit ich mich noch an Enkeln erfreuen kann, ehe ich sterbe."

„Dein Wille ist mir Befehl, o Vater. Morgen, kaum daß der Tag anbricht, will ich mich auf die Reise begeben", entgegnete der Königssohn, küßte ehrfürchtig seines Vaters Hand und verließ das Zimmer.

Im rosigen Morgenlicht befahl er, das schönste Roß zu satteln, das in des Königs Stallungen stand, und machte sich auf den weiten Weg.

So ritt er einen Tag, einen zweiten, und am dritten Tage langte er gegen Abend in einem Dörfchen an. Es lag an einem kleinen See am Fuße eines Berges, der hatte zwei Gipfel. Winter herrschte in den Bergen, hoch türmte sich der Schnee, der See war bis in die Tiefe gefroren.

Der Königssohn sah hin, da erblickte er sechs Jungen, die schlitterten über das Eis, lärmten, ermunterten einander durch fröhliche Zurufe, die in den Bergen widerhallten.

Also ritt der Königssohn an das Ufer des Sees und fragte:

„Ihr Jungen, wißt ihr nicht, ob man in diesem Dorfe ein ordentliches Nachtlager und Futter für das Pferd bekommen kann?"

Die Jungen hielten in ihrem Spiel inne. Hübsch angezogen waren sie, gar nicht ärmlich, drei von ihnen trugen mit silbernen Knöpfen dichtbeschlagene Gürtel, und drei hatten gar goldene, die waren talergroß.

„Reitet auf unseres Vaters Schloß, Herr!" riefen die drei mit den silbernen Knöpfen. „Er wird Euch mit Freuden aufnehmen, denn seit langem schon ist kein Gast mehr bei uns eingekehrt."

Aber die drei mit den goldenen Knöpfen schrien noch lauter:

„Geht lieber zu unserer Mutter, wir haben einen großen Palast, der ist gar geräumig, und der Platz reicht für tausend Gäste."

Lachend und singend, hüpfend und springend geleiteten sie eilfertig den Königssohn zu ihren Häusern. Das waren die Söhne des Mondes und der Sonne, zweier Geschwister, und ihre Paläste standen auf des Himmels Höhen, eben auf jenem Berge, der zwei Gipfel hatte.

Also ritt unser Königssohn zuerst in der Sonne Palast und bat artig um ein Nachtlager. Die Sonne freute sich sehr, sie erkundigte sich nach seinem Vater, der ja ihr alter Freund war. Zu Ehren des Gastes ließ sie einen Hammel braten, bewirtete ihn mit erlesenen Speisen und den vorzüglichsten Getränken, und schließlich erhob sie einen Becher Weines, um auf sein Wohl zu trinken.

Als sie sich nun sattgegessen und sattgetrunken hatten, sprach der Königssohn zur Hausfrau:

„Zu dir, o Beherrscherin des Taghimmels, sendet mich mein Vater, der König, er möge ewig leben. ‚Gehe hin zu Sonne und Mond', sprach er, da er mich entließ, ‚denn meines Herzens Freunde sind sie, und frage sie, ob sie nicht eine Frau für dich finden könnten, die klügste und schönste Jungfrau der Welt.' "

„Es ist eine große Freude für mich", sprach die Sonne, „meinem Freund einen Dienst zu erweisen. Als ich jüngst den Himmel entlang wanderte, da gewahrte ich auf hohem Berge einen kupfernen Turm, und darinnen saß eine Prinzessin, ein wunderschönes Fräulein. Die schönsten Prinzessinnen verblassen an ihrer Seite wie eine Kerze neben dem Feuer. Ihrer Schönheit und Weisheit Ruhm ist in alle Welt gedrungen, und die Menschen aus nah und fern nennen sie die Zauberjungfrau, ihr richtiger Name aber ist Zaira. Doch übereile nichts, Jüngling. Berate dich erst noch mit dem Mond. Vielleicht hat er des Nachts ein noch schöneres Mädchen gesehen, und Zaira hat eine Rivalin irgendwo, die sie an Weisheit übertrifft. Ein Pferd will ich dir geben auf den Weg, es wird dich überall hintragen, wohin du nur willst."

Im rosigen Morgenschein, noch ehe sich die Sonne auf ihre tägliche Wanderung begab, bestieg der Königssohn das Sonnenroß, das hatte einen schön geschwungenen Hals wie einen Bogen, eine feuerrote Mähne und flammengeblähte Nüstern. Höflich bedankte er sich für die gastfreundliche Aufnahme und ritt davon. Noch ehe er recht darüber nachdenken konnte, wie er wohl zu des Mondes Palast auf dem anderen Gipfel des Himmelsberges gelangen würde, da stand er schon wie vom Sturmwind getragen vor dem silberbeschlagenen Tore. Die drei Jungen mit den silbernen Gürteln liefen ihm entgegen und führten ihn fröhlich durcheinander rufend zu ihrem Vater.

Der Mond freute sich beim Anblick des unverhofften Gastes und ließ ihm zu Ehren ein glänzendes Festmahl ausrichten. Doch wie es die Höflichkeit erfordert, so fragte er nicht nach dem Ziel seiner Einkehr. Bei einem kräftigen Trunk aus Mondkräutern, die zur Vollmondzeit gesammelt worden waren, sprach der Königssohn zu seinem Gastgeber:

„An deinen Hof, o Beherrscher des Nachthimmels, schickt mich mein Vater, der König, er möge ewig leben. Die Schönste und Klügste suche ich auf der Welt, um sie zur Frau zu nehmen. Hast du sie vielleicht auf der Erde gesehen, die mir bestimmt ist?"

„Viele wunderschöne Fürstentöchter und Prinzessinnen sah ich schon auf Erden, von erstaunlicher Anmut und Weisheit, aber nur eine unter ihnen ist würdig, die Schönste und Klügste genannt zu werden. Zaira heißt sie, und man nennt sie auch die Zauberjungfrau. Vorige Nacht erblickte ich sie im Kupferturm auf einem hohen Berge. Keine schönere und keine klügere Jungfrau gibt es auf Erden... Doch nun muß ich dich leider verlassen. An der Zeit ist es für mich, o Jüngling, der Abend naht, aufbrechen muß ich zu meiner Fahrt über den Himmel. Heda, ihr Jungen!" rief er seinen drei Söhnen zu, „Spannt die Rosse an, bereitet den Wagen mir zur Reise!"

Dann aber wandte er sich noch einmal dem Königssohn zu mit den Worten:

„Schlafe ruhig unter meinem Dach, lieber Gast, kein Haar wird dir vom Kopf fallen unter meiner Söhne Fürsorge. Kräfte mußt du sammeln vor langer Reise. Kehrst du nach Hause zurück, so grüße deinen Vater, den König, von mir, der mein treuer Freund ist. Zum Abschied gebe ich dir ein Pferd aus meinem Stall. Es kann dir eine große Hilfe sein auf deinem Wege."

Der Königssohn dankte mit Freuden für die Bewirtung und das reiche Geschenk, der Mond aber legte sein funkelndes Diadem an die Schläfen und ging auf den Hof hinaus, wo ihm die Söhne bereits die Pferde vor den Wagen gespannt hatten.

Gleich darauf vernahm man das Getrappel von Pferdehufen und des Mondwagens Gepolter über das Himmelsgewölbe.

Kaum daß das Polarlicht den Himmel zu röten begann, verließ der Königssohn des Mondes Silberpalast unter Geleit seiner Söhne, bestieg das Sonnenroß mit der roten Mähne und brach auf. Das andere Pferd, des Mondes Geschenk, mit weißer Mähne und milchfarben, galoppierte an seiner Seite, es schien zu wissen, daß es seinem neuen Herrn von nun an treu dienen sollte.

Die Pferde jagten dahin, als hätten sie Flügel, so rasch, daß es dem Königssohn den Atem verschlug.

Plötzlich befanden sie sich mitten in einem schwarzen Felde, das schien unermeßlich und menschenleer zu sein. Der Königssohn zügelte sein Pferd, hielt es an. Das Pferd bäumte sich auf, wieherte wild, der Reiter vermochte es kaum zu halten.

„Bleibe stehen, Sonnenroß, wo jagst du hin? Sicherlich haben wir den Weg verfehlt, kehre um! Der Kupferturm steht doch in den hohen Bergen, hier aber ist eine schwarze Ebene, so flach wie ein Tisch."

„Weiche nicht ab vom Wege, Herr!" rief das Pferd mit Menschenstimme. „Dort vor uns, jenseits dieser Ebene, dieses schwarzen flachen Angers, ragen die Berge zur Höhe empor, den Himmel berühren sie, sind schneebedeckt. Auf einem Felsen steht dort der Turm, und darinnen sitzt die Prinzessin, die Zauberjungfrau Zaira."

Weiter jagte das Sonnenroß mit dem Königssohn im Sattel, daß seine rote Mähne im Sturmwind wehte, und hinter ihm drein jagte das andere Pferd, das weiße, seine Hufe trappelten und schlugen Funken von den Steinen am Wege. Auf einmal begann das Pferd fröhlich zu wiehern und rief:

„Siehst du, o Jüngling, jenen Streifen dort in der Ferne? Das ist die Gebirgskette mit dem Berg, auf dem der Turm steht, in dem die Prinzessin Zaira wohnt. Wir müssen dort sein, ehe die Sonne untergeht."

Noch rascher jagte es dahin, das Zauberroß. Abend war es schon, als sie am Fuße des hohen, bis an den Himmel reichenden Turmes anhielten. Der Sonne Strahlen entzündeten auf des Turmes Kupfermauern blutigen Funkenschein. Niemand kam an den Turm heran, denn er war von einem tiefen Graben umgeben, sein Dach aber lag in den Wolken, und im Schatten seiner Mauern dehnte sich eine grüne Wiese aus.

In dem Graben hauste ein Drache, der bewachte die Zugbrücke.

„Hier wollen wir halten", sprach das Roß mit der roten Mähne. „Laß uns jetzt weiden, Herr, denn wir müssen ausruhen und Kräfte sammeln für eine neue weite Reise, du aber warte geduldig, bis die Sonne hinter den Bergen versinkt."

„Was blitzt denn da drüben im grünen Haine?" fragte der Königssohn.

„Der Milchsee. Im rosigen Morgenschein und des Abends, wenn die Sonne untergeht, nimmt die wunderschöne Zaira dort ein Bad. Willst du sie sehen, so verbirg dich im Gebüsch und warte. Sicherlich wird sie erscheinen, dann kannst du selbst sehen, daß sie die Schönste unter den Schönen ist."

Also ließ der Königssohn seine Pferde auf der Wiese weiden, und er selber kroch ins Binsendickicht am Milchsee. Lange, sehr lange wartete er, doch niemand kam, nichts störte die Waldesstille. Endlich streckte sich der Königssohn hin auf das Moos, und da er müde war von dem langen Ritt über Berge und durch unwegsame Gegenden, so fiel er in tiefen Schlaf.

Einer Taube Gurren weckte ihn. Er stand auf und rieb erstaunt seine Augen. Meinte, er sei noch immer von einem wundersamen Zaubertraum umfangen. Da sah er eine Taube vom Baum ans Seeufer flattern, die war weiß wie Firnschnee. Ein Weilchen blieb sie auf einem Zweiglein sitzen, drehte und wendete ganz allerliebst das Köpfchen, dann hob sie die schneeweißen Flügel, schüttelte sie, als wollte sie sich emporschwingen, doch sie gurrte nur und ließ ein Federchen fallen.

Ein Wassertropfen spritzte auf, der zog funkelnde Kreise im Milchsee, und im Schimmer der scheidenden Abendröte erschien auf der perlenden Oberfläche die Zauberjungfrau Zaira.

Fröhlich planschte sie im Wasser herum, klatschte in die Hände, freute sich wie ein Kind über das schöne Bad in den kühlen, sammetweichen Wellen.

Beim Anblick Zairas schlug des Königssohns Herz rascher in der Brust. Er konnte die entzückten Augen nicht von ihr wenden.

‚Ja', dachte er. ‚Die Wahrheit hat die Sonne, hat auch der Mond gesprochen. Eine Schönere sah ich noch nie auf der ganzen Welt."

Er wollte ihr ein Wort sagen, seiner Bewunderung Ausdruck verleihen, ihr seine Dienste zu Füßen legen, doch er fürchtete, sie beim Bade zu erschrecken.

Indessen hatte die Prinzessin Zaira ihre goldenen Haare gelöst, die umfingen sie wie ein Mantel bis hinab zu den Fersen. So entstieg sie dem milchigen Wasser, kehrte ans Ufer zurück, berührte mit dem Fuß die Taubenfedern und verwandelte sich augenblicklich in einen weißen Vogel, der flog mit lieblichem Gurren zum Kupferturm empor.

Der Mond schaute bereits hinter dem Berg hervor, als der Königssohn auf die Wiese zurückkehrte, wo er seine Pferde zurückgelassen hatte. Friedlich weideten sie auf dem saftigen Rasen. Da sie ihn erblickten, begrüßten sie ihn mit freundschaftlichem Wiehern.

„Hast du die Zauberjungfrau Zaira gesehen?" fragte das Roß mit der roten Mähne.

„Ja, die Schönste ist sie unter Sonne und Mond. Keine andere möchte ich haben, nur diese will ich gewinnen und meine Frau nennen. Nur diese eine möchte ich auf meines Vaters Schloß führen. So sagt mir denn, ihr Zauberrosse, wie könnte ich auf den Turm gelangen? Sehe ich doch keine Treppe dort, und im Graben wacht ein feuriger Drache. Auch kein eisernes Tor erblicke ich in der harten glatten Kupferwand, nur ganz weit oben, fast unter dem Dache ist ein Fensterchen in die Wand geschnitten."

„Reicht dein Mut, o Jüngling, in den Kampf zu ziehen wider den Drachen?" fragte das Roß mit der weißen Mähne, das bisher friedlich Gras gezupft hatte.

„Um die wunderschöne Zaira zu erringen, würde ich auch hundert Drachen nicht fürchten."

„So sitze bei mir auf. Wenn der Mond, mein Herr, emporsteigt, müssen wir in seinem Schein dreimal um den Turm herumreiten, von links nach rechts. Doch wenn der Tag anbricht und die Sonne erstrahlt, da besteigst du den Rotmähnigen und galoppierst dreimal von rechts nach links um den Turm herum, wobei du mit dem Schwert an deinen Schild schlägst. Dann schleuderst du einen Felsstein gegen die Kupferwand, daß lautes Echo im Walde widerhallt. Der Drache wird erwachen und entsetzlich brüllen, daß alles Lebende vor Schrecken verstummt. Dein königliches Schicksal wird nur von deinem Mut abhängen."

„Es geschehe, wie du sagst", versetzte der Königssohn, sein Schwert stolz über das Haupt erhebend.

Der Königssohn tat alles, was ihm das weißmähnige Roß geraten hatte. Im Mondenschein ritt er auf dem Mondroß dreimal von links nach rechts um den Turm herum, und als der Tag anbrach, bestieg er das Sonnenroß und umkreiste den Turm von rechts nach links, wobei er mit dem Schwert an seinen Schild klopfte. Dann schleuderte er einen Felsstein gegen des Turmes Kupferwand, daß das Echo laut im Walde widerhallte.

Da begannen plötzlich die Bäume zu schwanken, als hätte Sturmwind sie gepackt, die Erde ringsum erbebte, das Wasser im Graben brodelte empor, es hob sich, nur wenig fehlte, und es wäre über die Ufer getreten. Aus den Tiefen der Höhle, die am Fuße des Turmes eingegraben war, entkroch den schwarzen moderbedeckten Wassern eine gewaltige Echse, grüngehäutet, die riß den Rachen auf, und ihre blutunterlaufenen Augen funkelten. Zwei Flügel erwuchsen ihr an den Seiten, und ihr riesiger plattengepanzerter Schwanz füllte den halben Graben. Schwerfällig erhob sie sich in die Luft und stürzte sich mit wütendem Gebrüll von oben auf den jungen Königssohn.

Doch das rotmähnige Sonnenroß sprang mit seinem Reiter so behend beiseite, daß der Drachen mit seinem glitschigen gewaltigen Körper auf den Erdboden fiel, der dumpf stöhnte unter seiner Last. Das Ungeheuer sprang jedoch augenblicklich wieder empor und stürzte sich einer dräuenden Gewitterwolke gleich auf den Verwegenen, der es gewagt hatte, seine Ruhe zu stören und Zaira zu fordern, die es hütete wie den größten Schatz.

Der Königssohn erschrak nicht vor dem Ungetüm, sondern bot ihm kühn die Stirn. Einen Pfeil nach dem anderen schoß er aus seinem Bogen, doch alle Pfeile prallten ab am Panzer der Echse. Sie fielen klingend zur Erde, ohne das Ungeheuer auch nur zu ritzen. Der junge Held schleuderte seinen Speer, verfehlte jedoch das Ziel... Nun aber stürzte sich der Drache mit furchtbarem Gebrüll auf ihn, mit seinem gewaltigen Flügel fegte er das rotmähnige Sonnenroß beiseite, daß das Pferd sich auf die Hinterhand setzte und beinahe gestürzt wäre. Doch gleich wieder nahm es alle Kräfte zusammen, laut wieherte das

Sonnenroß und setzte zum Galopp an rund um den Kupferturm, ihm entgegen aber jagte das weißmähnige Mondroß, und ihr Hufgetrappel erschütterte die Luft, als trabte eine ganze Herde vorüber.

Die schwirrende, mit ihren Flügeln schlagende Echse hing ein Weilchen senkrecht in der Luft, Ausschau haltend, wo das donnernde Hufestampfen wohl herkäme. In diesem Augenblick trafen zwei wohlgezielte Speere sie in die feuerspeienden Augen. Aufheulend vor Schmerz, geblendet, flatterte das Untier mit den Hautflügeln und stürzte dann aus der Höhe in den Graben.

Im schwarzgrünen Abgrund brodelte es, eine Wassersäule spritzte hoch empor, gewaltige Wirbel schlugen von einem Ufer zum anderen, dann wurde alles still. Es glättete sich die Oberfläche des Gewässers, in dessen Tiefen der tote Drache lag.

„Gesiegt hast du, o Königssohn!" riefen die Pferde, ihren Lauf verlangsamend. „Nun steht der Weg in den Turm dir frei."

„Aber wo ist er denn? Besitze ich doch weder Flossen wie ein Fisch noch eines Vogels Flügel, um den Graben zu durchqueren oder darüber hinweg zu fliegen und zu meiner Zauberjungfrau Zaira zu gelangen."

„Sei dessen unbekümmert, junger Held. Da du den furchtbaren Drachen getötet, wirst du auch dieses Hindernis überwinden", versetzte das Mondroß. „Reiße eine Handvoll Haare aus meiner Mähne, und wenn der Mond am Himmel erstrahlt, wirf sie vor dir her in die Luft über dem Graben, über das Wasser. Doch jetzt lasse uns auf die Wiese, wir werden hier weiden, und du findest uns jederzeit, wenn du unserer Hilfe bedarfst."

Der Königssohn löste eine Handvoll der langen weißen Haare aus des Mondrosses Mähne, dann ließ er die Pferde frei, damit sie auf der Wiese herumlaufen und weiden konnten. Selbst aber legte er sich in den Schatten, um auszuruhen, denn erschöpft war er nach der wilden Jagd und dem Kampf mit dem Drachen.

Kaum daß sich des Mondes Scheibe über dem Horizont erhob, da stand der Königssohn auch schon vor der düsteren Untiefe und blickte zur Spitze des Kupferturmes empor, wo im Mondlicht das winzige Fensterchen blinkte.

Dann zog er die Handvoll Haare aus der Mähne des weißen Rosses hervor und warf sie über den Graben.

Plötzlich begannen kupferne Vorlegebalken zu knirschen. Türangeln knarrten, Räder drehten sich, Ketten rasselten herunter, und vor den Augen des erstaunten Königssohnes ließ sich ein verborgenes Tor herab aus der Höhe, langsam senkte sich die Zugbrücke, schmal war sie, aber fest, und wie ein Bogen schwang sie sich über den Graben. Laut erdröhnte sie unter den raschen Schritten des Königssohnes.

Er gelangte in den Turm und lief die hohe Wendeltreppe empor. Da stand er vor einer hölzernen Tür, die fest verschlossen war.

„He, ist hier ein Wächter?" rief der Jüngling ungeduldig. „Öffnet mir die Tür, kein arglistiger Feind ist eingedrungen. Sohn eines mächtigen Herrschers bin ich, der Mond und Sonne freund ist, und meine Dienste will ich in Demut zu Füßen legen der Prinzessin Zaira."

Doch nur Todesstille gab ihm Antwort, niemand ließ sich vernehmen auf sein Rufen. Also schlug er mit dem Schwert gegen die Tür, bis sie krachend vor ihm zerbarst, sich auftat mit widerwärtigem Kreischen, als hätte seit Jahren niemand ihre Schwelle betreten.

Der Königssohn ging in das Zimmer hinein und stand da wie festgewurzelt. Der ganze Raum gleißte vom Golde, honiggelber Glanz blendete schier die Augen, goldene Schalen und Schüsseln voll wunderbarer Früchte und Becher, aus wundervollem Topas geschnitten, standen da, und der Tisch war aus einem Klumpen Goldes geschmiedet.

Aber niemand war im Zimmer. Der Königssohn schritt durch den kleinen goldenen Saal und stieg weiter die kupferne Wendeltreppe empor, bis er vor einer bronzenen Tür stand. Überall herrschte Stille, keine Bewegung, kein Flüsterlaut störten Schweigen und Leere.

Auch diese Tür gab nach unter den Schlägen des Schwertes. Dahinter befand sich ein großer Raum, der war blau, ganz mit Türkis ausgelegt, und auf dem Fußboden lag ein weicher Teppich, der des Königssohnes Schritte dämpfte. Der Jüngling eilte weiter. Ungeduld trieb ihn. Immer schneller, immer höher stieg er die Stufen des Turmes empor. Wo war denn nur Zaira, die wunderschöne Prinzessin, wo verbarg sie sich?

Noch eine Tür versperrte ihm plötzlich den Weg, die war ganz aus Silber, schwer, geschmiedet, kunstvoll verziert, dahinter aber, o Entzücken! Das ganze Zimmer war aus Silber, mit Amethysten besetzt von der Farbe dunkler Veilchen, da und dort schimmerten sie in violetten Tönen. Auf einem Bett aus Zedernholz aber lag die Zauberjungfrau mit den goldenen Zöpfen in tiefem Schlafe. Zaira war es, die Schönste unter den Schönen, die Klügste unter den Klugen der ganzen Erde.

Der Königssohn blieb auf der Schwelle stehen, keinen Schritt wagte er weiterzugehen, um die schöne Zauberin nicht zu wecken.

Aber die Tauben weckten sie, die vom Fensterbrett emporflatterten und erschreckt über den Anblick des Menschen mit lautem Gurren um den Turm flogen. Laut drängend war ihr Gurren, als wollten sie ihre Herrin warnen vor Gefahr.

Die schöne Zaira fuhr aus dem Schlafe, rieb sich die Augen, und als sie den fremden Jüngling erblickte, der da in Waffen auf der Schwelle stand, schrie sie auf und verwandelte sich augenblicklich in ein weißgefiedertes Täubchen. Schon wollte das Vöglein vom Turm flattern, da sprang der Königssohn hinzu, ergriff es und hielt es bei den Flügelchen fest.

Das arme Täubchen zitterte, sein kleines Herz schlug rasch, sehr rasch, es wollte sich losreißen in seiner Angst, konnte es aber nicht, denn der Königssohn ließ es nicht aus der Hand.

„Fliege nicht fort, fliehe nicht vor mir", bat er. „Himmel und Erde habe ich in Bewegung versetzt, um dich zu finden, du Bezaubernde. Beim Mond war ich und bei der Sonne, damit ich dich schauen kann, und deine unaussprechliche Schönheit hat mein Herz in Bande geschlagen. Seit langem schon bist du mir bestimmt, o Herrin des Kupferturms, du Entzückendste unter den Bewohnerinnen der Erde. Nicht einmal die Sonne und auch der Mond kennen ein Wesen, das schöner wäre als du.

Verweile mit mir, verbirg dich nicht unter Taubengefieder, denn auf meines Vaters Schloß will ich dich führen, der ein großer König ist und Herrscher eines mächtigen Reiches, Mond und Sonne sind seine Freunde. Dort aber wirst du mit mir auf hohem Throne sitzen. Fliege nicht als Vogel davon, sondern kehre zurück in deine menschliche Gestalt, damit ich dir meine ritterliche Verehrung zu Füßen legen kann."

Offenbar klangen diese Worte angenehm in der schönen Zaira Ohren, denn sie warf plötzlich ihr Vogelgefieder ab und stand in all ihrer unirdischen Schönheit da vor dem Königssohn.

Der Königssohn beugte das Knie vor der schönen Zauberin, küßte ihres Gewandes Saum, sie aber führte ihn lächelnd und noch immer schweigend die Treppe hinab in das goldene Zimmer mit dem goldenen Tisch. Erst als sie hier angelangt waren, klatschte sie in die weißen Hände und rief:

„Meine Dienerinnen, ihr meine weißen Täubchen, he, eilet her zu mir!"

Ein Rauschen hub an, Flügelschwirren, alles ward weiß wie von Schnee, denn durch die offene Tür flog mit lieblichem Gurren ein Schwarm weißer Tauben herein. Augenblicklich warfen sie ihre Vogelgefieder ab und verwandelten sich in reizende Mädchen, die rosa und weiß gekleidet waren. In einer Reihe standen sie vor Zaira, in gehorsamer Verneigung und harrten ihrer Herrin Befehl.

„Bereitet mir ein prächtiges Festmahl, denn ich habe einen lieben Gast", sagte Zaira zu ihnen.

Im nächsten Augenblick hatten die Dienerinnen den goldenen Tisch gedeckt, trugen noch dampfende Speisen herbei, süße Scherbetts, erfrischende Getränke aus Früchten und Honig, und vorzügliche Weine.

Der Königssohn freute sich über Zairas Anblick, er mochte die Augen nicht von ihr wenden, trank roten Wein aus wundervollen Pokalen, kostete von den üppigen Speisen, den saftigen, duftenden Früchten, die nicht einmal an seines Vaters königlichem Hofe bekannt waren.

Lautlos bewegten sich die weißen Mädchen um das junge Paar, immer neue Schüsseln und Krüge trugen sie herbei.

Als das Festmahl beendet war, erhob sich der Königssohn von der Tafel und sprach:

„Noch ehe ich dich erblickte, o wunderschöne Jungfrau, da du ein Frühbad nahmst im Milchsee, seit langem schon habe ich von dir geträumt, habe dich gesucht im ganzen Erdenrund. Keine andere hätte mir Herz und Seele gefangen genommen. So habe ich dich endlich gefunden, nachdem ich den Drachen getötet, der deinen Turm bewachte. Meinen Arm biete ich dir, oder wirst du ihn zurückweisen? Willst du meine Frau werden, Leben und Königreich teilen mit mir?"

Hierauf versetzte die schöne Zaira:

„So will auch ich dir meines Herzens Geheimnis anvertrauen. Wisse, daß auch ich schon lange auf dich warte, o Königssohn, wie oft habe ich sehnsüchtig Ausschau gehalten vom Turme. Deinen Kampf mit dem Drachen habe ich gesehen, deinen Mut und deine Tapferkeit bewundert. Wächter war mir der Drache und Verfolger. Wenn ich einen Mann meinen Gatten nennen sollte, so gerade dich, mein tapferer Ritter. Eine treue Frau werde ich dir sein, die dich liebt."

Nach diesen Worten sank der glückliche Jüngling vor Zaira aufs Knie, schob seinen Königsring an ihren Finger und sprach feierlich:

„Verlobt bist du mir seit diesem glücklichen Augenblick. Hab Dank, o Zaira, daß du mich erwählst, deinen gehorsamen Diener. Treue und Liebe gelobe ich dir bis zum Tode."

Lachen und Fröhlichkeit hielten Einzug im Kupferturm. Die Verlobten erfreuten sich ihres Glückes, die weißen Täubchen gurrten, die Dienerinnen waren vergnügt, und auf der Wiese am Fuße des Turmes schnaubten und wieherten gar fröhlich die Rosse des Mondes und der Sonne.

Eines Tages sprach der Königssohn zu Zaira:

„An der Zeit ist es für mich, heimzukehren auf meines Vaters Schloß. Mit Ungeduld harrt der König des Sohnes und seiner jungen Verlobten, die das schönste und klügste Wesen ist auf der Welt."

„Gleich brechen wir auf, ich will nur erst meine Dienerinnen verabschieden und der ältesten Dienerin den Kupferturm zur Betreuung übergeben. Und dann fliege ich zum Milchsee, will ein Bad noch nehmen vor der Abreise", antwortete ihm die Zauberjungfrau.

Lange wartete der Königssohn auf seine Verlobte, ungeduldig schaute er hinab vom hohen Turme, fragte die Täubchen, ihre treuen Dienerinnen, ob sie ihre Herrin nicht gesehen hätten. Die Sonne stand hoch am Himmel, doch Zaira ließ sich noch immer nicht blicken. Was war nur geschehen, was hielt sie auf, daß Zaira heute nicht heimkehrte vom Milchsee?

Gerade wollte der Königssohn die Pferde satteln, um zur Suche aufzubrechen, da flatterte sein reizendes Täubchen aufgeregt durchs Fenster herein, warf sein Vogelkleid ab und schmiegte sich an den Königssohn.

„Ach, mein Liebster, uns erwartet furchtbarer Kampf. Der Tatarenfürst, der Aldar, zieht heran mit einem riesigen Heer, mit Wagen und Jurten und einer Horde wilder Bogenschützen. Brautwerber sandte er vordem zu mir mit Geschenken und bat um meine Hand. Ein Nimmersatt ist er, habgierig, versessen auf Gold, also begehrte er meine Schätze. Ich aber habe seine Reiter stets unverrichteterdinge zurückgeschickt, denn auf dich wartete ich ja. Nun hat er offenbar Kunde erhalten von dir und will mich mit Gewalt entführen. Sieh, die Staubwolke dort über dem Wald, der Tataren Horden ziehen heran."

Der Königssohn blickte aus dem Fenster, da schien ihm, als kröche aus der Ferne eine lange Schlange auf den Turm zu, die Luft zitterte vom Geschrei der Feinde, vom Pferdeschnauben und Wagenknarren.

„Das soll er nur wagen, dich mir zu entführen! Davonjagen werde ich ihn samt seiner Horde, daß er sich nicht mehr blicken läßt", rief der Königssohn.

Bei diesen Worten ergriff er Schwert, Schild und Speer, sattelte eilends die beiden Wunderpferde und galoppierte übers Feld auf das Tatarenheer zu, ganz allein, der kühne Held.

Der Aldar, so nannten die Tataren ihre Fürsten, staunte beim Anblick des Ritters, der mit dem Schwert in der Faust allein gegen seine Scharen zog. Doch sein Erstaunen wandelte sich bald in Schrecken, als er sah, welche Verwüstung der unbekannte Ritter um sich verbreitete, welche Verwirrung und Bestürzung seine Pferde in der Tataren Reihen anrichteten, die beiden Rosse mit der roten und der weißen Mähne.

Schon begannen die vorderen Rotten zurückzuweichen unter dem Ansturm des fremden Ritters, der Bogenschützen Reihen gerieten in Verwirrung, und ihre kleinen mausgrauen Pferdchen flohen mit wildem Gewieher vor den Hufen der gewaltigen Rosse des Mondes und der Sonne, die mit wehenden Mähnen und geblähten Nüstern dahingaloppierten, alles in den Staub traten, was ihnen im Wege war, wie zwei Stürme waren sie, zwei Gewitterblitze, die vom erzürnten Himmel herabgefallen waren auf die Erde.

Doch da erscholl neues Entsetzensgeschrei im Troß der Tataren. Vom Kupferturm herab ergoß sich ein Regen todbringender Pfeile über die Tataren, der tausende Krieger dahinraffte. Das war die Prinzessin Zaira, die dem Verlobten zu Hilfe kommen wollte. Ihren Bogen, der von selbst Pfeile schoß, hatte sie von der Wand gerissen und lenkte ihre wohlgezielten Spitzen in der Feinde dichtestes Gewimmel, in das sie große Lücken riß.

Beschämt und das Herz voller Zorn mußte der stolze Aldar, der Tatarenfürst, mit den Resten seiner Armee Reißaus nehmen. Der Gedanke an Rache verließ ihn seither nie mehr. Nur eines wünschte er sich: neue Kräfte zu sammeln und den Kupferturm zu erobern. Sein Leben hätte er dafür hingegeben, um die schöne Zaira zu seiner Sklavin zu machen und ihrem tapferen Verteidiger den Fuß auf den Nacken zu setzen, wie man das bei Kriegsgefangenen zu tun pflegte.

Eines Nachts, als er vor seinem üppigen Seidenzelt saß und Rachepläne schmiedete, kam eine bucklige Alte zu ihm und sprach, wobei sie immer wieder mit der Stirn auf den Erdboden schlug, denn so verneigte man sich bei den Tataren:

„Glück und Friede seien mit dir, großer Aldar, ewig sollst du leben!"

„Was willst du denn, Hexe, wo kommst du her?" knurrte der Tatarenfürst.

„Möchtest du, o großer Herr, das niedliche Täubchen vom Kupferturm einfangen? Sprich ein Wort, so helfe ich dir. Zauberweisen sind mir kund, und solche Macht besitze ich, daß nicht einmal sie, die Zauberjungfrau, die schöne

Zaira, mir entkommt. Rache schwor ich ihr, seit sie mich vom Milchsee vertrieb, wo ich bei Neumond Kräuter sammeln wollte."

Der Aldar fuhr auf bei diesen Worten und sprach:

„Führst du sie mir ins Zelt, so will ich dich mit Schätzen überschütten, doch wehe dir, Alte, wenn du mich betrügst. Deine ganze Zauberkunst wird dir nichts nützen, wenn ich, der Aldar, in Zorn gerate."

„Befiehl, einen Wagen mit vier Pferden zu bespannen, nimm zwölf deiner tapfersten Krieger und fahre mit mir an den Milchsee", riet die Hexe dem Fürsten.

Dieser folgte ihrem Rat und fuhr zum Milchsee.

„Warte hier auf mich bis zum Morgengrauen. Noch ehe die Sonne aufgeht, will ich dir günstige Kunde bringen", sagte die Hexe, lief zum Kupferturm und schlurfte auf ihren Stock gestützt den Steinpfad entlang.

Am Fuße des Turmes blieb sie stehen, verbarg sich hinter einem Felsen und wartete.

Geräuschvoll kehrte der Königssohn von der Jagd zurück, auf dem weißmähnigen Mondroß jagte er heran, sang ein Liedchen vor sich hin.

Plötzlich scheute das Pferd und wollte keinen Schritt weitergehen. Da lief ihm die Hexe in den Weg.

„Erbarme dich, o erleuchteter Königssohn, einer armen alten Frau. Finster ist die Nacht, und allein bin ich auf der Welt, habe kein Dach über dem Kopf und kein Stückchen Brot. Nimm mich in deine Dienste, deine Pferde werde ich dir tränken und die Stuben aufräumen."

Der Königssohn hatte ein gutes Herz, er empfand Mitleid mit der armen Alten und führte sie über die Zugbrücke in den Turm.

„Eine Dienerin bringe ich dir", sprach er zu Zaira. „Die Pferde kann sie tränken, die Stuben aufräumen und den Tisch decken."

„Aber wozu brauche ich denn eine Dienerin?" fragte Zaira verwundert. „Deine Rosse laufen doch selber zur Tränke, meine Dienerinnen wiederum, die Tauben, machen überall sauber, sie räumen auf, bereiten Speisen zu, dienen uns bei Tische, zu allem geschickt sind sie, dankbar, flink, treu und zuverlässig. Nein, einer weiteren Hilfe bedürfen wir nicht. Dieser Hexe aber schaut die Bosheit aus den Augen, ich will sie nicht in meinem Turm behalten. Eine Hexe habe ich schon von hier vertrieben, die um den Milchsee herumstrich. Diese hier erinnert mich sehr an sie."

„Also will ich sie wieder fortschicken, wenn es dein Wille ist, aber erst morgen früh soll sie aufbrechen. Heute ist Sturm, die Nacht finster, daß man die Hand nicht sieht vor den Augen, es jammert einen, auch nur den Hund vor die Tür zu jagen."

Zaira stimmte zu, sie behielt die Unbekannte über Nacht.

Um Mitternacht aber stand die Hexe auf, schlich in das Zimmer, in dem der Königssohn schlief, zog eine Schere aus dem Quersack, schnitt ihm ein Büschel Haare ab, murmelte irgendeine Beschwörung und warf es aus dem Fenster einfach in den Graben. Eine alte Kröte, die im Sumpfwasser hauste, fing und verschluckte es.

In diesem Augenblick schrie der Königssohn schmerzlich im Schlafe auf, und sein Gesicht verfärbte sich, ganz weiß wurde es, als wäre alles Blut daraus gewichen.

Am Morgen wartete Zaira auf den Verlobten, doch er kam nicht. Mittag war bereits vorüber, aber der Königssohn verließ nicht sein Zimmer.

„Was ist ihm denn nur geschehen?" fragte Zaira ihre Dienerinnen.

„Der Königssohn schläft auf seinem Bett", antworteten die Täubchen.

Der Abend brach herein, aber der Königssohn kam noch immer nicht. Endlich vermochte Zaira ihre Unruhe nicht mehr zu bezwingen und schaute selbst in sein Schlafgemach.

„Warum schläfst du so lange, die Sonne ist schon im Sinken, erwache doch, steh auf, mein Lieber, hast du es denn vergessen? Heute ist ja unser Abreisetag. An der Zeit ist es, zu deinem Vater aufzubrechen!" rief sie von der Türschwelle.

Doch der Königssohn vernahm nicht seiner Geliebten Stimme, auf seinem Bett lag er, keinen Tropfen Blut im Gesicht, unbeweglich, kalt, wie tot.

Vergeblich flehte Zaira ihn an, beschwor sie ihn, umsonst versuchte sie auch ihre Zauberkunst, der Königssohn erwachte nicht. Die Zaubereien der Hexe waren wohl stärker.

Zaira sank am Kopfende seines Bettes in die Knie, tränenüberströmt und verzweifelt.

Die böse Hexe war bereits im Morgengrauen verstohlen aus dem Turm gehuscht und zum Tatarenfürsten an den Milchsee geeilt.

„Großer Aldar! Mein Versprechen habe ich erfüllt. Bald ist Zaira in deiner Gewalt. Der Königssohn, ihr tapferer Verlobter, kann dir nicht mehr gefährlich werden. Wie leblos liegt er auf seinem Bett, die schöne Zauberin aber, untröstlich in ihrem Schmerz, beweint mit bitteren Tränen ihren Beschützer.

Straflos kannst du sie nun ergreifen, die du ersehnst. Der Weg auf den Kupferturm steht dir offen. Die Zugbrücke habe ich herabgelassen, niemand wird jetzt an sie denken, noch an Verteidigung, denn man ahnt keinen Überfall, vielmehr weichen die Herrin und ihre Dienerinnen nicht vom Bett des Königssohnes."

Der Aldar sprang auf, rückte den Jatagan, seinen krummen Dolch, hinter dem Gürtel zurecht, winkte seiner Suite und jagte auf den Turm zu.

Pferdehufe stampften über die Zugbrücke, doch niemand kam aus dem Turme entgegen.

Der Aldar eilte durch das goldene, das silberne Zimmer, durch jenes mit den Amethysten und gelangte schließlich in den Saal, wo der Königssohn von bleiernem Schlaf umfangen lag. Wie ein Räuber packte er die in ihren Schmerz versunkene Zaira, warf ihr eine Kapuze über den Kopf, damit sie nicht schreien konnte, und trug sie fort. Bald darauf fuhr ein Wagen mit flinken Pferden und zwölf Reitern im Geleit davon, in die Hauptstadt des Aldars. Mit sich führte er die arme Sklavin, der in ihrer Verzweiflung alle Zauberkraft geschwunden war.

Nur die weißen Täubchen kreisten um den Turm und nahmen mit traurigem Gurren Abschied von ihrer Herrin. Die Hexe aber rieb sich die Hände und bleckte ihre Zähne in gräßlichem Grinsen, da sie ihr Werk besah.

Nach Zairas Entführung herrschte Grabesstille im Kupferturm. Der Königssohn lag in tiefem Schlafe da, niemand nahm Platz zu fröhlichem Mahle, verstummt war das Lachen, und die liebliche Stimme Zairas erklang nicht mehr in den vereinsamten Zimmern. Nur auf dem Dache des Kupferturmes gurrten bekümmert die weißen Täubchen, die ihre Herrin verloren hatten.

Da ließ sich eine der Tauben, die Älteste, vernehmen:

„Hört mich an, Schwestern! Wir müssen unsere Königin und ihren Geliebten retten. Tatenlos können wir nicht zusehen, wie ihnen Unglück widerfährt. Laßt uns auf die Wiese fliegen, der Sonne und des Mondes Rosse suchen und ihnen berichten, was im Turm geschah. Vielleicht finden sie einen Weg, Zaira und den Königssohn zu retten."

Der Taubenschwarm flog auf die Wiese, wo die Wunderpferde grasten. Die weißen Vögel zogen einen Kreis, einen zweiten und schließlich noch einen dritten Bogen in der Luft und begannen zu gurren, gar traurige Kunde trugen sie heran.

„Gru-gru-gru-hu!
Unsere Herrin raubte der grausame Aldar,
Gru-gru-gru-hu!
Der Königssohn, der furchtlose Held,
Gru-gru-gru-hu!
Wie tot schläft er, bewegt sich nicht.
Gruhu-gruhu-gruhu!"

Die Rosse lauschten, sie spitzten die Ohren, ihre Nüstern dampften, ihre Hufe sprühten Funken. Plötzlich fielen sie in Trab, jagten davon in ihr fernes Land, flogen zum Mond und zur Sonne, ihnen traurige Kunde zu bringen vom Schicksal des Königssohnes und seiner Auserwählten.

Düster ward die Sonne, und der Mond verfinsterte sich, als sie von dem großen Unglück erfuhren. Bei Tagesanbruch blickte die Sonne in den Kupferturm, des Nachts sandte der Mond seine Strahlen hinein, um den Jüngling zu wecken, ihn der Umarmung jenes furchtbaren Schlafes zu entreißen.

Weder die warmen Sonnenstrahlen noch des Mondes kühles Licht weckten den Königssohn aus dem Zauberschlaf, der dem schweigenden Tode glich.

„Die Bewohner der Luft, der Erde, der Wälder und der hohen Berge muß man fragen, vielleicht kann einer von ihnen uns sagen, was die Ursache ist dieses endlosen Schlafes, in den der Königssohn gesunken", entschied die Sonne, und der Mond stimmte zu. Ohne Zeit zu verlieren, so rasch wie nur möglich, machte jeder sich auf den Weg.

Doch kein Bewohner der Luft, der Erde, der Wälder und hohen Berge war imstande, ihre Frage zu beantworten. Niemand kannte die Ursache des bösartigen Schlafes, in den der Königssohn gesunken war.

Gar finster kehrte die Sonne zurück von ihrer Wanderung, wußte sie doch immer noch nicht, wie man den Königssohn erwecken konnte, den einzigen Sohn ihres liebsten Freundes, der König war eines mächtigen Landes, das sich von Ost nach West erstreckte. Da sprach der Mond:

„Ich weiß, was ich tue. Schließlich bin ich ja Herr der Meere und Ozeane, habe Macht über die Gewässer, hebe des Meeres Wogen oder lasse sie sinken in Ebbe und Flut. Die Donbettyre*) will ich fragen, die in Palästen hausen auf dem Grund der Meere, Seen und Flüsse, vielleicht wissen sie etwas."

*) In den ossetischen Märchen werden die mythologischen Beherrscher von Meeren, Seen oder Flüssen als Donbettyre bezeichnet.

Gehorsam lauschten die Donbettyre des Mondes Worten, der ja ihr himmlischer Beherrscher war, sie nickten und strichen bedachtsam ihre langen grünen Bärte, die mit Muscheln, Perlen und Wasserpflanzen bewachsen waren, und endlich gaben sie Antwort nach langem Schweigen.

„Sehr leid tut uns der schöne Jüngling, um den du, o Herrscher, solche Sorge trägst, doch zu unserem Bedauern wissen wir nicht, was die Ursache ist jenes bösen Schlafes, in den er gefallen."

Betrübt war der Mond, nachdem er der Donbettyre Antwort vernommen. Er stieg wieder zum Himmel empor und begann den Kupferturm zu umkreisen, betrachtete den Graben, die Wiese und den Wald. Da fiel sein Strahl auf den Milchsee.

‚Richtig', erinnerte sich der Mond. ‚Diesen meiner Untertanen habe ich noch nicht befragt, vielleicht hilft er mir, das Geheimnis zu lüften.'

Sogleich rief der Mond den König des Milchsees vor sein Angesicht und fragte ihn:

„Weißt du vielleicht die Ursache jenes Alptraums, der dem schweigenden Tode gleicht, in den der Königssohn vom Kupferturm gesunken, der Verlobte der schönen Zaira?"

„Ich kenne dieses Geheimnis", versetzte der Herr des Milchsees, ein Greis mit schneeweißen Haaren und einem Bart, der bis zum Gürtel reichte. „Eine böse Hexe hat ihm mit der Schere ein Büschel Haare abgeschnitten, eine schreckliche Beschwörung darauf geworfen und das Haarbüschel im Graben versenkt. Erst wenn es gefunden und an die Stirn des schlafenden Jünglings gelegt wird, wacht er auf, sonst schläft er für immer."

Also befahl der Mond den Bewohnern des Grabens, in der nächsten Nacht vor seinem Angesicht zu stehen.

Ein großer Haufen Fische, Krebse, Schildkröten, Wasserspinnen, Blutegel und Frösche versammelte sich.

„Hat jemand von euch ein Büschel goldener Haare gesehen, das vom Turm ins Wasser fiel?" fragte der Mond.

Aber kein Bewohner des Grabens hatte das goldene Haarbüschel gesehen. Düster ward des Mondes Blick, eine Wolke der Trauer umhüllte sein Angesicht, da rief eine kleine Kaulquappe mit dünnem Stimmchen:

„Die Kröte ist im Graben zurückgeblieben. Sie ist so alt, daß sie nicht mehr hüpfen kann, quaken oder unken kann sie auch nicht mehr. Deshalb ist sie deinem Rufe nicht gefolgt. Vielleicht weiß sie etwas?"

„Nimm sie auf deinen Rücken und bringe sie mir her, nur spute dich und trödle nicht wie gewöhnlich", sagte der Mond zur Schildkröte, und diese, da sie den Befehl vernommen, sprang augenblicklich ins Wasser und schwamm zum Versteck der Kröte.

Sie beeilte sich schrecklich, ganz außer Atem war sie, als sie endlich mit der alten Kröte auf dem Rücken vor dem Monde stand.

Hochbetagt war die Kröte, wohl hundert Jahre alt, überwuchert von Wasserpflanzen, sie konnte kaum noch die Pfoten bewegen, weil sie so alt war.

„Hast du vielleicht das goldene Haarbüschel gesehen, das vom Kupferturm in den Graben geworfen wurde?" fragte der Mond, mit Ungeduld der Antwort harrend.

„He? Wonach fragst du, Herr?" quakte heiser die Kröte. „Sprich ein wenig lauter, denn ich bin taub."

Also wiederholte der Mond seine Frage vernehmlicher, da begann die Kröte mit Anstrengung zu unken:

„Ein Büschel Haare sagst du, Herr? Ja, ja, ich sah, wie eine alte Hexe es herunterwarf, und ich ergriff es sogar im Fluge, denn ich dachte, man könnte es fressen."

„Was hast du denn damit gemacht?" fragte ungeduldig der Mond.

„Habe es in mein Versteck gebracht, das ich unter einem Stein grub in den Schlamm. Sicherlich liegt es noch immer dort, denn das Wasser im Graben steht, es strömt oder bewegt sich kaum, also hat es das Haarbüschel nicht mit sich fortgerissen."

„Rasch, sputet euch, schwimmt ihr Fischchen, holt mir jenes Haarbüschel, bringt es mir schnell herbei!" rief der Mond den kleinen silbernen Plötzen zu.

Die Plötzen schwammen in des Grabens Tiefe, fanden das goldene Haarbüschel im Versteck unter dem Stein und kehrten eilends damit zum Mond zurück. Erfreut atmete der Mond auf und sprach zu den Wassergeschöpfen:

„Euch allen danke ich herzlich für die Hilfe, kehret glücklich in eure Häuser zurück." Er nahm das Büschel goldener Haare und schwamm über dem Walde zum Himmel empor. Neben dem Kupferturm blieb er stehen, langte durch das Fenster hinein und legte das Haarbüschel an die Schläfe des in Erstarrung versunkenen Jünglings. Dieser aber fuhr empor wie aus tiefem Schlafe, rieb sich flugs die Augen, sprang vom Bett auf und rief:

„Ach, wie habe ich fest geschlafen, dabei wollten Zaira und ich doch heute aufbrechen zu meinem Vater. Zaira, wo bist du, Liebste! Verzeih, daß ich dich so lange warten ließ."

Aber Zaira war nicht im Turme. Fern von hier, im feindlichen Zelt vergoß sie bittere Tränen, war untröstlich in ihrem Schmerz, ihrer Zauberkräfte beraubt, dem grausamen Aldar ausgeliefert auf Gnade oder Ungnade.

Als der Mond nun dem Königssohn erzählte, was geschehen, wie er in todähnlichen Schlaf gesunken und Zaira vom Tatarenfürsten entführt worden war, da eilte der Jüngling von heftigem Zorn und Schmerz gepackt aus dem Turme wie ein Wahnsinniger, nachdem er auf seinem Wege im Zimmer Zairas ihr Wunderschwert, das von allein zuschlug, und ihren Zauberbogen, der von allein die Pfeile verschoß, von der Wand gerissen hatte.

Dann rief er seine beiden treuen Rosse, die beim Anblick ihres wieder gesunden und unversehrten Herrn erfreut wieherten, und jagte im Galopp hin zur Hauptstadt des Aldars.

Der Abend brach schon herein, als er vor dem Tor der Feindesstadt anlangte. Zur Nachtruhe hielt er im Hain an einem Brunnen, der schön ausgemauert und von Bäumen beschattet war. Im Morgengrauen erwachte der Königssohn und erhob sich vom Rasen. Da sah er ein Mädchen mit einem Krug auf die Zisterne zukommen. Das Mädchen füllte den Krug, lächelte dabei seinem Spiegelbild im Wasser zu und summte ein Liedchen vor sich hin.

„Wie heißt du, Mädchen?" fragte der Königssohn.

„Fatima", verstzte die Unbekannte und summte weiter ihr Liedchen vor sich hin.

„Fröhlich muß dir zumute sein, wenn du schon am Morgen singst."

„Ach, ich freue mich, denn heute herrscht im ganzen Reiche unseres Aldars Freude und Fröhlichkeit. Vor kurzem brachte er die schöne Zaira aus dem Kupferturm in den Palast. Nun aber ließ er verkünden, daß bald die Hochzeit ausgerichtet wird, und da wird er an seine Diener und die Bewohner der Stadt eine Fülle von Goldmünzen verteilen."

„Hast du jene Zaira gesehen, Mädchen? Man sagt, sie soll die Schönste sein auf der Welt", sagte der Königssohn, und das Herz schlug ihm rasch, so schnell, als wollte es ihm aus der Brust herausspringen.

„Nur wir, die Dienerinnen, dürfen ihre Schönheit schauen, sonst niemand. Seit sie in den Palast gelangte, hat sie sich in ihren Zimmern eingeschlossen, und nicht einmal der Aldar wagt es, bei ihr einzutreten. Die Leute reden, die Prinzessin Zaira weine Tag und Nacht um ihren Verlobten, der verzaubert und in seltsamen Schlaf gesunken im Kupferturme zurückgeblieben ist. Doch unser Aldar, das ist ein großer Herr, streng ist er, mächtig und reich..., die schöne Zaira wird wohl bald ihren Verlobten vergessen.

Aber da schwatze ich nun, plaudere, während dort Arbeit auf mich wartet!" rief plötzlich das Mädchen mit dem Kruge. „Es ist ja höchste Zeit für mich, in den Palast zurückzukehren, das Wasser zu bereiten für meine Herrin. Jeden Morgen stelle ich einen Krug mit Wasser aus dieser Quelle an ihr Lager."

„Höre, Fatima", sagte der Königssohn. „Wenn du das Wasser zu deiner Herrin trägst, so drehe das Krüglein um und gieße es aus, dann wirst du von ihr statt Strafe ein wertvolles Geschenk erhalten." Bei diesen Worten warf er etwas Klingendes in das Gefäß.

Die Dienerin ergriff den Krug und eilte in den Palast des Aldars. Sie trat in Zairas Zimmer, stellte den Krug neben ihr Bett, und beim Weggehen setzte sie den Fuß so, daß der Krug umfiel und sich mit dem Boden nach oben kehrte. Da floß das Wasser auf den marmornen Fußboden, und zu Zairas Füßen funkelte ein Diamantring.

Zaira schrie auf, ergriff den Ring, drückte ihn an die Lippen. Sogleich wußte sie, daß es der Ring ihres Geliebten war.

„Wie ist denn der Ring in den Krug gelangt?" fragte sie die Dienerin unter Freudentränen.

„Ein schöner Jüngling warf ihn hinein, den ich an der Quelle traf. Er befahl mir, den Krug umzudrehen und das Wasser an deinem Lager auszugießen, o Herrin."

Zaira freute sich, ihr Gesicht ward hell wie die Sonne, und wohl hundertmal ließ sie sich alles bis in Einzelheiten erzählen, wie jener Ritter aussähe, was für Waffen er trug, was für ein Schwert, was er gesprochen und was für Pferde er mit sich geführt habe.

Inzwischen befahl der Tatarenfürst, Vorbereitungen zu treffen für das Hochzeitsmahl. Gäste fuhren in Scharen vor, sie aßen, tranken, ließen sich's wohlsein bei Tische, sangen Lieder, nur Zaira saß mit den Mädchen im Saal nebenan, still, unbeweglich, in einen türkisblauen Mantel gehüllt, und das wunderschöne Gesicht tief verschleiert.

Sie beugte sich zu ihrer Dienerin herab und flüsterte ihr ins Ohr:

„Gehe zur Quelle und sage jenem Ritter, der den Ring in den Krug warf, Zaira erwarte ihn zum Festschmaus."

Insgeheim huschte die treue Dienerin davon, rannte, so schnell ihre Füße sie nur trugen, zur Zisterne und wiederholte diese Worte dem jungen Ritter.

Des Königssohnes Augen blitzten vor Freude, er sprang auf, bestieg das Mondroß mit der weißen Mähne und galoppierte zum Palast des Aldars. Hinter ihm drein jagte das rotmähnige Sonnenroß, fröhlich wiehernd zum Siege.

Geräuschvoll, stolz und nach Ritterart ritt der Königssohn auf des Aldars Hof, riß den Kolpak mit dem Sträußchen daran vom Kopfe, verbeugte sich vor dem Aldar und den Gästen.

„Ich bin der Sohn des Königs, der das große Reich im Westen beherrscht", erklärte er allen ringsum mit heller, vernehmlicher Stimme.

„Die Kunde von deiner Hochzeit, o Aldar, mit der schönen Zaira ist auch zu uns gedrungen, und so komme ich denn auf meines Vaters Empfehlung an deinen Hof, um dir Glück und Wohlergehen zu wünschen."

Der Aldar blähte sich auf vor Selbstzufriedenheit und Stolz, weil sogar der Fürst des Westens bei ihm zu Gast einkehrte, und er lud den Königssohn an die Festtafel.

Die Rosse ließ der Königssohn frei weiden, denn die Stallknechte fürchteten sich, auch nur in ihre Nähe zu gehen, so wild und drohend sahen sie aus.

„Laßt sie auf dem Hof", sagte der Königssohn, „sie werden hier auf mich warten."

Dann nahm er an des Aldars Seite Platz, und man reichte ihm einen Kelch aus gediegenem Golde, der war mit süßem Malvasierwein gefüllt.

„Trinke auf meine Gesundheit und eine glückliche Ehe mit Zaira!" rief der Aldar, der vom Wein schon sehr angeheitert war.

Der Königssohn bebte vor Zorn, schon wollte er den Kelch am Schädel des verhaßten Feindes zerschmettern, doch da er der Geliebten gedachte, bot er alle Willenskraft auf, sein wahres Gesicht nicht zu zeigen, noch ehe es an der Zeit war. Nur leicht stieß er mit dem Schwert an den Kelch, daß dieser unter die Tafel rollte und in Stücke sprang.

„Heda!" rief der Aldar den Dienern zu. „Gebt dem Fürsten des Westens einen neuen Kelch, aber schnell!" Und da er selbst Lust zu trinken verspürte, ergriff er einen Riesenpokal und leerte ihn bis zur Neige.

Man reichte dem Königssohn einen anderen goldschimmernden Kelch. Er führte ihn zum Munde, doch im letzten Augenblick ließ er ihn scheinbar unachtsam aus der Hand gleiten. Das Gold fiel klingend auf den Boden des

Festsaales, und roter Wein ergoß sich einem Blutstrom gleich zu des Aldars Füßen.

„Ein böses Zeichen", flüsterten die Diener bei diesem Anblick. „Sicherlich wird unserem Aldar ein Unglück widerfahren."

Der Aldar jedoch war betört vom Weine, umgeben von Schmeichlern und Höflingen, er gewahrte nichts. Plötzlich gerieten die Gäste in Bewegung, sie strömten hinaus in den Schloßhof, wo die Reiterspiele mit den Schützen stattfinden sollten, und der Aldar folgte ihnen.

Unbemerkt verließ der Königssohn den Haufen der Zecher, kehrte in den Saal zurück und befahl, ihm einen dritten Becher Weines zu reichen. Nachdem er das Gewünschte erhalten, neigte er sich über den Kelch voll des duftenden Getränkes und flüsterte:

„Sei gegrüßt, Licht meiner Augen, Quelle meiner Freuden, du schönste der Rosen aus den Gärten des Ostens. Sage mir, ob du meiner noch gedenkst, willst du freiwillig des Aldars Gattin werden, oder wirst du mit Gewalt gezwungen?"

Nach diesen Worten befahl er der Dienerschaft:

„Bringt den Kelch der Auserwählten des großen Aldars, der Prinzessin Zaira."

Man trug den Kelch in den Saal nebenan, wo Zaira mit ihren Dienerinnen saß. Die Zauberjungfrau nahm den goldschimmernden Kelch und schaute in den Wein, der rot war wie Blut. Da begann der edle Trank plötzlich zu schäumen, er bewegte sich und rauschte, und so vernahm Zaira ihres Geliebten Worte.

Ein Lächeln der Freude erhellte ihr Gesicht. Sie trank den Becher leer, befahl, ihn wieder zu füllen mit kostbarem Getränk und flüsterte leise, ganz leise:

„Fürchte nichts, mein Einziger! Meine Liebe zu dir lebt noch, sie welkt nicht dahin wie eine Blume ohne Wasser. Mit Gewalt will mich der Aldar zur Ehe zwingen, und er hat dieses Festmahl heute ausgerichtet, um allen unseren Bund zu verkünden, der vollzogen werden soll, wenn die Sonne im Westen versinkt. O Geliebter! Entreiße mich seiner grausamen Gewalt, denn ohnmächtig bin ich, alle Zauberkraft hat jene Hexe mir genommen, die auch dich verzauberte, da sie dich in todähnlichen Schlaf versenkte."

Man brachte diesen Kelch dem Königssohn. Er ergriff ihn, leerte ihn in einem Zuge und vernahm Zairas Flüsterworte vom Boden des Gefäßes.

Da sprang er auf, eilte in den Schloßhof, wo die Reiterspiele stattfanden, bestieg das weißmähnige Mondroß und rief:

„Vorwärts, mein Mondroß und du, Roß der Sonne, auf in den Kampf, ans Werk! Zertrampelt, zerstampft es, das Heer des bösen, arglistigen Aldars, kein Stein seiner Macht soll auf dem anderen bleiben! Rettet Zaira aus der Gefangenschaft!"

Wie Sturmwinde stürzten sich die Himmelsrosse auf des Aldars Horden, in Staub zerschlugen sie seine Krieger. Freien Lauf ließ der Königssohn seinem Zauberschwert, das arge Verwirrung säte in der Feinde Reihen. Vom plötzlichen Angriff überrumpelt, floh der Tatarenfürst mit zwei Begleitern aus seiner Hauptstadt, wo er Zaira und alle seine Schätze zurückließ.

Nur die Hexe war noch im Schloß geblieben, sie verbarg sich im Garten, wo sie sich in ein wildes Kraut verwandelt hatte. Aber die himmlischen Rosse zerstampften das Kraut mit den Hufen, und seither fehlt von der Hexe jede Spur.

Die Sonne stand noch hoch am Himmel, als sich die Schlacht mit dem Siege des Königssohnes ihrem Ende zuneigte. Glückstrahlend kam Zaira aus dem Saal gelaufen und warf sich in die Arme ihres Befreiers. Mit fröhlichem Gewieher trugen die Rosse des Mondes und der Sonne den Königssohn und seine Geliebte aus dem Tatarenlande hin zum Kupferturm. Bald darauf führte der Königssohn seine Verlobte wohlbehalten auf seines Vaters Schloß.

Erfreut sprach der alte Herrscher beim Anblick Zairas:

„Wahrlich, ein schöneres, süßeres und klügeres Wesen kennt die Welt nicht, mein Sohn. Nun kann ich beruhigt die Augen schließen und dir Thron und Königreich überlassen. Mein Geschlecht wird auch in Jahrhunderten nicht vergehen, denn Sonne und Mond sind ihm wohlgesonnen."

Bald fand eine fröhliche und glanzvolle Hochzeit statt, zu der würdige Gäste erschienen aus Ost und West. Da freute sich die Sonne, und froh war auch der Mond, als sie das Glück sahen des jungen Paares, für das sie selber die Brautwerber gespielt hatten.

VON DEM GROSSEN DRACHEN, DER SONNE UND MOND RAUBTE, UND DEN DREI RECKEN ERDKÄMPFER, EICHENREISSER UND FELSENWERFER

Vor langer, langer Zeit, da hauste hinter Wäldern, Meeren und hohen Bergen der Große Drache. Ein Ungeheuer war er, wohl hundert Ellen lang, von einem Eisenpanzer bedeckt, Feuer atmete er, mit den Pranken aber grub er Klüfte und Abgründe in die Erde, und mit dem Schwanz riß er Berge um. Wenn er brüllte, fiel in weiter Ferne, hinter neununddreißig Ländern noch das Laub von den Bäumen, und die Quellen flossen vor Schreck zurück in der Erde Tiefen.

Einst packte den Drachen großer Zorn über die Menschen, und er begann sie lebendig zu verschlingen.

Schon beim Anblick des Drachens erblaßten die Menschen vor Angst und rannten davon, so rasch ihre Füße sie nur trugen, von weitem gingen sie ihm aus dem Wege, verbargen sich in Grotten, die sie in Felsen gehauen hatten, verschanzten sich hinter Felsblöcken, bauten Festungen aus gewaltigen Quadern, und so wurde es für den Drachen immer schwerer, Menschen zu finden. Also beschloß er, Sonne und Mond auszulöschen, damit er leichter Jagd machen konnte auf die Menschen, die in der Finsternis ratlos umherirrten. Er zischte, reckte seine gewaltigen Glieder, richtete sich zur Höhe empor, bis er das Himmelsgewölbe erreichte, und riß Sonne und Mond in seinen Rachen.

Auf der Erde und am Himmel herrschte finstere Nacht. Alle Welt packte Entsetzen. Der Große Drache aber fiel über die Menschen her, die verloren waren in der dichten Finsternis, zumal er ohne Licht selbst noch besser sehen konnte. So hätte jener schreckliche Unhold vielleicht alle Bewohner der Erde verschlungen, wenn es nicht drei mutige Jungen gegeben hätte.

Der Große Drache hatte nicht bemerkt, daß sich in der Steppe, im dichten Grase ein kleiner Hirt mit einem scheckigen Fohlen verbarg. Um die gleiche Zeit hielt sich im finsteren Walde, mitten im dichtesten Gebüsch ein anderer Junge versteckt, der hatte ein kastanienfarbenes Fohlen bei sich, während ein dritter Junge mit einem schwarzen Rappenfohlen in eine grüne Schlucht in den Bergen gekrochen war.

Indessen versteckte der Drache Sonne und Mond, die er vom Himmel herabgerissen hatte, hinter seinen gewaltigen Ohren, kroch aus dem Walde heraus und begann mit der Menschenjagd. Als nicht mehr genug Menschen da waren, zerriß er die Tiere, bis schließlich im ganzen Lande kein einziges lebendiges Wesen mehr übrigblieb. Wer nur irgend konnte, ging fort über die Berge und Meere, um sein Leben zu retten. Doch nur wenigen Glücklichen, die besonders bei Kräften waren, gelang die Flucht in sichere Gegenden, der Rest kam ums Leben, weil der Drache sie verschlang oder weil sie an Hunger und Durst starben.

Da nun der entsetzliche Unhold spürte, es würde ihm bald an Opfern mangeln, folgte er der Spur der Flüchtlinge über Berge und Meere.

Die drei Jungen mit den Fohlen wurden in ihren Verstecken gewahr, daß der Drache nicht mehr in der Nähe hauste, also begannen sie zu schreien und vor Freude zu tanzen. Jeder von ihnen wollte so rasch wie nur möglich erwachsen sein, damit er den Großen Drachen töten konnte. Jeder wollte Wasser trinken aus der Quelle der Kraft, die in einer finsteren Höhle entsprang. In früher Kindheit hatten ihre Mütter ihnen von dieser Quelle erzählt. So eilten denn alle drei, vom gleichen Gedanken bewegt, in diese Höhle, und als sie dort das Wunderwasser schöpften, lernten sie sich kennen und schwuren einander Freundschaft auf Tod und Leben. Es geschah aber, daß sie, nachdem sie das Wasser der Kraft getrunken, im Laufe von neun Tagen zu stattlichen und kräftigen Jünglingen heranwuchsen. Der erste nannte sich Erdkämpfer, der zweite Eichenreißer und der dritte Felsenwerfer. Zusammen mit ihnen wuchsen die Fohlen, denn auch sie hatten das Wasser der Kraft getrunken, und wurden nun zu wackeren Rossen. Nach ihrer Farbe nannten die Jünglinge ihre Pferde Schecke, Kastanienbrauner und Rappe.

Einmal ging Erdkämpfer mit dem Schwert in der Hand hinaus in die Steppe. Sogleich witterte ihn sein junger Rappe in der Finsternis und begann vor Freude zu wiehern. Der Recke umarmte des Pferdes Hals und streichelte ihm die Nüstern.

„Pferdchen, du mein schwarzes, ein treuer Freund bis du mir, schwarz wie diese endlose Nacht! Ach, warum kann ich dich nicht sehen und meine Freude haben an dir!"

Er kämmte ihm die lange Mähne, klopfte seinen geschwungenen Hals, das Pferd aber riß sich los, schnob aus den Nüstern, begann mit seinen Hufen den Boden aufzuscharren, und seine Augen flammten in der Finsternis, als bäte es seinen Herrn, aufzusitzen und mit ihm in die weite Welt hineinzujagen. Also bestieg Erdkämpfer seinen Rappen und flüsterte ihm ins Ohr:

„Reiten wir, mein Pferdchen, die helle Sonne wollen wir suchen. Ohne Licht kann ich nicht länger leben."

Lange galoppierte er durch die finstere Steppe, bis er vor einem Walde zu stehen kam, der sich schwarz abhob in der Dunkelheit. Da er im Schritt noch ein wenig näher heranritt, gewahrte er eine Gestalt, die ihm bekannt vorkam. Eichenreißer war es, der hatte einen wohl tausendjährigen Baum aus der Erde gerissen, als wäre es ein Stöckchen, und warf ihn von einer Hand in die andere, um sich zu erwärmen. Eichenreißer bemerkte den Reiter auf dem Rappen und rief erfreut:

„Ach, da bist du ja, mein Freund! Wie gut, daß ich dich endlich wiederfinde. Du warst so plötzlich verschwunden, da haben wir uns auf die Suche begeben, Felsenwerfer und ich. Er ist nach links geritten, ich nach rechts, und so habe ich dich gefunden. Wohin reitest du und warum?"

„Sonne und Mond will ich suchen", antwortete Erdkämpfer.

„Nimm mich mit! Habe einen kräftigen Streitkolben und kann dir von Nutzen sein."

„Gut, reiten wir zusammen", sagte Erdkämpfer. „Zu zweit ist es lustiger."

Eichenreißer pfiff einmal, ein zweites, ein drittes Mal. Da galoppierte der flinke Schecke aus dem Walde hervor. Wieherte, tänzelte, schlug mit den Hufen, daß Funken in die Finsternis sprühten. Also schwang sich Eichenreißer auf sein Pferd und ritt mit Erdkämpfer davon, die Sonne und den Mond zu suchen.

Ob sie nun lange ritten oder nur kurze Zeit, niemand weiß es, doch am Ende bemerkten sie, daß sich in der Finsternis am Berghang etwas bewegte. Das war der dritte der Recken, Felsenwerfer. Er saß auf einem hohen Felshang, hielt einen riesigen Gesteinsbrocken in der Hand und warf ihn von einer Hand in die andere, als wäre es ein Ball, um sich ein wenig aufzuwärmen.

„Seid gegrüßt, Brüder! Glücklich hat offenbar das Schicksal eure Pferde in diese Richtung gelenkt. Vergeblich suche ich nach euch schon seit vielen Tagen, und da seid ihr nun."

„Steig auf dein Pferd, Bruder, und reite mit uns!" riefen die beiden Jünglinge. „Wir haben beschlossen, Sonne und Mond zu suchen, Licht und Wärme wollen wir erringen für unsere Erde."

„Seit langem schon habe auch ich daran gedacht", sagte Felsenwerfer, den Gesteinsbrocken schwingend. „Ein hübsches Steinchen habe ich da, vielleicht können wir es unterwegs brauchen."

Felsenwerfer tat einen Pfiff durch die Zähne, da stand schon sein flinker Kastanienbrauner vor ihm. Der Recke schwang sich auf seinen Rücken. Das Pferd schüttelte die Mähne und galoppierte den anderen beiden hinterdrein.

In einer Reihe trabten die drei Recken dahin. Erdkämpfer auf dem Rappen, Eichenreißer auf dem Schecken und Felsenwerfer auf dem Kastanienbraunen.

Sie ritten, die Sonne und den Mond zu suchen, wollten Licht und Wärme gewinnen für die Erde.

Ob sie nun lange oder kurze Zeit ritten, ist unbekannt, doch schließlich befanden sie sich in einer schier endlosen Ebene. Mitten durch diese Ebene floß der Weiße Fluß, breit war er, reißend und rauschend. Eine silberne Brücke war darüber gespannt, und am anderen Ufer funkelte ein Palast, der war ganz aus Silber.

Die drei jungen Recken ritten über die silberne Brücke, daß die Pferdehufe donnernden Klang von sich gaben. Vor dem Tor des Palastes hielten sie an. Sie saßen ab, ließen die Pferde auf dem Rasen weiden, selbst aber traten sie mutig über die aus Silber geschmiedete Schwelle.

Im Palast blendete sie wunderbares Licht. An den Kristallwänden von der Farbe des Amethyst brannten Kerzen, oben aber im Gewölbe des Saales strahlten Sternen gleich kostbare Kleinodien, mit denen das aus Silber gehauene Gebälk besetzt war. In einem der Zimmer standen weiche Betten, in einem anderen wiederum erblickten die drei Recken Tische, die waren gedeckt zum Festmahl.

Die Jünglinge gingen durch den Palast, sie gingen und staunten, fanden sie doch nirgends ein lebendiges Wesen, keine Stimme ließ sich vernehmen im ganzen Schlosse, weder Herren noch Diener waren zu sehen, tiefe Stille herrschte allenthalben, Öde, der ganze Palast schien wie ausgestorben. Die drei Freunde stärkten sich im Speisesaal, und dann legten sie sich in die weichen Betten zum Schlafen nieder.

Um Mitternacht begann der Schecke zu wiehern. Sein Gewieher weckte Eichenreißer. Er stand auf, ergriff den Streitkolben, bestieg sein getreues Roß und sprengte in Richtung der silbernen Brücke davon.

Die Wellen des Weißen Flusses begannen zu rauschen, sie tosten und schäumten. Sturmwogen liefen über das Wasser hin, eine nach der anderen, neun Wogen mit Schaumkämmen. Auf der letzten Woge schaukelte ein silberner Thron. Darauf saß die Blaue Schlange, ein Ungeheuer mit neun Köpfen, und auf ihnen funkelten neun silberne Kronen.

Drohend zischte das Untier, blutrote Blitze schossen aus seinen Feueraugen.

„Wie konntest du es wagen, meines Palastes Schwelle zu betreten? Ich bin es, der jüngere Sohn des Großen Drachen. Falle nieder auf die Knie vor mir, du jämmerliches Menschengeschöpf, erkenne in mir den Herrn. Sonst vergifte ich dich mit meinem Gifte und verbrenne dich mit meinem Feuer, deine Asche aber verstreue ich in alle Winde!"

„Das erlebst du nicht! Ich, der Eichenreißer, soll das Knie beugen vor einem Reptil?" rief der Recke, erhob sein Schwert, schwang es neunmal, daß sogleich alle neun Schlangenköpfe herabfielen und die Silberkronen dem Sieger zu Füßen rollten. Eichenreißer hob die neun Kronen von der Erde auf, eilte zu seinen Kameraden und rief schon von der Türschwelle:

„Der Herr dieses Schlosses, Blaue Schlange, ist tot. Mit meinem Schwert habe ich ihm alle neun giftstrotzenden Köpfe abgeschlagen. Dies aber sind seine neun silbernen Kronen. Steht auf, Brüder, wir wollen weiterreiten, denn hier ist für uns nichts mehr zu tun. Reiten müssen wir, was die Pferde nur hergeben, wenn wir Sonne und Mond finden wollen."

Die Recken sprangen auf ihre Pferde und jagten dahin durch die Steppe. Ob sie nun lange ritten oder nur kurze Zeit, niemand weiß es, plötzlich aber versperrte der Gelbe Fluß ihren Weg. Eine Brücke führte darüber, die war aus purem Golde, und am anderen Ufer gleißte ein Palast, einer gelben Flamme gleich im nächsten Umkreis die Finsternis erhellend. Mit lauten Rufen, geräuschvoll, lärmend ritten die drei Recken über die goldene Brücke, so daß sich klingendes Echo über den Gelben Fluß schwang. Dann hielten sie vor dem Tor des goldenen Schlosses, saßen ab, ließen die Pferde frei auf dem Rasen weiden und schlugen dreimal mit dem Schwert an das Tor. Doch niemand erschien. Da öffneten sie das Tor, lautlos ging es auf.

Fast hätten sie aufgeschrien vor Erstaunen und Bewunderung. Solche

Schönheit hatte eines Menschen Auge wohl noch nie geschaut. Goldene Sterne flammten an Wänden aus Lapislazuli, der war blauer als der Himmel, die Fußböden zierten Mosaiken aus Diamanten, Saphiren, Smaragden, Onyx oder aus nachtschwarzem Achat, die Zimmerdecken waren mit Perlen besetzt. Inmitten eines der Säle harrten ihrer reichgedeckte Tische, in einem anderen Saal standen weiche Betten, bedeckt mit seidenen Kissen, bestickt und bunt gemustert. Doch das ganze Gebäude stand leer. Überall herrschte dumpfes Schweigen, einfach niemand war da.

Die Recken aßen und tranken sich satt, und als sie sich gestärkt hatten, legten sie sich zum Schlafen nieder in die weichen Betten. Fest schliefen sie ein, denn müde waren sie nach der weiten Reise. Um Mitternacht erwachte Erdkämpfer, weil sein Rappe im Hofe wild wieherte und schnaubte.

Der Recke sprang vom Bett auf, ergriff sein Schwert, eilte aus dem Palast, bestieg den Rappen und jagte zur Brücke. Im Lichtschein, den das goldene Schloß um sich verbreitete, gewahrte er, wie zwölf riesige Schiffe auf dem Gelben Fluß dahergeschwommen kamen. Jedes Schiff war mit Lampen aus Rosenalabaster beleuchtet, die warfen ihren Schein über das Wasser.

Auf dem letzten Schiff wiegte sich ein goldener Thron, und darauf saß eine zwölfköpfige Schlange. Jeden Kopf schmückte eine diamente Krone, die warf helle Blitze in die Runde. Drohend zischte das Untier, als es Reiter und Pferd erblickte.

„Tod euch, ihr Menschen aus der Steppe, denn ich, der ältere Sohn des Großen Drachen, will wider euch kämpfen und meines Bruders Tod rächen. Euch alle erwartet der Untergang, ihm entrinnt ihr nicht. Mit tödlichem Gift werde ich euch bespritzen, im Feuer verbrennen, eure Asche aber dem Winde preisgeben."

Das zwölfte Schiff legte am Ufer an. Das Ungeheuer glitt vom Thron, rasch wie ein gleißendes Geschoß bewegte es sich über den Erdboden dahin, die furchtbaren Köpfe emporgerichtet, deren feuerspeiende Augen Ausschau hielten nach Erdkämpfer.

„Warte nur, Drachensohn, wir werden noch sehen, wer wen besiegt!" rief der Recke unerschrocken. Er hob sein Schwert, noch ehe die Schlange zum Sprung ansetzen konnte, schwang es und hieb ihr elf Köpfe ab mit einem Streich.

Die diamantenen Kronen rollten Erdkämpfer zu Füßen, des Gelben Flusses trübe Wogen huben an zu rauschen.

„Töte mich nicht, o Recke, ich bitte dich, schone mein letztes Haupt. Schenke mir das Leben. Dafür werde ich dir die Sonne geben und auch den Mond."

„Du lügst", sprach Erdkämpfer, „denn Sonne und Mond befinden sich in Gefangenschaft beim Großen Drachen."

„Der Große Drache ist mein Vater. Uns, seinen Söhnen hat er gestattet, mit Sonne und Mond Ball zu spielen. Deshalb habe ich sie beide in meinem Schiff versteckt. Allein wirst du sie aber nicht finden, denn das Schiff versinkt, sobald eines Menschen Fuß auch nur in seine Nähe kommt."

„Gut", sagte Erdkämpfer. „Ich werde dir das Leben schenken, aber denke daran, vergiß es nicht. Wehe dir, wenn du versuchen solltest, mich zu betrügen."

Der Held schob sein Schwert in die Scheide. Inzwischen begannen der Schlange neue Köpfe zu wachsen, einer nach dem anderen. Sechs waren es schon, sieben, furchtbar zischten sie und streckten feurige Zungen heraus.

„Du wolltest mich täuschen, arglistiges Reptil!" schrie Erdkämpfer, schwang das Schwert und hieb damit alle Schlangenköpfe ab. Diesmal blieb kein einziger übrig.

Wie er so hinschaute, da sah er doch zwei Kugeln noch zu seinen Füßen umherrollen. Aus dem linken Ohr am zwölften Kopf des älteren Drachensohnes war die Sonne herausgesprungen, aus dem rechten Ohr der Mond.

„So ein Lügner!" murmelte Erdkämpfer, wobei er mit Freude die goldene und die silberne Kugel betrachtete. „Sagte mir, er hätte sie im Schiff verborgen, und nun steckten sie in seinen Ohren."

Erdkämpfer hob die goldene und die silberne Kugel vom Boden auf. Die Sonne schob er in die rechte Tasche, den Mond in die linke und rannte aus Leibeskräften mit der freudigen Nachricht zurück in den Palast, wo seine beiden Kameraden schliefen.

„Steht auf, Brüder! Die Schlange habe ich getötet, den älteren Sohn des Großen Drachen. Sonne und Mond habe ich zurückgewonnen! Nun können wir heimkehren in unser Vaterland, Licht und Wärme entfachen."

Eichenreißer und Felsenwerfer schrien vor Freude und sprangen auf ihre Füße.

„Sieg!" riefen sie. „Erdkämpfer lebe hoch!" Und sie leerten zu Ehren ihres Kameraden Pokale voller Wein. „Nun auf die Pferde!"

Im nächsten Augenblick jagten die drei Reiter, so rasch ihre Pferde sie nur zu tragen vermochten, den Weg zurück, heimwärts.

Flach lag die Steppe vor ihnen, breit, ausgedehnt, keine Grenze erkennbar. Die drei Recken ritten, sie galoppierten auf ihren flinken Pferden, aber der Weg war noch immer sehr weit.

Ermüdet vom langen Ritt, stiegen sie von ihren Pferden, ließen sie weiden und legten sich selber ins Gras, um auszuruhen und Kräfte zu sammeln für die weitere Wanderschaft.

Die Reiter waren kaum eingeschlafen, da kroch der Große Drache selbst in der Finsternis heran. Lange hatte er sie in der Steppe verfolgt, nachdem er vom Tode seiner beiden Söhne erfahren. Endlich hatte er die drei Recken gefunden. Er umkreiste die Schlafenden, bildete mit seinem langen Körper einen Ring und zischte voll hämischer Schadenfreude:

„Diesmal entkommt ihr mir nicht, ihr Frechlinge! Furchtbar wird meine Rache sein. Zur Rechenschaft ziehe ich euch für die abgehauenen Häupter meiner Söhne und den Raub der Sonne und des Mondes."

Wutschnaubend, zornbebend heftete er die feuerflammenden Augen auf seine schlafenden Feinde, die ihm wehrlos ausgeliefert waren.

Plötzlich aber witterten die wackeren Rosse den Drachen und begannen laut zu wiehern. Die Recken erwachten und sahen das widerwärtige Reptil vor sich mit zornblitzenden Augen, Flammen loderten aus seinem Rachen, und stickiger Rauch quoll daraus hervor.

Vergeblich suchten sie über den riesigen Drachenkörper hinwegzuspringen. Der Große Drache zischte, streckte seine gewaltigen Glieder, schlug mit dem eisenbeschuppten Schwanz auf den Erdboden, daß es dumpf, betäubend dröhnte, und warf loderndes Feuer auf die Recken.

Als erster sprang Felsenwerfer auf. Einen gewaltigen Gesteinsbrocken wollte er emporheben, um ihn dem Angreifer entgegenzuschleudern, doch unglücklicherweise tat sein Kastanienbrauner einen Fehltritt und fiel mit seinem Reiter genau in den Drachenrachen.

Als zweiter sprang Eichenreißer auf seinem Schecken, einen wohl hundertjährigen Baum schwang er wie ein Stöckchen, doch auch er verfehlte sein Ziel, und der furchtbare Drache verschlang wiederum Reiter und Pferd.

Nun stand Erdkämpfer allein auf seinem Rappen dem Ungeheuer gegenüber. Schon wollte er sich auf den Großen Drachen stürzen, da sprach plötzlich der Rappe mit Menschenstimme:

„Rasch, verliere keinen Augenblick! Durchschneide meine Haut mit deinem Schwert und vergieße einen Tropfen meines Blutes."

„Niemals werde ich das tun!" rief Erdkämpfer. „Wie könnte ich dich verwunden, meinen besten Freund und Mitstreiter in so vielen Mühen und Abenteuern!"

„Schone mich nicht, Herr, empfinde kein Mitleid mit mir. Schlage mir nur eine blutende Wunde, sonst kommen wir beide um. Wenn du dein Schwert in mein Blut tauchst, wirst du unbesiegbar."

Auf diese Worte hin tat Erdkämpfer, wie ihm das tapfere Roß geraten hatte. Er vergoß einen Tropfen seines Blutes. Und als er sein Schwert emporhob, da spürte er in sich solche Kraft, daß er auch neun Drachen hätte die Stirn bieten können. Der Rappe sprang mit ihm auf den Drachen, Erdkämpfer aber begann sein Schwert zu schwingen und versetzte dem Feinde Schlag auf Schlag! Der Drache riß seinen Rachen auf, stöhnte vor Schmerz, da sprangen Eichenreißer und Felsenwerfer auf ihren Pferden gesund und heil hervor. Der eine schwang seine Keule, und der andere schleuderte riesige Felsbrokken, so halfen sie dem tapferen Erdkämpfer. Am Ende platzte der Große Drache mitten entzwei, und eine riesige Menschenmenge strömte aus seinem Körper hervor, alle Menschen, die der Unhold einst lebendig verschlungen hatte.

Sie traten hinaus in die Freiheit, verließen den finsteren Schlund und vermochten ihr Glück nicht zu fassen. Viele weinten vor Freude, andere sangen Lieder, noch andere lachten laut und tanzten in der Steppe umher, als wären sie trunken vom Weine.

Da zog Erdkämpfer die Sonne aus seiner rechten Tasche hervor und warf sie zur Höhe empor wie einen goldenen Ball.

Die Sonne flog bis an den Himmel und begann ihre Wanderung von Ost nach West. Ihr Licht aber ergoß sich über die ganze Erde, es vertrieb Finsternis und Kälte, und alles, was lebte, erfreute sich der Wärme und des Lichts.

Kaum hatte die Sonne des Horizonts Westpunkt erreicht, da holte Erdkämpfer den Mond aus seiner linken Tasche hervor und warf ihn in die Höhe wie einen silbernen Diskus. Nun eilte der Mond der Sonne hinterher, zog am Westhimmel seine Bahn, gelangte gen Süden und Norden, glitt leise auch nach Osten, und überallhin ergossen sich seines silbernen Lichtes Strahlen. Von nun an hatten die Menschen bei seinem Scheine auch des Nachts keine Angst mehr.

Die ganze Welt war erlöst aus der Bedrängnis, Freude und Fröhlichkeit herrschten auf der Erde und am Himmel, in den Lüften und auf dem Meer. Die drei mutigen Bezwinger des Großen Drachen, Erdkämpfer, Eichenreißer und Felsenwerfer, betrachteten stolz die wiedergeborene Erde, erfreuten sich an der Menschen Glück, auch am Glück der Tiere und aller Lebewesen. Dann aber bestiegen sie ihre tapferen Rosse, den Schecken, den Kastanienbraunen und den Rappen, und jagten weiter durch die Steppe dahin, um neue Heldentaten zu vollbringen.

VON DER GROSSEN SPINNE, DIE AUF DEN MOND FLOH

Am Rande des Urwaldes, in einer abschüssigen Felswand gähnte eine tiefe, finstere Höhle, aus der Kühle wehte, und darin hauste die Große Spinne. Riesengroß, raubgierig und so habsüchtig war sie, daß sie einen ganzen Ochsen oder mehrere Menschen gleichzeitig verschlingen konnte.

Tag und Nacht webte sie an ihrem heimtückischen Netz, und wer immer in der Nähe ihrer Höhle vorüberging, fiel ihr zum Opfer. Kein Speer, kein Pfeil vermochte des Untiers festen, harten Panzer zu durchdringen, der mit schwarzen Haaren bewachsen war.

Wie das Feuer mieden Menschen und Tiere den Küstenweg, der am Versteck der mörderischen Spinne vorüberführte, also litt sie immer häufiger Hunger und mußte ihr Netz noch weiter und breiter weben.

Schließlich verließ sie ihre Höhle, um den Menschen, Tieren oder Vögeln am hellichten Tage beim Wege aufzulauern, der ins Dorf führte.

In diesem Dorfe lebte ein junger Jäger, den man Roter Pfeil nannte. Mutig war er, unerschrocken, Falkenaugen, hurtige Beine und starke Arme besaß er. Unfehlbar war sein Bogen, seine Pfeile, mit einem roten Federbüschel am Ansatz, trafen stets ihr Ziel, schneller flogen sie als der Wind, leichter als der Vogelflug. Rache geschworen hatte Roter Pfeil der Großen Spinne, die sein Dorf in solche Not brachte.

Einst ging er am frühen Morgen auf Jagd in den Wald. Am Dorfrand bemerkte er, daß da im Grase etwas silbern schimmerte wie eine zitternde Wasserfläche. Es war das Netz der Großen Spinne, und darin zappelte verzweifelt ein Eichhörnchen. Und nur einen Schritt von ihm entfernt streckte das Untier seine behaarte Pranke nach ihm aus. Böse war die Große Spinne, denn seit langem schon war ihr kein Opfer ins Netz geraten. Der Hunger quälte sie so sehr, daß sie nicht einmal ein winziges Eichhörnchen verschmähen mochte, ja, vor Habgier zitterte ihr großer, kahler, kugelrunder Kopf.

Roter Pfeil sprang hinzu, hatte im Augenblick das arme Tierchen aus dem Netz gerissen und begann mit gewandten Sprüngen in des Urwaldes Tiefe zu fliehen. Hinter ihm her eilte auf ihren hohen Beinen die Große Spinne, wütend, ausgehungert, drohend.

Aber Roter Pfeil war schneller, also gelang es ihm, mit dem Eichhörnchen zu entkommen.

Als beide schon weit weg waren, sicher im Waldesdickicht, da ließ sich das graue Tierchen mit dem buschigen Fell, noch immer zitternd, in der Eichhörnchensprache vernehmen:

„Ich weiß nicht, wie ich dir danken soll, Roter Pfeil, denn du hast mir das Leben gerettet. Um ein Geringes hätte mich dieses Untier verschlungen."

„Möchtest du mir helfen, Eichhörnchen?" fragte Roter Pfeil, keineswegs darob verwundert, daß das Tierchen seinen Namen kannte, denn schon viele Geheimnisse des Urwaldes hatte er im Laufe seiner Wanderungen ergründet.

„Befiehl nur, ich werde alles tun, was du von mir forderst. Aber womit könnte denn ein kleines graues Eichhörnchen einem Menschen helfen, zumal einem so großen Jäger, wie du es bist, Roter Pfeil?"

„Willst du das Verderben der Großen Spinne?"

„Nichts, was ich dieser blutigen Mörderin mehr wünschte... hu, schon der Gedanke an sie läßt Schauder über meinen Rücken rinnen."

„So gehe zu deinem Stamm und rufe alle Eichhörnchen des Urwaldes auf diese Waldwiese, in der ersten Vollmondnacht sollen sie sich hier versammeln."

Zum Zeichen des Einverständnisses wedelte das Eichhörnchen mit dem buschigen Schweif, sprang auf einen Baum und verschwand im Gezweig.

Roter Pfeil ging in den Wald. Aber er jagte nicht. Er setzte sich auf einen umgestürzten Baumstamm und dachte darüber nach, wie man die blutrünstige Spinne besiegen und Menschen wie Tiere befreien konnte von ihr.

Plötzlich vernahm er ein Pfeifen im Moose, das den Boden ringsum bedeckte, und nach einem Weilchen erspähte er einen dicken, vollgefressenen Dachs, der in seiner langen, rüsselförmigen Schnauze eine kleine Maus hielt.

Der Jäger sprang vom Baumstamm auf, packte Pfeil und Bogen und wollte schon den Pfeil davonschnellen lassen, als der Dachs, der die Gefahr gewittert hatte, ihm vor Augen in seiner Höhle verschwand, wobei er die Beute aus Angst losließ.

Plötzlich vernahm Roter Pfeil ein feines Stimmchen. Die kleine Maus war es, die-wie durch ein Wunder vom Tode bewahrt-ihrem Retter danken wollte.

„Wärest du nicht gewesen, so hätte mich dieser Wildling gefressen", sprach sie. „Niemals werde ich dir das vergessen, Roter Pfeil. Wie könnte ich dir nur meine Dankbarkeit für die Lebensrettung beweisen?"

„Du möchtest mir wirklich helfen, kleine Maus?" fragte der Jäger.

„Wie kannst du daran zweifeln, Roter Pfeil. Ich weiß nur nicht, auf welche Weise ein solch schwächliches Wesen, wie ich es bin, dem Menschen helfen kann, der Herr des Urwaldes ist."

„Siehst du, kleine Maus, man weiß nie, was geschehen kann, und es ist immer besser, Freunde zu haben als Feinde", versetzte der Jäger.

„Wir stehen dir zu Gebote", antwortete die Waldmaus. „Du brauchst nur meinen Namen auszusprechen, dann erscheine ich vor dir und mein ganzer Mäusestamm mit mir."

„Aber wie heißt du denn, kleine Maus?" fragte Roter Pfeil.

„Man ruft mich Niaa", sagte sie und verschwand in ihrem Waldversteck.

Bei Anbruch der ersten Vollmondnacht ging Roter Pfeil an den vereinbarten Ort im Urwald und wartete bis Mitternacht.

Als der Mond am Himmel erstrahlte, begannen sich der Bäume Zweige zu regen, im Dickicht wimmelte es, dumpfe Geräusche wie von leisen Schritten, Flüstern, feine Pfeiftöne ließen sich vernehmen, und plötzlich wuchs vor des jungen Jägers Augen ein ganzer Haufe grauer Eichhörnchen empor, die von jedem Baumstumpf, Stamm oder Ast behende heranhüpften. Die große Waldwiese war dicht besetzt mit Eichhörnchen, graue Schweife und buschige Pelzchen wirbelten durcheinander, und immer neue Gruppen liefen aus dem Urwald herbei. Aus dem Haufen trat nun jenes Eichhörnchen hervor, das Roter Pfeil aus den Fängen der Spinne gerettet hatte.

„Sei uns willkommen, Roter Pfeil! Auf deinen Wunsch hat sich mein ganzer Stamm eingefunden und ist deines Winks gewärtig."

Der tapfere Jäger freute sich, dankte den Eichhörnchen und fragte:

„Kennt ihr die große Spinne, die in diesem Walde haust?"

„Ach, wer im Urwald sollte sie nicht kennen!" riefen die Eichhörnchen. „Hat dieser Räuber doch nicht wenige unserer Brüder und Schwestern verschlungen!"

„Werdet ihr keine Angst haben, unter meiner Führung den Kampf aufzunehmen gegen die Große Spinne?"

„Mit dir, Roter Pfeil, fürchten wir nichts. Übrigens, wir sind tausende, die Spinne aber ist allein", schrien die Eichhörnchen kampfesmutig.

„So kommt mit mir in die Nähe ihrer Höhle und beginnt alle auf mein Zeichen hin an ihrem Netz zu zerren. Groß ist das Netz wie das Feld, es ist vom Waldrand bis hin zum Dorfe gespannt. Die Spinne aber hockt ganz hinten in der Ecke ihrer Höhle und lauert auf ihre Opfer. Wenn das Netz erzittert, kriecht sie aus der Höhle hervor und rennt auf euch zu, aber noch ehe sie euch erreicht, habt ihr das Netz in Fetzen gerissen. Ich wiederum sende meine Pfeile nach ihr aus, die ich mit schwerem Gift getränkt habe. Schon ein leichtes Ritzen genügt, da ist ihr der Tod sicher. Vollmond ist jetzt, es ist hell wie am Tage, also werdet ihr jeden ihrer Schritte beobachten können. Außerdem seid ihr flinker, schneller als dieser vollgefressene Räuber, also entkommt ihr der Spinne, falls sie eines von euch jagt."

„Tod der Großen Spinne!" rief der Eichhörnchen Stamm. „Führe uns, Roter Pfeil!"

„Doch beginnt euer Werk nicht allzu nahe der Höhle", warnte sie der Jäger. „Seid wachsam und vorsichtig, denkt an die Gefahr. Wenn ich euch das Zeichen gebe, müßt ihr augenblicklich verschwinden."

„Was für ein Zeichen wird das sein, Roter Pfeil?" fragten die Eichhörnchen.

„Ein dreifacher Adlerschrei", sagte der junge Jäger und schlich auf die Spinnenhöhle zu. Geräuschlos folgten ihm tausende Eichhörnchen. Im Mondenschein sahen ihre grauen Fellchen und buschigen Schweife ganz silbrig aus, sie funkelten wie spielende Meereswellen. Unweit der Höhle blieben sie auf ein Zeichen des Roten Pfeils stehen wie festgewurzelt. Vor ihnen spannte sich, einer riesigen, weißen Leinwand gleich, die Spinnwebe.

„Vorwärts jetzt, ans Werk!" flüsterte Roter Pfeil. Der Haufe der Eichhörnchen stürzte sich auf das tückische Netz, alle begannen daran zu zerren und es in Stücke zu reißen.

Die Große Spinne fuhr aus ihrem Schlummer empor, steckte den riesigen kahlen Schädel aus der Höhle und sah den Angriff der Eichhörnchen. Zornbebend und mit einer Schnelligkeit, die für den gewaltigen Körper ungewöhnlich war, glitt sie auf ihren langen behaarten Beinen vorwärts, hin zu den Angreifern, wobei ihr vollgefressener Bauch an den Seiten zitterte.

Roter Pfeil war auf der Hut. Er spannte seinen Bogen und begann Pfeile auf das Ungeheuer zu schießen. Doch wehe! Die Pfeile prallten am harten Panzer der Spinne ab und fielen klirrend zu Boden, ohne die Spinne auch nur zu ritzen. In Sorge um das Leben seiner kleinen Helfer stieß Roter Pfeil dreimal den Adlerschrei aus. Wie vom Sturm hinweggefegt, waren die Eichhörnchen vor den Augen der Spinne verschwunden und hockten in den umstehenden Bäumen. Hoch oben schaukelten sie an den Lianen, und aus sicherer Entfernung lachten sie das wutschnaubende Ungeheuer aus, warfen Nußschalen und Rindenstücke, faule Früchte, eben was jeder hatte, das schleuderte er wider den verhaßten Räuber.

Nach diesem bedeutsamen Ereignis, von dem der ganze Urwald viele Tage lang rauschte, verbarg sich die Große Spinne in ihrer Höhle und gab lange Zeit kein Lebenszeichen. Schon dachten Menschen und Tiere, das Ungeheuer sei verhungert, aber es hatte so entsetzliche Angst unter den Bewohnern des Waldes verbreitet, daß niemand sich in die Nähe ihrer Behausung wagte. So ahnte keiner, daß die alte Mörderin ein neues riesiges Netz gesponnen hatte, das noch dichter und fester war als das erste, und erneut ihren ahnungslosen Opfern aufzulauern begann.

Bis eines Tages ein Schrei des Dorfes Stille zerriß. Die Große Spinne hatte ein junges Lama gefangen, das sich von der Herde gelöst und in ihr Netz verirrt hatte.

Roter Pfeil, der gerade von einer weiten Jagdwanderung zurückkehrte, erfuhr davon. Er ging in den Wald, blieb am selben Ort stehen, wo er die kleine Maus Niaa aus den Krallen des Dachses befreit hatte, und begann sie laut zu rufen. Dreimal sprach er ihren Namen aus, aber das Tierchen erschien nicht.

‚Vielleicht ist Niaa irgendwohin in den Wald gegangen, um Nahrung zu suchen', dachte der Jäger und wartete geduldig. Er legte sich ins weiche Moos, der Urwald ringsum rauschte mit tausend Stimmen, blühende Lianen hingen von den Baumstämmen herab, Girlanden bildend ihm zu Häupten. Orchideen wunderschöner Färbung verbreiteten gar süßen, betörenden Duft, der den jungen Jäger umfing. Er wußte selbst nicht, wann er in tiefen Schlaf gesunken war.

Seltsamer, anwachsender Lärm weckte ihn. Es war, als trippelten tausende winziger Füßchen, als raschelte eine große Menge unsichtbarer kleiner krallenbewehrter Pfötchen, die den Erdboden leicht zerkratzten. Er sprang vom Moos auf und war stumm vor Staunen.

Ringsum, so weit das Auge reichte, wimmelte es von kleinen Waldmäusen, der ganze Urwald brauste von ihrem Gewimmel, auf Zweigen und im Gebüsch saßen sie, hielten sich an Lianen fest, und der Erdboden erzitterte wie ein riesiger lebendiger Teppich, überall blitzten die kleinen funkelnden Äuglein der Tiere im grünen, sonnenlichtdurchfluteten Dämmer.

Voller Staunen mochte Roter Pfeil seinen Augen nicht trauen, hatte er doch sein Lebtag nie gedacht, es könnte im Urwald eine solche Menge Mäuse geben.

Wie er so dastand und gar nicht wußte, was er mit dieser beweglichen Masse kleiner braungrauer Geschöpfe anfangen sollte, da vernahm er plötzlich eine feine Stimme dicht vor seinen Füßen.

„Roter Pfeil, du hast mich gerufen. Hier bin ich mit meinem ganzen Stamm der Mäuse und harre deiner Befehle. Sprich, was sollen wir tun?"

Erfreut sagte der wackere Jäger:

„Gut, daß du gekommen bist, Niaa. Ich brauche deine Hilfe. Gemeinsam müßt ihr das Netz der Großen Spinne zerstören. Gerade zieht der nächste Vollmond herauf, seit der Stamm der mir befreundeten Eichhörnchen ihr Netz zerriß, und schon hat dieser Räuber ein neues Netz gesponnen und ein junges Lama aus einer Herde gerissen, die in der Nähe des Pfades weidete. Ihr müßt jede Masche des Netzes zerfetzen, vielleicht zieht dieser Räuber dann fort von hier. Doch seid auf der Hut, Niaa, daß keiner von euch der Spinne in die Fänge gerät. Achtet auf mein Zeichen. Wenn ihr die Amsel dreimal pfeifen hört, verschwindet ihr mit aller Kraft, die in euren Füßen steckt."

Also führte Roter Pfeil des Nachts sein Mäuseheer mit der kleinen Niaa an der Spitze hin zur Höhle der Großen Spinne.

Das Untier hockte in der Tiefe und schwankte ein wenig auf den krummen Beinen. Beim Anblick der Spinne schlich Furcht ins Herz so mancher Maus. Doch mutig bezwang Niaa ihre Angst und machte sich unverzüglich daran, die Maschen der Spinnwebe zu zerreißen. Ihr folgten die Haufen ihrer graubraunen Schwestern und Brüder, und augenblicklich war das feldgroße, ausgedehnte Spinnennetz wie von einem lebendigen beweglichen Teppich bedeckt.

Die Spinne erschrak, der kahle Kopf begann auf dem dünnen Halse zu zittern, ihre wilden, runden Augen funkelten in entsetzlichem Zorne. Leise, heimtückisch wie ein drohender Schatten näherte sie sich in großen Sprüngen dem Mäusehaufen. Roter Pfeil spannte den Bogen und verschoß einen Pfeil nach dem anderen, aber auch diesmal vermochten die Pfeile dem Räuber keinen Schaden zuzufügen, wie Strohhalme brachen sie, glitten herab vom Körper der Spinne, ohne auch nur ihre Haut zu ritzen. Um das Schicksal seiner Helfer bangend, ließ der junge Jäger dreimal den Amselruf erschallen, das Zeichen, das sie warnen sollte.

Aber die kleinen Mäuse hatte in ihrem Eifer solcher Kampfesmut gepackt, daß sie zwar das Signal zum Rückzug vernahmen, aber nicht einmal daran dachten, zu fliehen. Im Gegenteil, sie wurden tollkühn, und die ganze Masse stürzte sich wie rasend auf die Spinne, überschüttete sie einfach. Die Mäuse kratzten und zernagten den behaarten Spinnenrücken, rannten darauf herum, tanzten gar, zu hunderten besetzten sie die Spinnenbeine und sprangen auf dem kugelrunden Schädel herum.

Die Große Spinne stemmte sich mit ihren Beinen im Boden fest, klappte ihr schreckliches Maul auf und zu und wollte den kriegerischen Mäusestamm von sich wegscheuchen. Vergeblich. Fielen die einen und kamen um, so stürzten sich tausende andere auf das Untier, die noch zäher kämpften und mit großer Kampfeswut, denn sie wollten den Tod ihrer Stammesbrüder rächen. Da die Spinne sah, daß sie sich nicht würde helfen können, daß ihre Kräfte abnahmen und sie erdrückt würde unter der Lawine der wackeren Kämpfer, begann sie eilends einen langen festen Faden zu spinnen, wobei sie immer wieder versuchte, sich der Mäuse zu erwehren. Inzwischen war es Nacht geworden, und der lichte Mond schwamm den Himmel herauf. Es war gerade wieder Vollmond.

Fast schien es, die Mäuse würden der Spinne den Garaus machen, als es ihr plötzlich mit einer raschen Bewegung gelang, den Faden emporzuwerfen und ihn um einen Mondstrahl zu wickeln. Den Faden immer noch weiter spinnend, stieg sie daran zur Höhe empor, wobei sie hunderte Waldmäuse von ihrem Rücken schüttelte, und erst in sicherer Höhe atmete sie auf.

Die kleinen Mäuse reckten ihre Hälschen, sie pfiffen gar vor Zorn, weil ihnen die große Räuberin entkommen war. Diese wiederum atmete noch schwer vom Kampfe und fühlte sich in ihrem Stolz gekränkt, weil die elenden Geschöpfe nicht einmal erschrocken waren vor ihrer Macht, ja, um ein Weniges wäre die Große Spinne ihnen erlegen. Sie schämte sich so sehr, daß sie beschloß, nie wieder auf die Erde zurückzukehren. Also heftete sie sich an den Mondstrahl und wand sich mühsam an ihm empor, indem sie pausenlos ihren Faden spann und ihn um den Lichtstrahl wickelte wie um eine kräftige Säule.

Sie muße sich sputen, wenn sie noch vor Morgengrauen oben ankommen wollte, zumal der Mond dann seine nächtliche Wanderung am Himmel beendete.

Schwer atmete die Spinne, geriet ins Schwitzen, war schon ganz erschöpft, aber der Mond stand immer noch in weiter Ferne. Wenn sie nach unten schaute, fauchte sie vor Empörung, sie sah, wie ihre Verfolger mit der Entfernung immer kleiner wurden, wie ein graubraunes Flämmchen hoben sie sich von der grünen Erde ab. Aus dem Speichel der Spinne wuchsen im Urwald giftige Kräuter, mit Schrecken gemieden von Mensch und Tier. Noch ehe die Nacht endete, hatte die Große Spinne unter Aufbietung ihrer letzten Kräfte ihr Gespinst bis zum Mond emporgewoben und konnte es gerade noch um einen Felsen schlingen, der an der Küste eines silbernen Meeres zu erkennen war. Dort endlich kam sie zur Ruhe, und dort blieb sie auch, nachdem sie die Erde für immer verlassen hatte.

Bei Vollmond kann man die Spinne sehen, wie sie riesengroß und mit funkelndem Kahlkopf über des Mondes Scheibe kriecht, ihr Silbergespinst webt und ihr Netz spannt, in dem sie Mondinsekten fängt.

Nach der Flucht der Großen Spinne herrschte im Urwald unbeschreibliche Freude. Roter Pfeil rief:

„Niaa, Niaa, wo bist du?"

Kaum hatte sie des Jägers Rufe vernommen, da stand die kleine Maus auch schon vor ihm. Noch ganz erschöpft war sie, aber glücklich und stolz.

„Ihr habt euch ja wacker bewährt, Niaa", sagte der junge Jäger. „Daß ihr so mutig seid, ahnte ich nicht. Dank euch ist der Urwald eines mächtigen Feindes ledig geworden."

Zufrieden wedelte Niaa mit dem langen Schwanz und antwortete:

„Roter Pfeil, ich freue mich, daß ich dir zusammen mit meinem Mäusestamm im Kampf gegen die Groß Spinne einen Dienst erweisen konnte."

„Nun siehst du es, Niaa, selbst eine kleine Maus kann dem Menschen helfen", sagte Roter Pfeil lächelnd. „Erinnerst du dich, was ich dir damals im Walde sagte, als ich dich dem Dachs entriß? Daß es besser ist, überall Freunde zu haben, als Feinde, denn man weiß nie, was einem im Leben begegnen kann. Was wäre wohl mit mir geschehen, wenn ihr nicht gewesen wäret, denn meine Pfeile waren machtlos gegen dieses Ungeheuer."

„Das ist wahr", sagte Niaa. „Ich denke, die Menschen aus deinem Dorf, Roter Pfeil, werden uns, die Waldmäuse, nun nicht mehr verfolgen und töten. Denn die Große Spinne hat ja nicht nur uns, die Tiere des Waldes, bedrängt, sondern auch die Dorfbewohner."

„Das verspreche ich dir, Niaa", versetzte Roter Pfeil ernst. „Von nun an wird mein Stamm nie wieder Feind der Waldmäuse sein. Heute haben wir in gemeinsamem Kampfe Frieden geschlossen. Kehre mit deinem Mäusestamm ruhig in den Urwald zurück, ich aber werde ins Dorf eilen und den Menschen die gute Nachricht bringen, daß die Große Spinne auf den Mond geflohen ist."

Auf ein Zeichen, das Niaa gab, liefen die braunen Tierchen wieder in den Wald, und es war ihrer eine solche Menge, daß es schien, als würde die ganze Erde sich bewegen. Nach einem Weilchen waren sie den Blicken des jungen Jägers entschwunden, und er kehrte ins Dorf zurück. Schon von weitem rief er:

„Brüder! Freut euch, denn die Große Spinne wird uns nun nicht mehr bedrohen. Sie ist von der Erde auf Mond geflohen!"

Groß war die Freude im Dorfe, man schlug die Trommeln und tanzte bis in die späte Nacht, und als der Mond am Himmel aufzog, da betrachteten alle erfreut die Große Spinne, wie sie über des Mondes Scheibe kroch.

WIE SONNE UND MOND AM HIMMEL ERSCHIENEN

Im Stamme der Abaangi lebte einst ein mächtiger Häuptling und großer Jäger. Er hatte zwei Söhne. Der eine hieß Adlerauge, der andere Falkenauge. Die Brüder waren die besten Bogenschützen im ganzen Stamm. Adlerauge besaß einen silbernen Bogen und silberne Pfeile, Falkenauges Bogen und Pfeile waren aus Gold. Tapferere Krieger als sie gab es nicht, kein Feind konnte ihnen gefährlich werden. Weder Menschen fürchteten sie noch wildes Getier, ja sogar der König der Prärie, der Jaguar, zog bei ihrem Anblick den Schwanz ein und lief davon wie ein feiger Kater. In ihren Wigwams fehlte es nie an frischem Fleisch.

Einst sprach Adlerauge zu seinem Bruder:

„Ich werde den Pfeil mit meinem Bogen so hoch in den Himmel hineinschießen, daß niemand auf der Welt höher zu schießen vermag."

Er stemmte seine Füße fest gegen den Boden, spannte die Sehne, zielte und schoß einen silbernen Pfeil in die Höhe. Der Pfeil schwirrte ab wie eine Stechfliege und stieg pfeifend empor. Immer höher und noch höher ward er getragen durch die Kraft des unaufhaltsamen, raschen Fluges, bis er am Boden des Himmels haften blieb.

Als Falkenauge das sah, ergriff er seinen goldenen Bogen, spannte seiner Arme Muskeln, krümmte mit aller Kraft den Bogen, spannte die Sehne, ließ einen goldenen Pfeil fliegen und rief:

„Mein Pfeil wird deinen Pfeil noch im Fluge einholen!"

Der goldene Pfeil jagte in den Himmel hinein und blieb im Ansatz des Silberpfeils stecken.

„Siehst du, Bruder, ich bin kein schlechterer Schütze als du", erklärte Falkenauge mit stolzem Lächeln.

„Warte nur, gleich werde ich deinen Pfeil abreißen", sagte Adlerauge und ließ ein neues gefiedertes Geschoß aus seinem Bogen schnellen.

Diesmal schlug die silberne Pfeilspitze in den Schaft des goldenen Pfeils ein und bog sich leicht in die Höhe inmitten der am Himmel vorüberjagenden Wolken.

„Schau an, dein Pfeil ist erschlagen, tödlich getroffen von meinem Pfeil!" So rühmte sich Adlerauge und schüttelte stolz seinen Hauptschmuck aus Adlerfedern.

„Nicht lange wirst du dich deines Sieges erfreuen, Bruder", erwiderte ihm Falkenauge. Er griff nach Bogen und Pfeilbüchse, legte einen neuen Pfeil ein, spannte die Sehne, und wieder glitt ein grell-goldener Blitz mit durchdringendem Pfeifen zur Höhe empor. Mit seiner Spitze kehrte er im Fluge seinen Vorgänger um, drang tief in seinen Schaft ein und blieb, sich im Winde wiegend, in der Luft hängen.

Lange wetteiferten die Brüder so miteinander, und als ihre Pfeilbüchsen leer waren, fertigten sie sich neue Pfeile, ließen nicht ab von ihrem Wettkampf. Kaum hatte der eine Bruder seinen Pfeil auf die Reise geschickt, so traf ihn der nächste fast im Fluge, und deshalb konnte keiner den Sieg davontragen.

Schon hing eine lange, lange Kette aus goldenen und silbernen Pfeilen vom Himmel herab, aber noch immer kämpften die beiden Brüder um den Titel des besten Schützen. Die Stammesältesten hatten sich versammelt, und der Häuptling selbst, ihr Vater, schaute mit Erstaunen dem Wettkampf seiner Söhne zu.

Die Pfeilkette reichte bereits herab zu den Baumwipfeln, ja, zum Erdboden. Da streckten beide Brüder gleichzeitig ihre Hände aus, wollten das silberngoldene Band zu sich herunterreißen.

Aber kaum hatten sie mit ihren Handflächen die letzten ihrer Pfeile berührt, da erbebte die Kette, begann sich mit den Brüdern daran aufzurollen und zur Höhe emporzuschweben, immer höher, bis sie den Himmel erreichte.

Dort verwandelte sich Adlerauge in den Mond und Falkenauge in die Sonne, und seither wandern die beiden Brüder und Rivalen über den Himmel, der eine nachts und der andere am Tage.

DER HIRT, DER MOND UND DIE SCHLANGE

Lange ist es her, da verstanden die Menschen noch die Sprache der Bäume, Felsen und Steine, und in Freundschaft lebten sie mit Sonne und Mond.

Ein armer Hirt hütete seines Herrn Schafe auf einer großen grünen Weide in einem Tal, das inmitten der Berge verborgen lag. Plötzlich verfinsterte sich der Himmel, heftiger Wind kam auf, eine riesige Wolke zog heran, und es ergoß sich ein Platzregen. Wassermassen stürzten zur Erde nieder, sie überfluteten das ganze Tal und hatten sich augenblicklich in eine reißende Strömung verwandelt. Der Hirt flüchtete mit seinen Schäfchen auf den Berghang und wollte gerade unter einem überhängenden Felsen Schutz suchen, als er plötzlich ein unheilverkündendes Zischen vernahm und mit Schrecken gewahrte, wie eine gewaltige schwarze Schlange mit goldener Krone auf dem Kopf aus der Höhle kroch und zum Sprung ansetzte. Den Kopf seitlich wiegend, hielt sie mit feurigen, grausamen Augen Ausschau nach dem Hirten.

Der Hirt erschrak beim Anblick des furchtbaren Reptils, ergriff einen Stein und schleuderte ihn auf gut Glück der Schlange entgegen.

„Ach, du Grausamer, was hast du getan?" zischte die Schlange. „Alle Eier hast du mir zerdrückt, aus denen schon bald meine Jungen schlüpfen sollten. Das wirst du mir entgelten, niemals werde ich dir das Unrecht verzeihen, das du mir angetan hast!"

Sie ließ ihre dünne rote Zunge hervorschnellen, schnaubte, spie Gift, und ihr biegsamer langer Körper gewaltigen Ausmaßes begann sich mit solcher Geschwindigkeit zu winden, daß sich der entsetzte Hirt zur Flucht wandte. Die Schlange aber, die verzweifelt war über den Verlust ihrer Eier, war in solchem Zorn und Rachedurst entbrannt, daß sie ihm wie ein todbringendes, schwarzes, langes Geschoß auf dem Fuß folgte. Kaum hatte er sich hinter einem Felsen versteckt, da hob die Schlange schon ihren entsetzlichen Kopf hinter seinem Rücken und zischte, als er bestürzt über die Felsen am Berghang hinabrannte, blieb sie ihm auf den Fersen, spannte den glitschigen Körper zum Sprunge, wand sich wie eine Spindel und entwand sich wieder, schnellte mit dem Schwanz vom Boden empor, und schon war sie wieder da, gleich würde sie ihn einholen.

„Schone mein Leben, Schlange!" rief der Hirt, sich im Lauf umwendend. „Nimm nicht Rache an mir, ich wollte deine Eier nicht zerdrücken, habe den Stein nur geschleudert, um dich zu vertreiben. Laß mich in Frieden, so schwöre ich dir, daß ich niemals wieder die Hand erheben werde wider dich und die Deinen. Was werden meine alten Eltern tun, wenn du mich tötest? Sie werden Hungers sterben."

„O nein, du entkommst mir nicht! Vergeblich sind deine Bitten. An dein Versprechen glaube ich nicht, was nützt es mir schon, da ich meine Eier nicht mehr habe. Das Unrecht mußt du mir mit deinem Leben bezahlen!"

Die Schlange sprang den Hirten an. Mit letzter Kraft wich der Hirt zur Seite, und es gelang ihm, dem giftigen Biß zu entgehen.

Erneut wandte er sich zur Flucht über Berge, durch unwegsames Gelände, seine Verfolgerin aber kroch hinter ihm her, unermüdlich, drohend, rachsüchtig.

Längst war die Sonne untergegangen, die Nacht brach herein, und der junge Mond erschien am Himmel.

Mit dem Rest seiner Kräfte, schwer atmend, klammerte sich der Hirt an einen Berggipfel, blickte verzweifelt zur silbernen Sichel empor, die da inmitten der Sterne dahinwanderte, fiel auf die Knie und rief flehend:

„Lichter Mond! Nimm mich in deinen Schutz! Rette mich vor der bösen Schlange, die mir das Leben rauben will! Ohne es zu wollen, habe ich ihre Eier zerdrückt, das ist wahr, aber ich habe ihr geschworen, nie wieder die Hand zu erheben wider sie und ihre Nachkommen, sondern meines Weges zu gehen, wenn sie mich verschont. Die Schlange aber verfolgt mich hartnäcking weiter und will mich fressen. Bewahre mich vor ihr, o silberner Beherrscher des Himmels!"

Als sie diese Worte vernahm, hob die Schlange ihren flachen Kopf und sprach zum Mond:

„O du, der du kreisest am nächtlichen Himmel und die in Finsternis getauchte Erde bestrahlst, siehe auf meinen Schmerz und geruhe, die ganze Sache abzuwägen. Indem dieser Hirt die noch nicht ausgereiften Eier zerdrückte, hat er mich meiner Kinder beraubt, was aber ist eine Schlange wert ohne Nachkommenschaft? Ich fordere eine gerechte Strafe! Tod für Tod! Leben für Leben! Ein anderes Entgelt will ich nicht von ihm für das Unrecht, das er mir angetan."

Düster ward der Mond, bedeckte sein helles Antlitz für ein Weilchen mit einer Wolke, um tiefer nachzusinnen über die Angelegenheit des Hirten und der Schlange.

Dann erstrahlte er wieder in blausilbrigem Lichte und sprach:

„Erweise ihm Gnade, Schlange! Schweres Unrecht hat er dir angetan, das stimmt, aber er bereut, was er getan, und verspricht, in Zunkunft seine Hand nicht mehr zu erheben wider dich und die Deinen. Deshalb verfolge ihn nicht länger, ich aber werde dir Lösegeld für ihn geben, welches du nur verlangst. Arm ist er, hütet eine fremde Herde, und auch wenn er es wollte, so hätte er nichts, um es dir zu schenken."

„Er hat sein Leben, also soll er mit seinem Leben bezahlen", zischte die Schlange haßerfüllt.

„Kostbare Steine für deine Krone werde ich dir geben, Schlange, und so viele Perlen wie du Schuppen hast auf deinem Rücken. Die Schönste unter den Schlangen wirst du sein", sagte der Mond zu ihr.

„Will weder kostbare Steine noch Perlen, sterben muß er. Tod für Tod, Leben für Leben!" zischte die Schlange rachsüchtig und mitleidlos.

„Zur Königin mache ich dich über alle Geschöpfe der Nacht, in meinem Palast am Himmel, bei mir kannst du wohnen, Tribute wirst du erhalten von deinen Untertanen in allen Dschungeln der Welt, nur höre auf, diesen armen Menschen zu verfolgen, erlasse ihm seine Schuld."

„Um keinen Preis werde ich ihm verzeihen, das Unrecht vergesse ich nicht", beharrte die Schlange.

„So will ich dir, wenn auch mit Schmerz, ein Schäfchen geben aus meiner Herde, nur lasse diesen Hirten in Frieden", bat der Mond.

„Und gäbest du mir deine ganze Schafherde, sie würde das Leben dessen, der mir Unrecht tat, nicht aufwiegen!" Die Schlange begann wieder Gift zu speien und schob sich bereits an den zitternden Hirten heran, um ihn zu beißen.

„Wenn du so auf Rache versessen bist, Schlange", sprach der Mond betrübt, „werde ich mich selber für ihn opfern. Eine alte Mutter hat er, einen weißhaarigen Vater, ihr einziger Ernährer ist er, ohne ihn werden sie Hungers sterben. Nimm mein Leben als Ersatz, wenn es anders nicht sein kann. Jeden Monat bei Neumond wirst du mich des Nachts verschlucken und deiner Rache Genüge tun, diesen Hirten aber lasse frei. So wirst du haben, was du wolltest: Leben für Leben, Tod für Tod! Du aber, Bursche, fliehe jetzt von hier, so rasch du nur kannst, deine Herde nimm mit."

Nach diesen Worten ließ sich der Mond tief, ganz tief über der Erde nieder, stützte sich mit dem einen Ende seiner Sichel auf den Berggipfel und schob sich geradewegs in den offenen Rachen der Schlange hinein.

Der Hirte brach beim Anblick dieses großen Opfers in Tränen aus, eingedenk jedoch des Befehls, den ihm der Mond erteilt hatte, wischte er seine Tränen ab und eilte mit seiner Herde davon, soviel Kraft er nur in seinen Beinen hatte.

Seither verschwindet der Mond allmonatlich um die Neumondzeit, weil die rachsüchtige Schlange ihn verschlingt, um dann erneut an den nächtlichen Himmel emporzuschweben. Der arme Hirt aber ist traurig, so lange die Nächte finster sind, und mit Freuden begrüßt er seinen Befreier, wenn er wieder inmitten der Sterne erstrahlt.

AKOJANAPA, DER LAMAHIRT UND VILLANTU, DIE TOCHTER DER SONNE UND DES MONDES

Das geschah zu jener Zeit, als sich die Kinder der Mondmutter und des Sonnenvaters noch nicht als strahlende Sterne über den Himmel verstreut hatten, sondern im Elternhaus lebten.

Am Fuße der schneebedeckten Gipfel der Kordilleren hütete damals ein Hirt namens Akojanapa eine Herde weißer Lamas, die Sonne und Mond geweiht waren. Akojanapa war so sanft, so gütigen Herzens, daß wilde Tiere sich zu seinen Füßen niederließen und ihm schmeichelten, und die Vögel setzten sich auf seine Schultern, wenn er auf seiner Flöte spielte.

Eines Tages, als er wie gewöhnlich auf der Wiese ruhte, traten zwei Töchter der Mondmutter und des Sonnenvaters auf ihn zu. Vor einem Weilchen erst waren sie auf grünen Matten aus der Höhe herabgeschwebt, denn sie pflegten an den Abenden die Wigwams der Menschen zu betreten und liebten es, mit den Dorfbewohnern zu plaudern.

Als Akojanapa die Töchter der Mondmutter und des Sonnenvaters das erste Mal erblickte, blendete ihn ihre Schönheit so sehr, daß er auf die Knie sank vor ihnen, denn er hielt sie für die Hüterinnen der Vier Quellen, die von den Bergen herabflossen und Felder und Wiesen tränkten.

„Habe keine Furcht vor uns, Akojanapa", sagten sie zu ihm, da sie sahen, daß er einfach bei ihrem Anblick verstummt war. „Kinder sind wir der Mondmutter und des Sonnenvaters und wollen dich besuchen, weil deiner Flöte Töne uns bezaubern. Spiele uns doch dein Lieblingslied."

Ihre Stimmen waren so lieblich, ihre Gesichter so reizend, daß Akojanapa alle Furcht vergaß und auf seiner Flöte zu spielen begann.

Lange Zeit hörten ihm die Töchter der Mondmutter und des Sonnenvaters voller Entzücken zu, und als er schließlich die Flöte beiseite legte, fragten sie:

„Was soll denn das Zeichen bedeuten, das du auf der Stirn trägst?" Akojanapa hatte nämlich ein silbernes Band um die Stirn gelegt, in dem sich tagsüber die Sonnenstrahlen und an den Abenden die Strahlen des Mondes widerspiegelten.

„Meine Mutter gab es mir", antwortete Akojanapa, „und ich werde mich niemals davon trennen."

Auf jenes Band waren Sonne und Mond gemalt.

Noch bis tief in die Nacht unterhielten sich die Schwestern mit dem Hirten, bis plötzlich der Mond hinter den Wolken hervorstrahlte, da riefen beide:

„Ach, höchste Zeit ist es für uns, die Mutter ruft!"

Sie ergriffen die grünen Matten und erhoben sich in die Luft, waren bald den Blicken des Hirten entschwunden.

Seither kannte Akojanapa keine Ruhe mehr, Tag und Nacht dachte er an die schönen Mädchen, die ihn besucht hatten. Vor allem die jüngere der beiden Schwestern konnte er nicht vergessen.

Auch Uillantu, denn so hieß seine Auserwählte, die Schönste der Schwestern, verließen die Gedanken nicht an den jungen Hirten aus den Bergen, der jenes seltsame Band auf der Stirn trug, in dem sich Mond- und Sonnenstrahlen widerspiegelten und der so wundervoll auf der Flöte spielen konnte.

Eines Nachts erblickte Uillantu im Traum einen schönen Vogel, der von einem Zweig zum anderen hüpfte und so fröhlich sang, als würde er lachen. Plötzlich ließ er sich ganz in ihrer Nähe nieder und redete zu ihr in der Vogelsprache, die sie gut verstand:

„Sei nicht traurig, Uillantu, deine Träume werden in Erfüllung gehen."

„Nein, für meine Unruhe, schöner Vogel, gibt es keine Medizin", sagte Uillantu, ohne aus ihrem Traum zu erwachen.

„Man darf die Hoffnung nie aufgeben", tröstete sie der Vogel. „Sage nur, wessen du bedarfst, vielleicht kann ich dir irgendwie behilflich sein."

Da erzählte ihm Uillantu von dem Hirten, der so schön auf der Flöte spielte und ein Band mit den Abbildungen von Sonne und Mond auf der Stirn trug. Aber sie wohnten ja beide so fern voneinander: Uillantu lebte im Himmelspalast, Akojanapa dagegen im Wigwam der Hirten. Wehe, wenn der Sonnenvater von ihrer Liebe zu einem Menschen erfuhr. Sicherlich würde er ihm unfehlbaren Tod senden.

„Höre meinen Rat", zwitscherte der Vogel. „Auf der Erde, in einiger Entfernung vom Dorfe deines Geliebten, liegt die Bergwiese mit den Vier Quellen. Deines Hirten Lamaherde kommt oft dorthin zur Tränke. Gehe hin zu den Vier Quellen und singe ihrem Wasser das Lied deiner Sehnsucht."

Nach diesen Worten begann der Vogel fröhlich mit seinen Flügeln zu flattern und verschwand, Uillantu aber erwachte.

Ihres Traumes eingedenk, flog sie zur Erde nieder, setzte sich auf die Wiese zwischen den Vier Quellen und sang das Lied von ihrer Liebe.

Am Abend, als Akojanapa mit seiner Lamaherde an der Tränke erschien, wiederholte ihm das Quellwasser Uillantus Worte.

Da nun der Hirt vernahm, was das Wasser ihm zuraunte, setzte er sich ans Ufer des Bächleins und rief zum Himmel emporblickend:

„Uillantu, zeige dich meinen Augen!"

Aber Uillantu erschien nicht, denn sie war gerade weit, weit weg auf der anderen Seite des Himmels und hörte sein Rufen nicht.

Betrübt kehrte er in den Wigwam zurück, und seit jenem Tage begannen ihn die Kräfte zu verlassen, bis er schließlich schwer krank wurde.

„Was quält dich, mein Sohn? Warum gehst du nicht zu den Vier Quellen, um unsere Lamaherde zu hüten?"

Akojanapa schwieg und enthüllte der Mutter nicht seines Herzens Geheimnis. Da sie aber eine Zauberin war, erriet sie schließlich die Ursache, warum ihr Sohn traurig und krank war. Des Nachts, als der Mond sich füllte, ging sie zu den Vier Quellen, wo nur ihr bekannte Kräuter wuchsen, lief durch den Tau und pflückte ihrer eine ganze Handvoll, trug sie in den Wigwam und kochte ihrem Sohn einen wunderbaren Trank.

Aber der Sohn genas nicht, ja, er war eher dem Tode nahe.

Uillantu wiederum, nachdem sie Akojanapa so viele Tage schon nicht mehr an den Vier Quellen erblickt hatte, verfiel auf den Gedanken, es müsse ihm Schlimmes widerfahren sein. Obwohl sie des Sonnenvaters Zorn fürchtete, setzte sie sich auf die grüne Matte und ließ sich zur Erde hinab, genau vor des Hirten Wigwam. Akojanapas Mutter kam heraus.

Uillantu grüßte sie freundlich, die Mutter aber bat sie ins Zelt und bewirtete sie mit dem Besten, was sie hatte.

„Wo ist dein Sohn, Mutter Akojanapas?" fragte die Tochter des Mondes und der Sonne.

„Er schläft unter einem Baum. Dort habe ich ihm sein Lager bereitet, damit er schneller gesund wird."

„Ist er krank? Und ich dachte, er würde mir auf seiner Flöte vorspielen...", fragte Uillantu mit Angst in der Stimme.

„Ach, auf der Flöte wird er wohl so bald nicht wieder spielen können. Eine Tochter des Mondes und der Sonne hat ihm die Kräfte genommen. Seit er sie gesehen, fand er keine Ruhe mehr, und ich fürchte jetzt, daß er stirbt", klagte die Mutter des Hirten.

Schon wollte Uillantu aufschreien vor Schmerz und sich der Mutter ihres Geliebten zu erkennen geben, da sie aber um sein Schicksal fürchtete, eilte sie aus dem Wigwam. So rasch wie möglich wollte sie in den Palast der Eltern zurück und dort mit ihren älteren Schwestern eine Weise ersinnen, auf die man den Geliebten retten konnte.

Gerade wollte sie den Augen von Akojanapas alter Mutter entschwinden, da fiel ihr Blick auf ein schönes Tuch, das zu ihren Füßen lag.

„Woher hast du ein so schönes Tuch, Mutter?" fragte Uillantu.

„Ich habe es selbst gewebt. Wenn es dir gefällt, nimm es dir", antwortete Akojanapas Mutter.

Uillantu dankte für das schöne Geschenk, kehrte in der Eltern Palast zurück und schloß sich in ihrem Zimmer ein.

Wie staunte sie aber, als plötzlich Akojanapas Gestalt aus dem Tuch hervortrat. Seine Mutter, die ja eine Zauberin war, hatte ihn nämlich in jenes Tuch gezaubert, damit er seiner Geliebten nahe sein und wieder gesund werden konnte. Uillantus Freude aber wandelte sich bald in Unruhe und Schrecken.

„Akojanapa, mein Lieber! Wie gut, daß wir zusammen sind. Doch hier droht dir der Tod. Niemals wirst du die sengenden Strahlen meines Sonnenvaters aus der Nähe ertragen können. Wir müssen fliehen!"

In der Frühe, bei Morgengrauen verließen beide unbemerkt den Palast der Sonne und des Mondes und brachen auf zu weiter Reise, die auf der Kordilleren Gipfel führte. Dort wollten sie wohnen und sich nie mehr voneinander trennen.

Aber Glück war ihnen nicht beschieden.

Eines Nachts brach ein furchtbares Unwetter los in den Bergen, gewaltige Felsen lösten sich und rollten mit Getöse in die Tiefe, wobei sie ihre Hütte zerstörten. Uillantu und Akojanapa kamen um. Mond und Sonne verwandelten sie in zwei weiße Klippen, die in einiger Entfernung voneinander liegen. Noch heute zeigen die Menschen einander diese beiden Klippen und erzählen die Geschichte von Uillantu, der jüngsten und schönsten Tochter des Mondes und der Sonne, und dem Lamahirten Akojanapa.

ONOWUTAKATO

In einem kleinen indianischen Dorf am Rande der Prärie lebte vor langer, langer Zeit ein junger, tüchtiger Jäger, Onowutakato. Seit ihm die Eltern gestorben, war er allein im leeren Wigwam geblieben. Er besaß nichts, nur einen Tomahawk, einen kräftigen Bogen und Pfeile, auch zwei Hunde, die waren seine treuesten Freunde. Stets begleiteten sie ihn auf der Jagd und brachten ihm das getötete Wild herbei.

Einst begab er sich im Morgengrauen auf die Jagd. Lange ging er durch die Prärie, doch an diesem Tage hatte ihn das Jagdglück verlassen, denn schon brach der Abend herein, er aber hatte noch keine Beute gemacht.

Ermüdet setzte er sich auf einen Baumstamm, da erst merkte er, daß seine geliebten Hunde nicht da waren. Er rief, schrie, pfiff nach ihnen, suchte sie überall, doch vergeblich. Die Hunde waren verschwunden, als wären sie im Erdboden versunken. Er drang tief in den dichten und düsteren Urwald vor, aber auch dort fand er sie nicht. Schließlich geriet er in irgendeinen Sumpf, verletzte sich die Füße an dornigem Gebüsch, kämpfte sich weiter vor durch das miteinander verflochtene grüne Dickicht, bis er auf einer sonnigen Waldwiese stand, in deren Mitte drei alte Bäume mit ausladenden Kronen an einer kleinen Quelle wuchsen. Das waren die Bäume des Glücks und des Träumens, aber er wußte es nicht. Dumpfe Stille herrschte ringsum, die Zweige bewegten sich kaum, auch das Laub rauschte nicht, ja nicht einmal das klare Wasser in der Quelle murmelte vor sich hin, unbeweglich saßen die Vögel im Gezweig, und kein Laut drang aus ihren Kehlen.

Da erblickte Onowutakato plötzlich seine beiden treuen Hunde. Sie lagen unter den drei Bäumen und schliefen. Er pfiff ihnen, aber sie hörten nicht, zupfte sie an den Ohren, sie zuckten nicht einmal zusammen. Also legte er sich in ihrer Nähe nieder, denn müde war er vom ganztägigen Wandern. Ihm war so wohl, wie noch nie in seinem Leben, so frei fühlte er sich, als hätte er Flügel an den Armen.

Fast war er eingeschlummert, da gewahrte er plötzlich einen seltsamen Schatten, wie ein Vogel sah er nicht aus, auch an eine Libelle erinnerte er nicht, noch an eine große Moskitomücke, die da an einem dünnen Zweig schaukelte.

„Wer bist du?" fragte er mit schläfriger Stimme.

„Du kennst mich nicht? Ich bin es, Wing!"

„Man sagt doch aber, die Menschen können dich nicht sehen, wenn sie wach sind!"

„Sie sagen die Wahrheit", antwortete Wing. „Wenn sie die Augen offen haben, können sie mich nicht sehen, selbst wenn ich genau vor ihnen herumflattere, denn sie befinden sich ja immer noch in der richtigen Welt. Aber wenn ich auf ihren Augenlidern sitze, dann verlassen sie den Wachzustand, und gerade dann mag es manchem scheinen, als erblickte er mich mit eigenen Augen, so wie du jetzt."

„Das verstehe ich nicht", sagte Onowutakato.

„Macht nichts", versetzte Wing. „Es hat nichts zu bedeuten, daß du es verstehst."

In diesem Augenblick verwandelte er sich seltsam und schrecklich, ward riesengroß wie eine Sequoia, ein Baum, auch seine Insektenflügel wuchsen augenblicklich, sie wurden groß und lang wie Ruder. Und seine Stimme erklang so gewaltig im Urwald, daß sie, selbst wenn er geflüstert hätte, so laut erdröhnt wäre wie das Rauschen des fernen Niagarafalls.

„Ach, wie hast du dich plötzlich verändert, bist ja riesengroß geworden, Angst weckst du in mir", flüsterte Onowutakato aufgeregt. „Bist du vielleicht der Beherrscher von Leben und Tod?"

„Du hast es nicht erraten, ich bin der Beherrscher des Traumes", entgegnete Wing, dann aber entfaltete er seine großen Flügel, fiel geräuschlos zur Erde wie ein Schatten und begann wieder kleiner zu werden, kürzer, er wurde so winzig, bis er sich ganz zart auf den Augenlidern des Jägers niederließ und seine Stirn leicht mit einem Blättchen vom Baum des Glücks und des Träumens berührte.

„Was tust du?" fragte Onowutakato. „Berührst du mit einem Blatt meine Stirn, damit ich einschlafe?"

„Nein, du schläfst schon, mein Atem hat dich eingeschläfert, sonst hättest du mich gar nicht bemerkt, denn ich sagte dir ja bereits, ein Mensch, der nicht schläft, sieht mich überhaupt nicht."

„Warum also berührst du meine Stirn?"

„Das tue ich nur", flüsterte Wing, noch leiser als eine Libelle fliegt, „damit du etwas träumst."

„Ach, da erscheint mir bereits ein schöner Traum. Mit dem Vater und meinen Hunden jage ich den Jaguar in der Prärie", erzählte Onowutakato. „Berühre noch einmal meine Stirn, damit der Traum nicht verschwindet."

„Nein, Onowutakato, bald sollst du wieder aufwachen, denn ich muß heute noch woanders hinfliegen."

Im selben Augenblick fühlte Onowutakato, daß irgendein leichter Schatten sich von seinen Lidern hob und auf leisen Schwingen irgendwohin in die Ferne flog.

Erfrischt und ausgeruht erwachte er, und zu seiner Freude wurden auch die Hunde wach und begrüßten ihren Herrn mit fröhlichem Gebell. Die Quelle begann wieder zu murmeln, die Bächlein plätscherten, die Bäume rauschten im Windhauch, und Sonnenstrahlen überfluteten die Waldwiese.

Onowutakato aber sehnte sich nach seinem Traum. Tief in Gedanken lief er durch den Urwald, erinnerte sich an sein Gespräch mit Wing und wußte selbst bald nicht mehr, ob er träumte oder wachte.

Er kehrte in den leeren Wigwam zurück, die Hunde sprangen fröhlich voraus. Unterwegs hatten sie gemeinsam ein Wildschwein gejagt und besaßen nun viel gutes frisches Fleisch.

Seit jenem Tage konnte Onowutakato Wing nicht vergessen. Eines Abends saß er vor seinem Wigwam und sagte leise:

„Komm doch zu mir, Wing, setze dich auf meine Augenlider und berühre meine Stirn mit einem Blatt vom Baume."

Kaum hatte er diese Worte ausgesprochen, da fielen ihm die Augen zu. Er vernahm leises Flügelrauschen, dann die Stimme seiner verstorbenen Mutter:

„Onowutakato, aus weiter Ferne komme ich zu dir. Stehe auf und folge mir."

Er stand auf und ging hinter der Mutter her, doch ihr Gesicht sah er nicht, nur ihre Gestalt, die mit einem bunten indianischen Tuch gegürtet war. Das Tuch blähte sich auf im Winde, da ergriff die Mutter seine Hand, und beide erhoben sich in die Lüfte.

„Mutter, Mutter!" rief er. „Du bist es? Wie lange habe ich dich nicht gesehen! Wohin führst du mich?"

„Fürchte nichts, mein Sohn, nach kurzem Flug schon erreichen wir unser Ziel."

„Ich fürchte mich überhaupt nicht, wenn du bei mir bist, nur der heftige Gegenwind nimmt mir den Atem."

„Bald schon werden wir angelangt sein", antwortete die Mutter.

Immer höher und höher stiegen sie empor, bis sie endlich über einem glatten Talkessel mit fester Oberfläche schwebten, der von Felsen umgeben war.

„Wo sind wir?" fragte er.

„Siehst du diesen Spalt im Felsen? Wenn wir uns hindurchzwängen, befinden wir uns im Lande des Mondhäuptlings."

„Wir werden wirklich im Mondland sein?"

„Ja, mein Sohn, da ist doch schon der Himmel."

Mit großer Mühe zwängte sich Onowutakato, der Mutter folgend, durch den Felsspalt.

Als sie hindurch waren und sich auf der anderen Seite befanden, sahen sie ein unermeßlich großes Tal vor sich, das, so weit das Auge reichte, von wunderschönen verschiedenfarbigen Blumen bedeckt war.

Mitten durch die Wiese schlängelte sich ein kleiner Bach voller Fische, aus dem schattigen Gebüsch drang Vogelgezwitscher. Ein richtiges Gefieder hatten sie, und sie flogen nicht fort, wenn Onowutakato sich ihnen näherte, sondern sie sangen noch lauter, noch schöner. Am Bach stand ein großer, fester Wigwam mitten im Grünen.

„Ist das dein Wigwam?" fragte Onowutakato.

„In diesem Haus wohne ich mit deinem Vater", versetzte die Mutter lächelnd. „Wenn es dir bei uns gefällt, mein Sohn, kannst du hier wohnen, so lange du nur willst."

Sie betraten den Wigwam, wo ihn der Vater begrüßte, einst ein großer, tapferer Krieger, jetzt ein Greis mit weißen Haaren, aber noch immer rüstig. Der Wigwam war voller alter Tomahawks, Streitkeulen, Bogen und Pfeile, und an den Wänden hingen die Pelze wilder Tiere, von Jaguaren und Bären, die er getötet hatte.

Der Vater freute sich sehr, den Sohn wiederzusehen, und beide rauchten eine Pfeife zur Begrüßung.

Seither lebte der wackere Onowutakato im Wigwam der Eltern. Nur eines störte seine Ruhe. Onowutakato durfte den Wigwam nach Sonnenuntergang bis zu ihrem Aufgang nicht verlassen, damit ihn des Nachts der Mondhäuptling nicht erblickte, denn die Mutter hatte ihren Sohn heimlich hierher gebracht, ohne sein Einverständnis.

Eines Abends geschah es, daß Onowutakato das klägliche Heulen seiner treuen Hunde vernahm, die er auf der Erde zurückgelassen hatte. Er vergaß das Verbot, eilte aus dem Wigwam und lief zum Spalt im Felsengrund des Himmels, von wo man auf die Erde blicken konnte.

Da sah ihn der Häuptling des Mondes und kam zornig in den Wigwam der Eltern.

„Hast du vergessen, daß du deinen Sohn nicht hierherbringen darfst, wenn es nicht mein Wille ist?" schalt er grollend die Mutter des jungen Jägers.

„Erbarme dich, o Häuptling des Mondes, der du Herrscher bist über Leben und Tod. Doch die Sehnsucht nach unserem Sohn war so groß, wir fühlten uns so einsam, daß ich es schließlich wagte, ihn hierher zu holen. Ach, töte ihn nicht, Herr, wirf ihn nicht hinab in die Tiefe, in den Abgrund. Treue Dienste leisten wir dir, mein Mann geht auf Jagd für dich, ich spinne dir die feinsten Fäden, und wenn du unserem Sohn gestattest, hier zu bleiben, dann wird er dir wilde Mustangs zähmen, sie ins Joch spannen und dich über den Himmel fahren."

Des Mondhäuptlings Angesicht ward milder bei diesen Worten, und er stimmte zu, daß Onowutakato in seinem Reiche blieb. Von nun an fehlte ihm nichts mehr zu seinem Glück. Weder Winde gab es hier noch Schneestürme, weder überschüssige Hitze noch beißende Kälte, sonniges Wetter herrschte das ganze Jahr über, niemand brauchte sich Sorgen zu machen, wie er den morgigen Tag überleben würde, denn von allem war reichlich vorhanden.

Der Mondhäuptling fand großen Gefallen an Onowutakato, und oft sah er zu, wie er seine wilden Mustangs zuritt.

Eines Tages, als der Mondhäuptling wie gewohnt unter einem Baum saß und sein Pfeifchen schmauchte, bat ihn Onowutakato, kühn gemacht durch seine Freundlichkeit, er möge ihm doch gestatten, ihn auf seiner Wanderung über den Himmel zu begleiten.

„Gut." Der Mondhäuptling war's zufrieden. „Morgen nehme ich dich mit. Werde mein Regime danach einrichten."

Am Abend, nach Sonnenuntergang machten sie sich auf den Weg. Der Mondhäuptling fuhr im Wagen, vor den die wilden Mustangs gespannt wa-

ren, durch sein ausgedehntes Reich, nahm alles in Augenschein, leuchtete auch die winzigste Ritze aus mit seinen Strahlen. Schließlich hielt er vor einer runden Öffnung an, die aussah wie ein Brunnen und im Himmelsgrund ausgehauen war, entnahm den Falten seines Gewandes eine kleine Büchse und begann große silberne Körner hineinzustreuen.

Onowutakato beugte sich über den Brunnen und sah auf seinem Grunde, irgendwo in der Tiefe, sehr weit weg, ganz unten ein grünes Tal, das kleine Dorf, in dem er geboren war, die Prärie, in der er gejagt hatte, und die kegelförmigen Wigwams, in denen die Menschen wohnten, die ihm wohlbekannt waren und nahestanden.

Das Herz schlug ihm heftig bei diesem Anblick. Plötzlich bemerkte er, wie aus einem Dorf mit Tomahawks bewaffnete Krieger auszogen gegen ein anderes Dorf, wie sie einander zu schlagen und zu verwunden begannen. Ihr Kriegsgeschrei, das Stöhnen der Verwundeten, und das Weinen der Frauen und Kinder drangen bis hierher, in den Himmel.

Onowutakato war betrübt, schon wollte er den Mondhäuptling fragen, was das zu bedeuten hatte, als dieser, ernst die Brauen zusammenziehend, stirnrunzelnd zu ihm sagte:

„Laß uns weiterfahren, ich habe heute nacht noch viel zu tun."

Also fuhren sie weiter und hielten vor einer anderen, noch größeren Öffnung im Himmelsboden an.

Onowutakato blickte hinab und sah kleine Fischerboote auf dem Meere schwimmen, das Meer aber ruhte still wie ein See.

Wieder streute der Mondhäuptling eine Handvoll der silbernen Körner aus, da erhoben sich Sturmwinde, das Meer schäumte auf, gewaltige Wogen überschwemmten die Boote, und alle Fischer ertranken in den Fluten.

Wieder gingen sie weiter, doch Onowutakatos Gesicht war blaß, und er zitterte am ganzen Körper, so sehr hatte ihn die Furcht gepackt.

An einer dritten Öffnung blieben sie stehen, durch die erblickte Onowutakato unten ein paar kleine Jungen, die hüteten eine Herde Schafe. Kaum war eine Handvoll der Mondkörner aus der Höhe hinabgefallen auf die Erde, da begannen die Schafe, die eben noch fröhlich und munter gewesen waren, tot auf der Weide hinzufallen, die Hirten aber flohen mit lautem Wehklagen. Aus dem Dorf liefen die Frauen herbei, rissen ihre Haare vom Kopf und beklagten ihre Schäfchen.

„Sage mir, Häuptling", wagte Onowutakato zu fragen, „was soll das bedeuten? Du braucht nur eine Handvoll Körner auszustreuen, da beginnen die Menschen da unten auf der Erde einander zu schlagen, das Meer wird erregt, und das Vieh fällt tot um."

„So geschieht es nach meinem Willen. Herr bin ich über Leben und Tod, rufe Stürme hervor, die heulen wie Bisons, die Meere toben, wenn ich es befehle, Kriege brechen aus unter den Menschen, und ihr Vieh fällt tot um."

„Mondhäuptling, mußt du immer nur Unglück zur Erde senden?"

„Du irrst, denn nicht nur Unglück sende ich der Erde und den Menschen. Bist noch jung, und nicht alles verstehst du", antwortete der Mondhäuptling ohne Zorn. „Fehlte mein Licht, dann wäre die Nacht schrecklich für die Menschen, Tiere und Pflanzen. Verirrte Segler und Fischer kämen um, niemals würden sie die Küste erreichen, und sogar den Fischen in des Wassers Tiefen fiele es schwer, ihre Nahrung zu finden im Dunkel. Aber Leben und Tod muß ich gerecht verteilen, Liebkosung senden und Strafe, denn es ist der Welt Ordnung so."

„Gibt es denn keine Rettung vor jener bösen Gewalt, die da verborgen ist in den Körnern, wenn du sie auf die Erde streust?" fragte Onowutakato aufgeregt.

Lange schwieg der Mondhäuptling, endlich sprach er:

„Ein großes Geheimnis will ich dir enthüllen, von dem weiß niemand der auf der Erde Lebenden. Drei Bäume des Glücks und des Träumens wachsen auf der Erde, und wer ein Blatt abreißt von ihnen, den bedrohen die silbernen Körner nicht mit Unheil. Aber keiner weiß, wo diese Bäume zu suchen sind."

Nach dieser Wanderung mit dem Mondhäuptling kehrte Onowutakato in den elterlichen Wigwam zurück und erklärte:

„Vater und Mutter, ich kann nicht länger bei euch bleiben. Dem Mondhäuptling will ich nicht dienen, denn er sendet Unglück zur Erde, nach seinem Willen erheben sich Stürme auf dem Meer, die ertränken Fischer und Segler. Tod fällt auf das Vieh, und die Menschen töten einander. Gestattet mir, heimzukehren auf die Erde!"

Tief betrübt sprachen die alten Eltern:

„Tue, Sohn, wie dein Herz dir befiehlt, noch bist du frei und kannst auf die Erde zurückkehren, wenn du das willst. Wir müssen hier bleiben für immer."

„Ich möchte zur Erde heimkehren, denn jetzt weiß ich, wie man den Menschen helfen kann wider des Mondhäuptlings böse Macht."

„Ach, lieber Sohn, was vermagst du schon wider seine Macht?"

„Ich weiß, daß die drei Bäume des Glücks und des Träumens auf der Erde wachsen. Finden werde ich sie, ihre Blätter abreißen und sie an die Menschen verteilen, damit ihnen kein Unglück mehr widerfährt."

„Es möge dir gelingen, lieber Sohn!" Die Eltern seufzten und nahmen traurig Abschied von Onowutakato, der auf demselben Wege, auf dem er hierher gelangt war, durch den Felsspalt heimlich zur Erde hinabstieg.

Er befand sich auf der Waldwiese, wo ihn einst, vor langer Zeit Wing besucht hatte. Mit lautem, fröhlichem Gebell stürzten seine treuen Hunde auf ihn zu, sprangen ihm an den Beinen empor und begannen ihm die Hände zu lecken.

Onowutakato kehrte mit den Hunden in den verlassenen Wigwam zurück, setzte sich auf die Schwelle, blickte in den hell strahlenden Mond und flüsterte:

„Wing, komm zu mir, lasse dich auf meinen Augenlidern nieder wie einst, zeige mir, wo die Bäume des Glücks und des Träumens wachsen."

Aber Wing erschien nicht in dieser Nacht, er setzte sich nicht auf Onowutakatos Augenlider. Auch in den nächsten Nächten kam er nicht.

Dennoch verliert Onowutakato die Hoffnung nicht, daß Wing ihn eines Tages wieder besuchen wird, sich wie ein leichter Schatten niederläßt auf seinen Lidern, mit einem Zauberblatt seine Stirn berührt, und dann will er sie finden, die drei Wunderbäume des Glücks und des Träumens, und die Menschen befreien aus der bösen Gewalt der Mondkörner.

O-TIL, SOHN DER STERNE

In einem Dorfe lebten zwei Schwestern, Mia und Tia. Sie wohnten in einem Wigwam am Fluß, und während der heißen Sommernächte pflegten sie unter freiem Himmel zu schlafen, weil es dort kühler war.

Als sie einmal im Dunkeln dalagen und die Sterne ansahen, fragte Mia ihre Schwester:

„Welcher Stern gefällt dir am besten?"

„Dort, auf des Himmels Nordseite, funkelt ein himmelblaues Lichtlein. Siehst du es?" antwortete Tia. „Das ist mein geliebter Stern. Seit langem schon warte ich auf ihn."

Am nächsten Morgen erwachte Mia, rieb sich die Augen und rief:

„Tia, wo bist du? Ach, hatte ich einen seltsamen Traum. Mir träumte, ein Stern hätte dich an den Himmel geholt! Und ich hatte solche Angst, du könntest herunterfallen aus der Höhe! Aber es ist ja schon heller Tag, und wir schlafen immer noch. An die Arbeit, Tia, steh auf!"

Doch Tias Lagerstatt war leer. Weder im Wigwam war die Schwester, noch im Garten, auch im Umkreis nicht und nicht bei den Nachbarn, auf dem Gipfel der Anhöhe saß sie nicht, wo sie gern hinzugehen pflegte, auch unter dem großen Baume nicht, der am Wasser wuchs und unter dem sie oft Wäsche wusch.

Nicht wieder auffindbar war sie, spurlos verschwunden...

Was war nur mit ihr geschehen?

Aus tiefem Schlafe hatte sie in jener Nacht ein Lichtschein geweckt, der herniederstrahlte. Ein Jüngling stand vor ihr mit Augen, die waren heller als die Sterne. Er nahm sie bei der Hand und führte sie zur Höhe empor, immer höher, bis dorthin, wo die Erde sich mit dem Himmel vereint. Das war der Mond, der König ist unter den Sternen. Als Tia ihren Fuß auf das blaue

Firmament setzte, in diesem Augenblick verließen sie alle Erinnerungen an die Erde, sie wußte nichts mehr von ihrem früheren Leben im Elternhaus.

Seither wohnte Tia mit ihrem Mann in der größten Hütte am Himmelsgewölbe, und alle Sterne verneigten sich vor ihr wie vor ihrer Königin. Als sie einen Sohn gebar, nannte sie ihn O-Til.

Jeden Tag, wenn der Abend nahte, da brach der Mond, der Sterne König, auf zur Jagd in die Prärien des Himmels, und er nahm alle Männer aus seinem Dorfe mit. Im dichten Walde mit den silbernen Stämmen und Blättern verschwanden sie, und keiner Frau – weder den Müttern, noch den Frauen, noch den Schwestern – war es erlaubt, ihnen Gesellschaft zu leisten.

Erst wenn der Morgen dämmerte, kehrten sie zurück in ihre Hütten und fielen in tiefen Schlaf, der bis zum Abend anhielt.

Jahr um Jahr verging. Tias Sohn wuchs heran, wurde mit jedem Tag stärker, und als er in die Jünglingsjahre kam, wandte sich der Vater an ihn mit den Worten:

„O-Til! Heute wirst du mit mir auf Jagd hinausziehen über den Himmel."

Als die Sonne untergegangen war, nahm der König der Sterne den Sohn bei der Hand und führte ihn in den silbernen Wald, wo sich bereits alle Männer des Dorfes versammelt hatten. Im Walde lag ein kleiner See mit Wasser, das war heller als der Mondenschein.

Der König sammelte sein ganzes Gefolge auf der großen Waldwiese, stellte seine Mannen dem Alter nach in eine Reihe und stieß in ein silbernes Horn. Auf dieses Zeichen hin sprangen die Sternenmenschen einer nach dem anderen in den See und tauchten in die glänzende Wasserflut.

Als letzter sprang O-Til zusammen mit seinem Vater in den See. Das Wasser war kalt wie Eis. Es spielte in den Farben Himmelblau, Gold und Silber. Als sie aus dem Wasser kamen, glänzten sie alle in wundervollem Scheine, Strahlen drangen aus ihren Händen, Augen und Haaren, die mit großen Vogelfedern geschmückt waren, und bei jeder Bewegung streuten sie strahlende Feuerchen aus, die der Nacht Finsternis erhellten.

Noch einmal stieß der König ins silberne Horn, und alle liefen in einer Reihe auf dem Pfad entlang zwischen den Bäumen. Sie schritten rasch aus, O-Til vermochte ihnen kaum zu folgen. Endlich war der silberne Wald zu Ende. Vor ihnen lag, so weit das Auge reichte, eine riesige, eiskalte Prärie. Sie war mit gürtelhohem und vom Rauhreif weißen Gras bewachsen. Nun lief der Haufe der Sternenmenschen nach allen Seiten auseinander, und nur ihre kleinen Lichter, die sich da in der Finsternis bewegten, ließen ihren Lauf erkennen.

„O-Til", sprach der König der Sterne. „Siehst du jenen Berg dort aus Eis, der sich auftürmt zur Höhe?"

„Ich sehe ihn. Aber was werden wir dort tun?" fragte O-Til.

„Auf seinen Gipfel müssen wir gelangen, damit die Menschen unser Licht sehen können im Dunkel der Nacht. Und dann werden wir bis zum Morgen über die Prärie des Himmels ziehen, Drachen jagen und Ungeheuer, damit sie den Menschen keine Stürme senden können, keine Orkane und andere Nöte oder Katastrophen. Ganz bis an den Rand des Firmaments müssen wir gehen, dorthin, wo sich Ost und West miteinander verbinden."

Lange liefen sie über des Himmels glasige Decke dahin, immer wieder schoben sie vereistes Dornengebüsch auseinander, um sich den Weg zu bahnen. Wiederholt begegneten ihnen geflügelte Monstren mit feurigen Augen, gräßliche Ungeheuer heulten dumpf im Gebüsch, riesige, mit funkelnden Schuppen bedeckte Echsen krochen zischend durch das rauhreifbedeckte Gras, und sie sanken tot dahin, durchbohrt vom unfehlbaren Pfeil des Königs der Sterne.

Mutig marschierte O-Til hinter dem Vater her, aber schließlich verließen ihn doch die Kräfte.

„Vater, kehren wir nach Hause zurück, so kalt ist es hier und schrecklich."

„Noch dürfen wir nicht heimkehren, O-Til", versetzte streng der Vater. „Den ganzen Himmel müssen wir durchwandern. Was würden die Menschen anfangen da unten auf der Erde, wenn wir, auch ich, der König der Sterne und alle meine Krieger, von Müdigkeit überwältigt, unsere Wanderung abbrächen über das Firmament? Was würde aus dem Weltall, wenn des Nachts keine Sterne erschienen, die das Dunkel der Nacht erleuchteten? Die Segler würden in der Nacht abkommen vom Wege, verhungern und verdursten inmitten der Gewässer, Wanderer würden sich verirren in Urwäldern und Wüsten, auf alles, was da lebt, fiele Schrecken, alles wilde Getier würde heulen des Nachts vor Entsetzen. Schrecken umfinge Ozeane und Meere, auch die Flüsse, wenn sie nicht erleuchtet würden durch der Sterne Licht, die Fische aber würden aussterben in finsterer Tiefe. Das dürfen wir nicht zulassen, O-Til! Oder möchtest du, daß der Erde Menschen und Tiere sterben vor Angst?"

O-Til hörte auf zu weinen und sagte:

„Laß uns weitergehen, Vater."

„Jetzt sprichst du, wie es sich für einen tapferen Krieger ziemt," antwortete der Vater, nahm O-Til wieder bei der Hand und setzte mit ihm die Wanderung fort über den Nordhang des Himmelsgewölbes.

Plötzlich lief ihnen ein Drache, so groß wie ein Berg, mit schwarzen Flügeln über den Weg. Der König der Sterne spannte den Bogen, der gefiederte Pfeil schwirrte durch die frostige Luft und blieb im Körper des Ungeheuers stecken. Der zu Tode getroffene Drache stürzte auf die vereiste Kruste des Himmels.

„Das ist der tausendunderste in diesem Jahr!" rief der König der Sterne.

Sie gingen weiter, da lief ihnen schon wieder eine gewaltige Echse über den Weg, sie zischte laut und schlug mit dem Schwanz auf das Eis.

Aber auch sie fiel vom Pfeil des Herrschers getroffen.

Noch viele schreckenerregende Ungetüme besiegte der Mond, O-Tils Vater, auf seiner nächtlichen Wanderung.

Als die Morgendämmerung die Prärie mit weißem Schimmer überzog, stieß der König ins silberne Horn. Von allen Seiten kamen seine Mitstreiter, die Jäger gelaufen, und jeder trug reiche Beute.

Alle waren blaß, ermüdet, grau sahen ihre Gesichter aus, ihre Haut und Haare gleißten nicht mehr wie Sternenlicht.

„Siehst du, mein Sohn", sprach der König zu O-Til, „welch wundervolle Jagdzüge deiner harren in Zukunft. Wenn du erwachsen bist, wirst du jede Nacht Großwild jagen."

O-Til betrachtete des Vaters Gesicht und bemerkte, daß es ebenfalls nicht mehr so strahlte wie in der Nacht, nur auf seiner Stirn schimmerte bläulichsilbern ein Stern, der seinen königlichen Federschmuck zusammenhielt.

„Warum strahlst du nicht mehr im Dunkeln, auch deine Brüder nicht und keiner der Krieger?" fragte verwundert O-Til.

„Gleich steht die Sonne auf, jeden Augenblick kann sie emportauchen über der Erde. Vorüber ist unsere Zeit, mein Sohn, wir wollen uns sputen, damit der Tag uns nicht überrascht auf dem Wege."

Eilends schritten sie aus, und bald waren sie wieder im Dorfe, wo ihre Frauen, Mütter und Schwestern sie freudig begrüßten, der Rauch von Lagerfeuern und der Duft gebratenen Fleisches aber stieg über jedem Wigwam empor.

Von nun an nahm der Vater O-Til jede Nacht auf seine Sternenwanderungen mit und wies ihn ein in die Mühen des Jägerlebens. Mit der Zeit wurde O-Til einer der besten Jäger in der Himmelsprärie.

Eines Tages, als der Vater noch in tiefem Schlummer lag, trat O-Til auf des Wigwams Schwelle, rieb sich die Augen im Sonnenlicht und schaute den Frauen zu, die auf dem Felde arbeiteten.

„O-Til, komm her, hilf mir dieses Beet umgraben", rief die Mutter von weitem.

Also ergriff O-Til eine silberne Hacke und ging auf das Feld. Am Rande des Dörfchens lag es, in einem kleinen Tal, und von allen Seiten umgaben es silberne Bäume und hohe Kakteen, die schimmerten dunkelblau.

„Aber denke daran, mein Sohn, schlage die Hacke nicht zu tief in den Boden", erinnerte Tia.

„Warum denn, Mutter" fragte O-Til verwundert.

„Vater würde uns zürnen. Den Himmelsboden darf man nicht zu tief aufgraben. Eine Schlange kann daraus hervorspringen oder ein anderes Untier."

„Schlangen fürchte ich nicht, auch kein anderes Ungetier!" O-Til lächelte und schlug ein ums andere Mal die Hacke tief in die Himmelskruste.

Plötzlich erklang die silberne Schneide, Funken sprühten auf, lautes Dröhnen ließ sich vernehmen, und zu O-Tils Füßen klaffte ein schmaler Riß in der himmelblauen Decke.

Erschreckt schlug die Mutter die Hände zusammen, der Bursche aber kniete nieder, beugte sich über den Spalt und blickte in die Tiefe.

„Mutter, Mutter!" rief er laut. „Schaue doch einmal hinunter, von hier ist die Erde zu sehen!"

Tia beugte sich über den Spalt und schrie:

„Ach, da ist ja mein Dorf, O-Til! An alles erinnere ich mich jetzt, als wäre es gestern geschehen. Sieh, dort, am Fuße jener Anhöhe, steht meiner Eltern Wigwam. Die Frau aber, die am Wasser sitzt und wäscht, das ist niemand anderes als meine Schwester Mia, deine Tante. Was gäbe ich, wenn ich noch einmal dorthin zurückkehren könnte, die alten Hütten und Winkel wiedersähe! Aufs Feld möchte ich gehen, ein Weilchen im Walde sitzen, die Nachbarn besuchen."

„Ich sehe grüne Streifen auf den Bergen!"

„Wälder sind das, Söhnchen, Bäume wachsen dort und Büsche mit grünem Laub. Und wie schön die Vögel singen im Gebüsch!"

„Bei uns haben alle Bäume silberne Stämme und weißlich – bläuliche Blätter, scharf und steif sind sie wie Kakteen. Noch nie sah ich einen grünen Hain oder lauschte dem Gesang der Vögel. Mutter, warum singen bei uns keine Vögel, warum sind unsere Bäume silbern und unser Gras weiß?"

„Weil nur auf der Erde Vögel leben, grüne Bäume rauschen und das Gras grün ist wie Smaragd."

„Warum aber gehen wir niemals auf die Erde, um die Menschen zu besuchen, die dort unten wohnen?"

„Das dürfen wir nicht, mein Sohn, nicht einmal denken dürfen wir daran. Vater würde sehr zornig werden, bist du doch der Sohn des Königs der Sterne, und der Himmel ist dein Vaterland. Die Sterne aber müssen am Himmel kreisen und die Erde beleuchten. Schütte den Spalt zu, damit niemand ihn erblickt, und sprich zu niemandem auch nur ein Wort darüber."

Seit jenem Tage aber konnten Mutter und Sohn die Erde nicht mehr vergessen. Täglich, wenn der König der Sterne in Schlaf gesunken war nach nächtlicher Wanderung, da standen sie an dem Spalt, der in den Himmel geschlagen war, und blickten auf die Felder, die Wälder und das kleine Dorf, das unter ihren Füßen lag.

Jahre vergingen. O-Tils Mutter war alt geworden. Sie rief ihren Sohn zu sich und sprach:

„O-Til, ich fühle mein Ende nahen. Nicht einmal dein Vater, der König der Sterne, kann mich retten vor dem Tode. Furcht hege ich um dich, O-Til, denn ich weiß, daß du niemals mehr die Erde vergessen wirst, von der du stammst. Ich weiß auch, du wirst dorthin zurückkehren. Nimm diesen Feuerstein, er ist meine einzige Erinnerung an der Eltern Wigwam. Dieser Stein wird dich beschützen, wenn dir Gefahr droht."

Bald darauf starb O-Tils Mutter. Traurig und leer ward es im Sternenhaus.

O-Til empfand keine Freude mehr bei den nächtlichen Ausflügen mit dem Vater, auch die Jagd in der eisigen Himmelsprärie oder die Wanderungen über die eisigen Felder vermochten ihn nicht zu trösten. Tagelang saß er im kleinen Tal vor dem Spalt im Himmelsgewölbe und sah hinab auf die grüne Erde, die von der Sonne Strahlen vergoldet ward.

„Dort muß ich hingelangen, und koste es mein Leben", beschloß am Ende O-Til. In aller Heimlichkeit, ohne daß der Vater etwas merkte, begann er Vorbereitungen zu treffen.

Die Häute der erlegten Drachen schnitt er in Streifen und knüpfte ein dickes Seil daraus. Schon hundert riesige Felle hatte er für das Seil verbraucht, aber noch immer erschien es ihm zu kurz. Bis er eines Tages endlich beschloß, sich zur Erde hinabzulassen. Das eine Seilende befestigte er an einem Felsen, das andere band er sich um den Leib, dann aber zwängte er sich durch den Spalt im Himmelsgewölbe und sprang in den himmelblauen Abgrund. Wie ein Stein aus der Schleuder, so fiel er in die Tiefe, Windesrauschen betäubte ihn, des Fluges Geschwindigkeit benahm ihm den Atem in der Brust. Als er bereits die Hälfte des Weges vom Himmel zur Erde zurückgelegt hatte, erhoben sich Sturmwinde und begannen ihn hin und her zu fegen wie ein Federchen.

Lange Zeit schaukelte er so im Winde, ward davongetragen von gewaltigen Windstößen, das Seil aber rollte immer weiter ab. Er fiel immer tiefer und dachte mit Schrecken daran, was sein würde, wenn das Seil zu Ende war.

Noch tiefer ließ er sich hinab, und da hing er direkt über dem kleinen Dorf. Immer näher kamen die Baumkronen, schon vernahm er des Waldes Rauschen, Menschenstimmen, Hundegebell. Gleich würde er auf der Erde stehen! Plötzlich bemerkte er, daß sein Fellseil bis zum letzten Stückchen aufgerollt war. Es war zu kurz.

‚Was tun?' dachte O-Til erschrocken. Das Seil begann seinen Körper immer fester einzuschnüren, bis ihm der Atem stockte in der Brust.

‚Ich werde einfach hinunterspringen, unter mir wächst dichter Wald. Vielleicht falle ich auf einen Baum', sagte er sich.

Kein Augenblick war zu verlieren. Mit einer raschen Bewegung zerschnitt O-Til das Seil, und schon entführte ihn der Luftstrom pfeilschnell hinab in die Tiefe. Er fiel in die breit ausladende Krone eines gewaltigen Baumes. Im Flug packte er einen dicken Ast, schwang sich an ihm hinab, und ein Weilchen später sprang er gesund und heil ins weiche Moos.

„Auf der Erde bin ich nun!" rief er voll Freude. „Wie schön es hier ist, wie grün!"

Er trank Wasser aus der nahen Quelle, die sacht durch die Gräser sickerte, und schritt erfrischt auf das kleine Dorf zu, wobei er sich nach dem scharfen Rauch orientierte, den ihm der Windhauch entgegentrug. Nicht weit brauchte er zu gehen, da lichtete sich der dichte Wald, und seinen Augen bot sich eine große Waldwiese dar, auf der standen kegelförmige Wigwams, die mit Palmenblättern bedeckt waren.

Vor einer Hütte am Dorfrand zerdrückte eine alte Frau Getreidekörner zwischen zwei flachen Steinen.

„Wer bist du, Jüngling, und was suchst du in unserem Dorfe?" fragte sie.

„Ich bin O-Til, Sohn des Königs der Sterne und Tias, die vor Jahren auf der Erde lebte. Ihre Schwester suche ich mit Namen Mia."

Die Frau erhob sich vom Boden und stand wie festgewurzelt, nachdem sie diese Worte vernommen. Verwundert und erschrocken betrachtete sie O-Til.

„Mia? Das bin ich! Bist du wirklich meiner Schwester Sohn? Also lebt Tia? Sprich, was ist mit ihr geschehen? Warum hat sie so viele Jahre lang keine Kunde von sich gegeben? Wir dachten, sie sei irgendwo im Urwald umgekommen, ein böser Geist habe sie zerrissen."

Mia führte ihren Schwestersohn in den Wigwam, bewirtete ihn, womit sie nur konnte, und bat ihn immer wieder, ihr noch mehr von Tias wunderbarer Geschichte zu berichten.

Die Nachbarn kamen herbei, hörten zu, schüttelten die Köpfe, doch in stillen Ecken tuschelten, flüsterten sie miteinander:

„Wunder über Wunder! Solches vernahmen wir noch nie, daß jemand vom Himmel zur Erde zurückgekehrt sei. Hoffentlich bringt dieser Fremde uns kein Unglück. Womöglich wollen die Sterne Rache nehmen an uns!"

O-Til blieb im Wigwam der alten Mia, der es seither weder an Fleisch gebrach noch an Tierfellen. Täglich ging er auf Jagd in den Wald und kehrte stets mit reicher Beute zurück, denn da er gelernt hatte, in den Sternenprärien zu jagen, verfehlte er niemals sein Ziel. Die anderen Jäger neideten ihm sein Glück und wiegelten die Dorfbewohner gegen ihn auf, den größten Haß aber schürte der Zauberer des Dorfes wider ihn, denn er fürchtete, seine Macht zu verlieren.

Vom ersten Augenblick an, da er den Sohn der Sterne gesehen, sann der Zauberer auf sein Verderben.

Tage vergingen. Noch immer konnte sich O-Til nicht sattfreuen an der Erde, glücklich war er über der Sonne Wärme, er liebte den Regen und des Windes Wehen, der Blumen Duft und des Bächleins Rauschen im Wald versetzten ihn in Entzücken. Nur des Nachts, wenn er die funkelnden Sterne am Himmel betrachtete, da ward die Sehnsucht in ihm wach nach dem Vater, den er ohne Abschied verlassen hatte.

Einmal wollte er gerade auf Jagd gehen, den Bogen über die Schulter hängen und die Pfeilbüchse, als plötzlich eine Menschenmenge vor dem Wigwam stand und ihm den Weg versperrte.

Aus der Menge trat der Dorfzauberer hervor. Er schüttelte die Federn, die seinen Kopf zierten, und schrie:

„Nehmt diesen Landstreicher gefangen! Seinetwegen sind unsere Wigwams leer, die Jäger kehren mit leeren Händen zurück von der Jagd, und unsere Frauen braten kein Fleisch an den Lagerfeuern. Nur er hat uns der Rache der Sterne ausgeliefert. Er muß sterben!"

Noch ehe O-Til auch nur ein Wort sagen konnte, hatten ihn die Jäger fortgerissen, sie schleppten ihn auf den Dorfplatz und banden ihn mit festen Stricken an einen Pfahl.

„Heute nacht, wenn die Sterne am Himmel funkeln, werden wir dich opfern, um ihren Zorn zu besänftigen", sagte der Zauberer.

Schon brach der Abend herein, Feuer loderten empor auf dem Platz, die Krieger tanzten, ihre Speere schüttelnd, in der Runde, Trommeln dröhnten.

Plötzlich ließ sich auf O-Tils Schulter ein großer silberner Nachtfalter nieder und flüsterte ihm zu:

„Ich bin es, Huac-Huac. Der Mond, dein Vater, schickt mich, der König der Sterne. Sprich ein Wort, dann wird auf seinen Befehl das ganze Dorf in Flammen aufgehen, du aber wirst im Rauch zum Himmel emporsteigen, wo dein Haus ist."

„Nein, dieses Wort werde ich nicht aussprechen", sagte O-Til. „Ich möchte nicht, daß alle diese Menschen umkommen. Wenn mein Vater mich retten will, möge er dafür sorgen, daß in dieser Nacht die Sterne über der Erde und die Flammen in allen Feuerstellen verlöschen."

„Gut, ich will deine Bitte zum Himmel tragen", flüsterte der Nachtfalter Huac-Huac und flog leise davon.

Eine Weile verstrich, eine zweite, eine dritte, da erdröhnten die Trommeln noch lauter, und vor O-Til stand der Dorfzauberer mit einem scharfen Beil in der Hand.

„Bald wirst du sterben, der du dich erkühnst, dich Sohn der Sterne zu nennen. Dein Skalp wird meinen Wigwam schmücken!" Und er hob den Tomahawk über O-Tils Kopf.

Plötzlich erdröhnte ein Donnerschlag, die Sterne am Himmel und alle Lagerfeuer auf der Erde verloschen. Tiefe Finsternis sank auf die Welt hernieder. Furcht packte Menschen und Tiere.

Dem Zauberer fiel der Tomahawk aus der Hand.

„Heda! Sogleich ein Feuer anzünden, aber schnell!"

Aber kein Funke sprang hervor unter dem Feuerstein, kein Flämmchen entzündete das Holz. Das Feuer gehorchte den Menschen nicht mehr.

Schrecken befiel die Dorfbewohner. Im Dunkeln liefen sie umher, stießen aneinander, Angst trieb ihnen die Haare zu Berge. Nur O-Til stand ruhig da, festgebunden an den Pfahl.

Plötzlich fühlte er, wie die weichen Flügelchen des Nachtfalters Huac-Huac seine Schläfen streiften, und dann vernahm er ein Flüstern:

„O-Til! Deine Bitte ist erfüllt. Sprich, was soll ich weiter tun? Nach deines Vaters Willen stehe ich dir zu Gebot!"

„Fliege in den Wigwam der Schwester meiner Mutter und führe Mia her zu mir. Meine Büchse mit den Pfeilen soll sie mir bringen, die ich in der Hütte vergaß."

Mitternacht war vorüber, aber noch dichter ward die Finsternis.

Im undurchdringlichen Dunkel sich vorwärtstastend ging die alte Mia, der Nachtfalter Huac-Huac aber wies ihr den Weg, wobei er leise in ihr Ohr raunte:

„Vorwärts, weiter, jetzt nach links,
neig den Kopf, ein Baum steht da.
Nun nach rechts, auf den Pfad, zur Seite tritt,
so, es ist nur noch ein Schritt."

„Sohn meiner Schwester!" flüsterte Mia. „Ich bin bei dir. Den ganzen Tag haben sie mich nicht zu dir gelassen, erst jetzt, nachdem es so finster geworden, floh die Wache vor meinem Wigwam."

„Hast du meine Büchse mit den Pfeilen, Schwester meiner Mutter?" fragte O-Til.

„Hier ist sie, Söhnchen."

„Nimm alle Pfeile heraus. An einem der Pfeile ist ein Feuerstein befestigt. Hast du ihn gefunden?"

„Ja, mein Sohn."

„Lege ihn mir in die rechte Hand. Meine Hände sind auf dem Rücken festgebunden."

Als O-Til den Feuerstein in seiner Hand spürte, das Geschenk seiner verstorbenen Mutter, da rief er laut mit gebieterischer Stimme:

„Hört mich, ihr Menschen! Hört mich an, ihr mutigen Krieger! Ich, O-Til, werde die Sterne an den Himmel führen und dafür sorgen, daß das Feuer wieder lodert auf euren Herdstellen. Löst mir die Fesseln. Wenn aber mein Mund lügt, sollen eure Tomahawks auf meinen Kopf fallen."

Geschrei, Gemurmel, Flüstern ließen sich im Dunkeln vernehmen, die von Schrecken und Kälte gelähmten Menschen kamen in Bewegung. Manche schrien, es sei Betrug, andere wollten des Gefangenen Schlingen lösen.

Endlich rief der Häuptling des Dorfes:

„O-Til! Wir werden dich befreien von deiner Bande. Doch wehe dir, wenn du dein Wort nicht hältst."

Auf Befehl des Dorfhäuptlings schnitten die Krieger die Schlingen durch an O-Tils Händen und Füßen.

Der Sohn der Sterne trat an das verloschene Lagerfeuer und sprach:

„Reicht mir trockenes Gras und Moos."

Ein Weilchen später hielt er ein Büschel trockener Kräuter in der Hand.

Leise sprach O-Til zum Nachtfalter Huac-Huac, der in seinen Haaren saß:

„Fliege, Nachtfalter, hin zu den Sternen, trage meine Bitte meinem Vater vor, dem Monde. Sobald er das Feuer aufflammen sieht hier auf der Erde, möge er mit seinem Volk hinausziehen in die Himmelsprärie."

Geräuschlos breitete der Nachtfalter Huac-Huac seine Flügel aus und flog hoch, sehr hoch in den Himmel empor.

O-Til aber entfachte die Flamme mit dem Feuerstein. Goldene Funken sprühten, sie tanzten in der Schwärze der Nacht, das Grasbüschel ward von ihnen erfaßt, und nach einem Weilchen loderte das Lagerfeuer auf dem Dorfplatz empor.

In diesem Augenblick erstrahlten der Mond und alle Sterne am Himmel, auf der Erde aber umarmten die Menschen einander vor Freude.

Dann erwählten sie O-Til zu ihrem Häuptling und nannten sich von nun an Stamm der Sterne.

VOM JUNGEN HIRTEN, DER AUF DEM MOND WEILTE

Es lebten einmal arme Leute in einem Tal mitten in den Bergen. Einen einzigen Sohn hatten sie, den nannten sie Ata.

Ihr ganzes Besitztum waren eine kleine Lamaherde und ein winziges Feld, darauf pflanzten sie Bataten, das sind süße Kartoffeln, und verschiedenes Gemüse. Seit geraumer Zeit kam es immer wieder vor, daß jemand ihnen von der Ernte etwas wegnahm.

„Geh heute nacht ins Feld, lieber Sohn", sprachen die Eltern, „und passe auf, damit nicht wieder Diebe uns bestehlen."

„Gut, ich gehe", antwortete Ata.

Er ging also ins Feld, setzte sich auf einen Stein am Fuße eines hohen Felsens und hielt die ganze Nacht Wache bis zum Morgengrauen, aber niemand erschien. Gegen Morgen jedoch übermannte ihn der Schlaf, die Augenlider fielen ihm von selber zu. Er legte sich in eine Furche, schloß die Augen und schlief ein.

Erst am hellen Tage wurde er wach. Schaute auf das Feld, da waren die Beete aufgegraben, Bataten gestohlen, einen Schritt von ihm entfernt!

Betrübt kehrte er in die Hütte zurück und sagte zu den Eltern:

„Die ganze Nacht habe ich gewacht, erst in der Morgendämmerung sank ich in Schlummer, weiß selber nicht, wie die Bösewichte in die Bataten geraten sind."

Tief bekümmert sprachen die alten Eltern:

„Diese Nacht, Söhnchen, wache bis in den hellen Tag, sonst verlieren wir unsere ganze Ernte."

Als der Abend kam, ging Ata ins Feld. Er setzte sich nicht einmal hin, sondern lief die ganze Nacht auf und ab und wachte. Nur ein einziges Mal, gegen Mitternacht, lehnte er sich an einen Baum, schloß die Augen und stand ein Weilchen mit geschlossenen Augen da. Aber er kam gleich wieder zu sich und wachte weiter ohne zu schlafen bis in den hellen Tag, paßte auf, ob die Bösewichte kämen. Doch als dann die Sonne am Himmel emporstieg, mochte er seinen eigenen Augen nicht trauen, denn über das ganze Feld verstreut lagen Büschel herausgerissener Wurzeln, und man sah, daß hier jemand in der Nacht sein Unwesen getrieben hatte.

Ata ließ den Kopf hängen, kehrte in die Hütte zurück und sagte:

„Die ganze Nacht bis in den hellen Morgen hinein bin ich über das Feld gelaufen und habe gewacht, weiß selber nicht, wann es geschah, auf welche Weise die Räuber in die Bataten gelangt sind."

Auch in der dritten Nacht ging Ata ins Feld, er schritt auf und ab, lief hin und her, ohne auszuruhen, hin und wieder zurück, und hielt im Dunkeln Ausschau nach den Dieben.

Da blickte der Mond hinter den Wolken hervor, und hell ward es auf dem Felde. ‚Jetzt ist alles hier zu sehen wie am Tage', dachte Ata, aber die Augen wollten ihm zufallen, denn es war ja schon die dritte schlaflose Nacht. ‚Wer sollte wohl um diese Zeit hinausgehen, um auf dem Felde etwas zu stehlen? Ein Weilchen werde ich schlummern, nur ein ganz kleines Weilchen.'

Am Fuße des Felsens ließ er sich nieder, aber kaum hatte er die Augen geschlossen, da umfing ihn tiefer Schlaf.

In diesem Augenblick flog ein Schwarm allerliebster Mädchen in silbernen Kleidern vom Himmel herab, mit goldenen Haaren, die waren gürtellang und offen.

Das waren Sternchen, des Mondes Töchter.

Wie einen Kranz umgaben sie den schlafenden Burschen, nahmen silberne Hacken zur Hand und machten sich daran, ganz schnell Bataten auszugraben und sie in silberne Körbchen zu sammeln.

Plötzlich stieß die silberne Hacke eines der Mädchen an einen Stein. Bei diesem Ton fuhr Ata aus dem Schlaf empor und sprang auf. Rieb seine Augen, einmal, ein zweites, ja, ein drittes Mal, vermochte nicht zu fassen, ob es Traum war oder Wirklichkeit.

Sollten so reizende, überirdische Wesen wirklich seine armseligen Bataten auf dem Felde stehlen? Vielleicht war es ein Zauber, eine Täuschung? War doch eine einzige silberne Hacke mehr wert als alle ausgegrabenen Bataten zusammengenommen.

Die Sternenmädchen hatten indessen Ata erblickt und wandten sich zur

Flucht. In der Eile ließen einige Mädchen ihre silbernen Körbchen mit den Bataten auf dem Felde stehen.

Sie eilten zu dem Felsen, der in einiger Entfernung aufragte, ergriffen Mondstrahlen und stiegen zum Himmel empor.

Das jüngste der Sternenmädchen aber stolperte bei der wilden Flucht und fiel hin, wobei ihm das silberne Körbchen aus den Händen glitt. Die Bataten rollten umher, da aber hatte Ata das Sternenmädchen gepackt und hielt es ganz fest in seinen Armen, obwohl es mit aller Kraft versuchte, seinen Händen zu entgleiten wie ein silbernes Fischchen.

„Wer bist du?" fragte er die Erschrockene.

„Des Mondes Tochter, meine Mutter ist die Sternfrau des Nordens!"

„So ist das! Ja, schämt ihr euch denn nicht, ihr Sterne, den Menschen die Ernte zu stehlen auf den Beeten? Habt ihr im Himmel nicht Felder genug, daß ihr zu uns auf die Erde stehlen kommt?" rief Ata zornig.

Sie aber antwortete ihm weinend und mit feiner Stimme:

„Laß mich, ach, laß mich zu meinen Schwestern. Kann auf der Erde nicht länger verweilen, gleich geht die Sonne auf, der Mond verbirgt sich, was aber fange ich Unglückliche an, wie gelange ich zurück an den Himmel?"

„Nein, ich laß dich nicht entwischen", erklärte Ata. „Erst sage mir, wozu ihr meine Bataten braucht."

„Ja, siehst du, unsere Mutter, die Sternfrau des Nordens, ist krank, und genesen kann sie nur von einer Medizin, die aus den Bataten von eurem Felde hergestellt wird."

„O Wunder über Wunder!" Ata schüttelte den Kopf, aber das Sternenmädchen ließ er nicht los, ganz fest hielt er es. „Komm, ich nehme dich mit in meine Hütte, dort wohnen meine Eltern, ich möchte, daß sie dich kennenlernen. Wirst ihnen selbst alles erzählen, denn mir würden sie womöglich gar nicht glauben und sagen, ich habe mir ein Märchen ausgedacht, um mich zu verteidigen."

Also führte Ata die Mondtochter in sein Haus, um sie den Eltern zu zeigen.

Die alten Leute wunderten sich gar sehr beim Anblick des reizenden Mädchens und wollten einfach nicht glauben, daß sie eine Bewohnerin des Himmels sei.

Und als sie gar hörten, des Mondes Tochter sei mit ihren Schwestern auf die Erde gekommen, um eine Medizin zu holen für die kranke Mutter, da schwand all ihr Zorn ob der ausgegrabenen Bataten.

Sie bewirteten ihren Gast mit allem, was sie nur hatten, gaben dem Mädchen zu essen, zu trinken, doch es ward immer blasser, immer schwächlicher, ja, es schwand vor ihren Augen dahin, das arme Ding.

„Komm, lege dich ein wenig schlafen in der Hütte, ruhe dich aus, und deine Kräfte werden sogleich zurückkehren", sagte Atas Mutter.

Nachdem die Sonne untergegangen und die Nacht heraufgezogen war, trat das Sternenmädchen aus der Hütte und war wie verwandelt. Seine Augen funkelten, rosig das Gesichtchen, tänzerisch sein Schritt, keine Spur mehr von der Schwäche am Morgen.

Voller Entzücken sah Ata das Mädchen an und bat:

„Bleibe doch hier bei mir auf der Erde, werde meine Frau, wirst das Feuer mir hüten in meinem Wigwam. Wenn du fortgehst, sterbe ich, solche Sehnsucht werde ich haben nach dir."

Ata tat dem Sternenmädchen leid, und weil er ein schöner und guter Bursche war, wie es ihrer nur wenige gibt auf Erden, blieb sie bei ihm im Wigwam, nahm ihn zum Mann und hütete ihm das Feuer.

Noch immer fürchtete Ata, seine Sternfrau könnte ihn verlassen, deshalb warf er ihr Sternengewand in den Fluß, damit sie nicht wieder auf den Mond fliegen könnte.

So lebten sie glücklich ein Jahr, ein zweites, die Mondtochter war Ata eine treue Frau und seinen Eltern eine gute Schwiegertochter. Nur tagsüber hatten sie wenig Freude an ihr, denn sie ward schwach und blaß, versteckte sich in den Ecken, verkroch sich in Winkel, doch gegen Abend lebte sie auf, und in Mondnächten gar, da erstrahlte sie wie Mondlicht, war fröhlich, lachte, sang, die Arbeit brannte ihr in den Händen, so flink war sie am Werke.

Eines Tages zog Ata weit hinein in die Berge auf Jagd.

Am nächsten Morgen kehrte er in die Hütte zurück, aber seine Frau war nicht da. Verschwunden war sie wie ein ins Wasser geworfener Stein. Er ging an den Fluß, schaute sich um, da erblickte er an der Furt etwas Silbriges im Gebüsch, das funkelte, flimmerte. Ein Fetzen vom Mondschleier war es, den der Dornenbusch in der Strömung festhielt. Da begriff Ata, daß der Fluß der Mondtochter ihr Kleid zurückgegeben hatte.

‚Warum hat sie mich verlassen?' fragte er sich bekümmert und warf einen Blick auf den Schwarm der Sternenfeuer in der Höhe. ‚Weiß ich doch nicht einmal, welche du bist unter den tausenden deiner Schwestern. Warum bist du fortgegangen von mir und hast mich verlassen ohne Abschied?'

Wie er so dasaß und zum Himmel emporsah, vernahm er plötzlich Flügelrauschen. Irgendein Vogel ließ sich am Felsvorsprung nieder. Ein gewaltiger Adler war es, aus den Bergen.

Als Ata einst seine Lamaherde hütete auf den Berghängen, da fand er ein Adlerjunges, das war aus dem Nest gefallen. Er kletterte auf den hohen Felsen und gab das Tierchen seiner aufgeregten Mutter zurück. Seither verband ihn tiefe Freundschaft mit der ganzen Adlerfamilie, das Adlerjunge aber, das inzwischen zu einem großen Vogel herangewachsen war, besuchte ihn oft im Felde und auf der Weide, Schrecken verbreitend in der sanftmütigen Lamaherde.

„Warum bist du so traurig, Ata?" fragte der Vogel mit Menschenstimme, wobei er die gewaltigen Flügel ein wenig anhob.

Ata erzählte ihm seine seltsame Geschichte und schloß mit den Worten:

„Nun weiß ich nicht, wo ich meine Frau suchen soll unter den Sternen, weiß nicht, auf welcher Seite des Himmels sie wohnt, noch wie ich dorthin gelangen soll, nur eines weiß ich, daß ich immer Sehnsucht haben werde nach ihr, obwohl sie mich so heimlich verlassen hat."

Er ließ den Kopf hängen und verstummte, tief versunken in Gedanken der Trauer. Plötzlich sprach der Adler zu ihm:

„Verliere die Hoffnung nicht, Ata! Woher willst du wissen, ob deine Frau aus freien Stücken auf den Mond geflogen ist? Vielleicht mußte sie heimkehren ins Vaterhaus? Vielleicht ist es Sternen nicht gestattet, lange auf der Erde zu verweilen? Wenn du dich aber so sehr sehnst nach ihr, kann ich dich auf meinen Flügeln hintragen."

„Du willst mit mir zum Mond fliegen?" fragte Ata, hob den Kopf und sah den Adler mit neu erwachter Hoffnung an.

„Meine Worte werfe ich niemals in den Wind", versetzte stolz der Adler. „Aber du mußt mir zwei Tiere opfern aus deiner Herde. Ich werde viel Fleisch brauchen, damit ich Kraft habe für den Flug."

„Gut, ich werde dir zwei meiner Tiere geben, nur laß uns so schnell wie möglich davonfliegen", bat Ata. „Erwarte mich hier, ich will nur noch in die Hütte gehen, Abschied nehmen von meinen Eltern und sie um zwei Tiere aus der Herde bitten."

Ata trat in die Hütte und sprach:

„Lebt wohl, Vater und Mutter! Ich muß aufbrechen zu weiter Reise. Gebt mir zwei Lamas auf den Weg, denn ich brauche einen Fleischvorrat, damit ich den Adler füttern kann und er Kräfte hat für den Flug auf den Mond. Der Adler will mit mir zum Mond fliegen, ich muß dort meine Frau finden oder sterben."

„Ach, Söhnchen, liebes Söhnchen!" Die Eltern brachen in Tränen aus. „Was sollte dir schon diese Frau vom Monde? Nur Kummer haben wir mit solch einer Schwiegertochter, für dich aber bleiben Tränen und Trauer. Wäre es nicht besser, du nähmest ein Mädchen aus unserem Dorfe zur Frau? Nun aber willst du uns auch noch verlassen, und wir bleiben allein!"

„Will keine andere Frau haben, verzeiht mir, Vater und Mutter. Nur diese ist mir bestimmt, selbst auf den Mond will ich ihr folgen."

Was sollten die armen Alten tun? Sie konnten den Sohn doch nicht zum Bleiben zwingen, wenn sein Herz ihn hinzog zu seiner Geliebten.

Weinend wünschten sie ihm Glück auf dem Weg und sprachen:

„So lebe denn wohl, Söhnchen, geh dein Glück suchen auf dem Monde, wenn du es auf der Erde nicht finden kannst. Nimm dir die ganze Herde, denn unser Einziger bist du, und all unser Vieh gehört dir. Folge deinem Schicksal, kehre glücklich und bald heim."

Mit Schmerzen nahm Ata Abschied von den Eltern, packte das Fleisch in den Sack und kehrte auf das Feld zurück.

Er schob es auf den Felsen und sprach zum Adler:

„Hier hast du das Fleisch zweier Lamas, wie du es wünschtest."

„Gut," sprach der Vogel. „Jetzt will ich ein Lama fressen, um Kräfte zu sammeln für den Flug. Das Fleisch des anderen Tieres aber trockne an der Sonne und hebe es in schmale Streifen geschnitten auf. Lang wird der Weg, auf dem Fluge brauchst du selbst einen Vorrat, und auch mich mußt du ernähren. Wenn ich nur rufe: ‚Fleisch!', dann schiebe mir ein Stückchen getrocknetes Fleisch in den Schnabel. An Wasser wird es uns nicht mangeln, gibt es doch Regen und Taunebel in der Höhe die Fülle. Doch denke daran, wehe uns beiden, wenn das Fleisch uns ausgeht. Aus furchtbarer Höhe stürzen wir hinab in die Tiefe und zerschmettern auf dem Erdboden."

Nach diesen Worten begann der Adler mit Schnabel und Krallen das Lamafleisch zu zerteilen, und als er sich sattgefressen hatte, befahl er Ata:

„Und nun nimm den anderen Teil des Fleisches, trockne ihn an der Sonne."

Als das Fleisch gut durchgetrocknet war, sagte der Adler:

„Verwahre die Streifen im Quersack, setze dich auf meinen Rücken und halte dich in meinem Gefieder fest, damit du nicht auf die Erde fällst."

Ein Weilchen später erhob sich der Adler mit Ata auf dem Rücken vom Felsgrat, und beide flogen immer höher und höher.

Ohne Rast noch Ruhe zerteilte der große Vogel mit seinen gewaltigen Schwingen die Lüfte und schwebte so leicht dahin, als trüge er gar keine Last. Lange, lange Zeit flogen sie über Berge, über Wolken, schon war die Erde ihren Blicken entschwunden, und nur die gewaltige Sonne verbreitete blendendes Licht in den grenzenlosen Räumen.

Endlich brach die Nacht herein, die Sonne sank hinter den Horizont, Finsternis lagerte ringsum.

Vor Angst begann Ata zu zittern, noch fester griff er in des Adlers Gefieder. Plötzlich rief der Vogel, ohne seinen Flug zu unterbrechen: „Fleisch!"

Augenblicklich holte Ata ein Streifchen Lamafleisch aus dem Quersack und schob es dem hungrigen Adler in den Schnabel. Dann flogen sie beide noch schneller, noch höher, und so glitten sie durch die Schwärze der Nacht bis zum neuen Sonnenaufgang. Am hellen Tage verlangsamte der Adler seinen Flug und rief erneut: „Fleisch!"

Und wieder holte Ata ein Stück Lamafleisch aus dem Quersack hervor, um den Vogel damit zu füttern, denn seine Kräfte hatten sehr nachgelassen.

Tage und Nächte vergingen, noch immer stiegen sie zur Höhe empor. Aber bis zum Monde war es noch weit. Ata hatte bereits die Zeitrechnung verloren, er wußte nicht mehr, ob es Sommer war auf der Erde oder Winter, denn in den Weiten dort über den Wolken schien ständig heiß die Sonne.

Mit Schrecken dachte der Bursche daran, was wohl geschähe, wenn für sie beide kein Fleisch mehr vorhanden war. Der Quersack mit den Vorräten war fast leer. Schließlich kam der Tag, an dem das letzte Stück Fleisch im Schnabel des Adlers verschwand.

Weiter glitten sie durch die endlose Weite, zu ihren Häupten funkelte des Nachts die Mondscheibe, geheimnisvoll, silbern, immer näher kam, immer größer wurde sie.

Plötzlich spürte Ata, daß der Adler schwerer flog, daß seine Flügel langsamer die Luft durchschnitten, auf einmal begann er gar seltsam zu schwanken, als wollte er in die Tiefe stürzen.

Da rief der Vogel mit schwacher Stimme:

„Fleisch! Nur ein kleines Stückchen! Die Kräfte verlassen mich, wir kommen beide um."

Vor Angst standen Ata die Haare zu Berge wie Igelstacheln. Leer war sein Quersack, keine Spur mehr vom Lamafleisch.

‚Was tue ich nur?' dachte der Bursche verzweifelt. ‚Wenn ich ihm nichts zu fressen gebe, stürzt er mit mir zusammen auf die Erde nieder, und wir zerschellen auf den Felsen. Ach, fände ich doch nur ein Stückchen, ein winziges Streifchen!'

Fieberhaft begann er im Quersack zu wühlen, schüttelte ihn, aber er fand nichts, auch nicht das kleinste Bröckchen Fleisch war noch drin.

Und da begann der Adler schwer zu atmen, seine Augen waren wie von Nebel bedeckt, nur noch schwach wedelte er mit den Flügeln, so erschöpft war er. Breitete die Flügel nur noch weit aus und wiegte sich in den Lüften, fast unbeweglich standen sie, denn so wollte er ein wenig ausruhen und Kräfte sammeln zum Weiterflug. Die Last aber, die er auf dem Rücken trug, drückte ihn in die Tiefe. Fast schien es, als könnte nichts sie mehr retten, als würden sie beide wieder auf die Erde stürzen aus schwindelnder Höhe, da tat Ata einen Freudenschrei und zog unter seinem Umhang einen schmalen dünnen Streifen getrockneten Fleisches hervor. Sicherlich war er dort auf dem Boden der Innentasche zufällig liegengeblieben, jetzt aber wurde er für den Vogel und den Menschen zur einzigen Rettung.

Kaum hatte der Adler das Streifchen Lamafleisch verschluckt, da kehrten ihm die Kräfte zurück, wie durch ein Wunder, seine breiten Schwingen hoben und senkten sich wieder, die Lüfte zerteilend, und er schwang sich zu solcher Höhe empor, daß Ata rief:

„Der Himmel! Ich sehe des Himmels Oberfläche! Spanne deine Kräfte an, mein Adler, und wir sind gerettet!"

Nach diesen Worten seines Freundes riß sich der Adler vorwärts zu neuem Fluge, stieg mit letzter Kraft noch höher empor, bis er am Ende weich und lautlos am Ufer des Silbersees niederfiel, einer stillen, unbeweglichen Wasserfläche.

Schwer atmend sprach der Adler zu Ata, der bleich war wie der Tod:

„Da hatten wir aber Glück, denn wir sind am Ziel. Von hier bis zum Mond ist der Weg nicht weit, dort, am anderen Ufer des Silbersees, hinter jenem Berge steht sein Palast. Lange sind wir geflogen, doch am Ende haben wir unser Ziel erreicht!"

Ata betrachtete sich im Wasser des Sees wie in einem Silberspiegel und schrie auf vor Entsetzen bei seinem Anblick. Ein Bart war ihm gewachsen, der reichte bis zum Gurt, die Haare fielen herab auf die Schultern, schmutzig war er, sonnverbrannt, die Kleidung abgerissen, das Gesicht in Falten wie ein Greis, todmüde, erschöpft von Hunger, Durst und Hitze.

„Bade im Wasser des Silbersees", riet ihm der Vogel und begann selbst mit Genuß zu planschen in den Silberwogen.

Ata sprang ins Wasser und fühlte plötzlich seine Erschöpfung schwinden, ihm war, als träte eine wundersame Kraft ein in sein Herz, leicht wurde ihm, er fühlte sich erfrischt und voller Kräfte, wie neu geboren. Als er dem See entstieg, war er wieder der schöne junge Mann, so wie ihn damals des Mondes Tochter erblickt hatte, die ja seine Frau geworden war.

Auch der Adler, nachdem er im Silbersee ein ausgiebiges Bad genommen, ward verjüngt, alle Mühsal des unendlich langen Fluges war verschwunden, des Vogels zerdrücktes Gefieder hatte sich wieder geglättet, die verloschenen Augen blitzten wie in jungen Jahren.

„Siehst du den hohen Berg dort, jenseits des Sees? Auf seinem Gipfel funkelt ein Turm. Das ist des Mondes Wohnsitz. Allabendlich versammeln sich seine Töchter mit ihrer Mutter, der Sternfrau des Nordens, auf des Turmes Spitze, um Abschied zu nehmen vom Mond, bevor er sich auf nächtliche Wanderung begibt über den Himmel. Wenn du deine geliebte Frau treffen willst, mußt du am Turmeingang stehen, ohne daß dich jemand bemerkt. Eine nach der anderen werden die Mondtöchter die Treppe betreten, und jede muß zuvor durch das Tor schreiten."

„Wie aber soll ich meine Frau erkennen unter den vielen Sternen?" fragte Ata. „Sie sind einander doch alle ähnlich."

„Deine Frau wird den Sternenreigen beschließen, denn allzulange weilte sie auf Erden mit dir, so hat eine ihrer Schwestern ihren Platz eingenommen vor ihres Vaters Thron. Aber wir wollen keine Zeit verlieren. Gehe jetzt zum Palast, Ata, versuche dein Glück. Gelingt dir dein Ausflug nicht, dann kehre zurück zu mir an den Silbersee, ich werde dich hier erwarten."

Ata ging am Gestade des Silbersees entlang, da stand er auch schon am Tor des Mondturms. Er verbarg sich in einem Mauerspalt und wartete auf der Sterne Erscheinen.

Gegen Abend zogen des Mondes Töchter heran, eine nach der anderen, dann wieder paarweise oder gar in großen Gruppen, und jede trug eine brennende Fackel in der Hand.

Sie gingen an Ata vorüber, der in seinem Versteck lauerte, und begannen die

Stufen zum Turm emporzusteigen. Die letzte ging langsamer, fast hätte sie am Eingang Atas Arm gestreift.

Ata ergriff ihres silbernen Gewandes Kante und flüsterte:

„Sternchen, meine liebe Frau, ich bin es doch, Ata, dein Mann."

Vor Überraschung schrie sie auf, ihre Augen strahlten bei seinem Anblick noch heller als Sternenlicht, doch sogleich legte sie ihren Finger auf den Mund, und hastig, ganz leise, damit ihre Schwestern nichts hörten, flüsterte sie:

„Pst! Kein Wort, wenn dein Leben dir lieb ist! Erwarte mich nachts am Ufer des Silbersees. Ich komme bestimmt."

Um Mitternacht kam das Sternchen an den Silbersee, warf sich in Atas Arme und freute sich, daß er gekommen war.

„Warum hast du mich so plötzlich und ohne ein Abschiedswort verlassen?" beklagte sich Ata.

„Sehnsucht hatte ich nach der Mutter, dem Vater und den Sternenschwestern am hohen Himmel hier oben. Was sollte ich tun? Aus freiem Willen hättest du mich ja doch nicht fortgelassen. Jetzt aber komme in mein Haus, du wirst müde sein nach so langer Wanderung über den Himmel. Weit ist es von der Erde bis zu uns und hoch. Auf welche Weise gelangtest du hierher?"

„Ein Bergadler trug mich auf seinem Rücken."

„Ich dachte es mir gleich, als ich dich am Tor des Turmes erblickte. Mein alter Freund ist er, und als er jung war, kam er oft zu uns in den Himmel heraufgeflogen."

Also führte Sternchen Ata in ihr himmlisches Häuschen, das inmitten saphirgrüner Bäume verborgen lag.

„Sicherlich bist du hungrig, lieber Mann?"

„Ja", antwortete Ata, „denn ich habe auf der Reise das Fleisch für den Adler gespart."

„Ich werde dir Reis geben, doch bereite ihn dir selber zu, ich muß in meines Vaters Palast fliegen. Die Morgendämmerung naht, der Mond kehrt zurück von seiner Himmelsreise. Nur denke daran, gehe keinen Schritt aus dem Hause, damit keine meiner Schwestern dich erblicke, sonst kann ich nicht bürgen für deine Sicherheit. Erblinden könntest du von ihren Strahlen oder gar verbrennen im himmlischen Feuer."

Sie gab Ata fünf Reiskörner und eilte zum Mondturm.

Ata betrachtete die fünf Körnlein und dachte:

‚Die leiden wohl Hunger hier im Himmel, und meine Frau hat schon vergessen, daß die Menschen mehr Speise brauchen zum Leben.'

Er schaute sich um im Sternenhäuschen, da fand er einen vollen Sack Reis. Davon schüttete er eine große Handvoll in einen Topf, kochte ihn gar und begann mit Appetit zu essen. Er aß sich satt, doch der Reis in der Schüssel nahm nicht ab, im Gegenteil, er wurde immer mehr. Schon ergoß sich die weiße dampfende Masse auf den Fußboden, floß wie ein Milchstrom aus der Tür, wälzte sich auf den Hof und strömte weiter auf die himmlischen Felder.

‚Was ist da zu tun?' dachte Ata verblüfft. Er verriegelte die Tür, um dem Reisstrom den Ausgang zu versperren, doch sogleich ward die ganze Stube erfüllt vom Dampf, und ihm drohte Gefahr, von der weißen Flut erstickt zu werden.

Schon wollte er, der Warnung nicht mehr eingedenk, hinauslaufen aus dem Sternenhäuschen, da stürzte Sternchen atemlos in die Stube, zerschlug mit zornigem Geschrei die Reisschüssel auf der steinernen Türschwelle, wobei sie eine Beschwörung murmelte. Stark mußte diese Beschwörung sein, denn wirklich versiegte der weiße Strom und erstarrte auf dem himmlischen Felde.

„Was hast du nur angestellt, mein Lieber?" Die Mondtochter schlug die Hände zusammen. „Fünf Körnchen hatte ich dir gegeben, die hätten für den ganzen Tag gereicht, und es wäre noch etwas übriggeblieben, aber du hast wohl eine ganze Handvoll in den Topf geschüttet?"

„Du hast es erraten", gestand Ata beschämt. „Hungrig war ich, karg erschienen mir die fünf Reiskörner, wie für einen Vogel, nicht aber für einen Menschen aus Fleisch und Blut. Ich wußte nicht, daß ihr hier im Himmel eine ganz andere Wirtschaft habt."

„Nun, was einmal geschehen ist, läßt sich nicht wieder ungeschehen machen", sagte Sternchen. „Ich werde dem Vater schon irgendwie erklären, warum sich der Reisstrom auf das Feld ergoß. Das nächste Mal aber, Ata, sei auf der Hut, denke daran, daß hier nicht die Erde ist. Um keinen Preis verlasse mein Haus, sonst erwartet dich der Tod. Menschen dürfen im Himmel nicht leben, noch hat kein menschliches Wesen seinen Fuß hierher gesetzt. Wehe uns beiden, wenn meiner Schwestern eine dich hier erblickt, sie würde es sogleich dem Vater hinterbringen, und er würde dich in eine Eisscholle verwandeln mit seinen kalten Strahlen."

Tage vergingen und Nächte, Ata aber lebte im Haus seiner Frau verborgen, und niemand ward seiner gewahr.

Doch immer häufiger mußte er lange Zeit auf sie warten, ganze Tage hielt er vergeblich Ausschau nach ihr, immer weniger Zeit widmete sie ihm, stürzte herein in Eile, strahlend, voller Glanz, reizend anzuschauen, um wieder für viele Stunden fortzueilen und ihn allein zu lassen.

Eines Tages kehrte die Mondtochter seltsam in Gedanken versunken, gar bekümmert nach Hause zurück.

„Wir müssen uns trennen", sagte sie. „Vater schickt mich in immer weiter entfernte Gebiete des Himmels, und jetzt befahl er mir gar, über das Himmelsmeer hinüberzuziehen. Von dort kann ich nicht mehr heimkehren zu dir."

„Überallhin werde ich dir folgen, auch über das Himmelsmeer!" rief Ata. „Du weißt doch, ohne dich gibt es kein Glück für mich, auf der Erde nicht und nicht im Himmel."

„Mein Lieber! Dorthin kannst du nicht gehen mit mir", entgegnete Sternchen. „Berge lodern wie Feuerflammen, und des Meeres Wogen rauchen glühender Lava gleich. Du mußt heimkehren auf die Erde."

Ata ließ den Kopf hängen bis auf die Brust und gab keine Antwort.

„Siehst du", sprach des Mondes Tochter betrübt das Gespräch abschließend, „den Sternen fällt es schwer, auf der Erde zu leben, aber es ist auch für die Menschen nicht leicht, mit den Sternen zu verweilen. Leb wohl, Ata, gedenke mein. Morgen in der Frühe eile zum Silbersee, unser Freund, der Adler erwartet dich dort. Gemeinsam werdet ihr zur Erde zurückkehren. Ich aber muß jetzt gleich Abschied nehmen von dir, denn eine weite Reise auf die andere Seite des Himmels steht mir bevor. Bleibe gesund, mein Geliebter, und empfinde keinen Schmerz meinetwegen."

Mit diesen Worten eilte Sternchen aus dem Hause, Ata aber sank in tiefe Verzweiflung.

Im Morgengrauen, als der Mond und alle Sterne verblaßten und sich zur Ruhe begaben, schlich Ata aus dem Sternenhäuschen und ging an den Silbersee, dorthin, wo er sich vom Adler getrennt hatte.

Der gewaltige Vogel saß unbeweglich auf dem Felsen, als wartete er schon lange auf ihn.

Sie sahen einander an, der Mensch und der Vogel, wie zwei enge Freunde, wie Brüder, die da unten geboren waren, auf der fernen grünen Erde.

„Ata, du bist es? Warum sind deine Haare grau, gebeugt deine Schultern, warum ist dein Gesicht voller Falten und Runzeln? Es ist doch kaum erst ein Jahr vergangen, seit ich mit dir von der Erde hierherflog."

Ata warf einen Blick in den Spiegel des Silbersees und wich erschrocken zurück.

„Ein hundertjähriger Greis! Ich soll das sein?" flüsterte er entsetzt.

„Sei nicht traurig, Ata", tröstete ihn der Adler. „Sieh mich an, noch immer bin ich jung und frisch, denn jeden Tag nehme ich ein Bad im Silbersee. Tauche auch du in seine Wogen, so wird deine Jugend dir neu erstehen, schön und stark wirst du wieder wie ehedem."

Ata sprang in die silberne Flut, lange schwamm er, tauchte, genoß mit Freuden das Bad im kühlen, klaren Wasser, und als er endlich ans Ufer trat, war er wieder der hochgewachsene, kraftvolle Jüngling in der Blüte seiner Jahre.

„Nun aber dürfen wir den Rückflug zur Erde keinen Augenblick mehr hinausschieben", sprach der Adler und hob die gewaltigen Schwingen.

„Wohlan, fliegen wir!" sagte Ata. „Seit meine Geliebte mich verlassen, bin ich des Sternenfeldes und des Mondsees überdrüssig, ich möchte so schnell wie nur möglich heimkehren zur Erde."

„Setze dich auf meinen Rücken", riet ihm der Adler, „halte dich fest, denn nach unten fliegen wir viel schneller als vordem zur Höhe empor."

Der Adler breitete seine kräftigen Flügel aus, schwebte über dem Silbersee, erhob sich über die himmlischen Felder und dann, als er den Horizont erreicht hatte, ließ er sich mit aller Kraft hinabsinken, immer tiefer und tiefer bis dorthin, wo im Raum weiße Wolken blinkten.

Tag und Nacht flogen sie so, noch einen Tag und noch eine Nacht, bis sie in die Wolkendecke fielen wie in Federflaum. Ata ward es finster vor Augen, nasser, dichter Nebel umfing sie von allen Seiten. Der Adler stieß einen scharfen, durchdringenden Schrei aus und verlangsamte seinen Flug. Mit Schrecken dachte Ata daran, was geschähe, wenn der Vogel mit durchnäßtem Gefieder seinen Flug nicht fortsetzen konnte.

Zum Glück schwammen die Wolken davon in die Ferne, und wieder erstrahlte die Sonne über Atas Kopf.

„Wir haben Glück!" rief der Adler und wiegte sich leicht auf den breiten Schwingen, um ein wenig auszuruhen nach dem schweren Kampf mit den Wolken.

Der Weiterflug verlief ohne Zwischenfall. Als Ata aus der Höhe die Erde erblickte, in bläuliche Nebel gehüllt, da traten ihm die Tränen in die Augen.

An seine alten Eltern dachte er, seine Freunde, die er verlassen, an das kleine Dorf am Fuße der hohen Berge, und trotz seiner Sehnsucht nach der für immer verlorenen Frau, fühlte er eine seltsame Wärme im Herzen.

Endlich begann der Adler seinen Flug zu verlangsamen, bis er leicht auf dem Felsvorsprung aufsetzte, der über Atas früherem Feld emporragte.

„Auf der Erde sind wir wieder", sagte der Adler schwer atmend.

Mensch und Vogel sahen einander mit Freuden an.

„Nun lebe wohl, mein Adler. Niemals werde ich vergessen, was du für mich getan", sprach Ata dankbar.

Dann ging er geradewegs in seine Hütte. Sie stand kaum noch aufrecht vor Altersschwäche, das Gebälk war schon lange durchgefault, das Dach eingesunken, nur die Steinmauern ragten noch empor.

Er blickte hinein, aber die Stube war leer, niemand darinnen. Zwei verwilderte Katzen sprangen durch das zerbrochene Fenster und flüchteten mit lautem Miauen ins dichte Gebüsch, das rund um die Hütte wucherte.

Ata ging ins Dorf, fragte die Leute nach seinen Eltern, Verwandten und Freunden, aber niemand kannte sie oder hatte auch nur ihre Namen gehört.

Endlich meldete sich ein alter Mann zu Worte, mit geheimnisvollem Blick Atas elterliche Hütte betrachtend, die im wilden Dickicht versank.

„Mein Großvater sagte mir, daß in dieser Hütte, die altersschwach zusammenbricht, vor langer, langer Zeit, vielleicht vor zweihundert Jahren, einmal Leute wohnten, deren Sohn von einer Hexe auf den Mond entführt wurde. Die armen Alten sind gestorben vor Herzeleid, und niemand wagte es seither, in ihrer Hütte zu wohnen."

Ata schleppte sich in die Hütte seiner Eltern zurück und wohnte dort einsam inmitten der Ruinen. Oft sahen die Menschen, wie er des Nachts zu den Sternen emporblickte, die da über den Himmel zogen, oder wie er im Mondenschein auf dem Felsen dahinwanderte, der mitten in seinem Felde emporragte, und dort pflegte er auch lange Gespräche zu führen mit einem wilden Adler aus den Bergen. Wovon die beiden sprachen, weiß niemand, denn jeder mied ängstlich den unbekannten Wanderer mit dem traurigen, seltsam blassen Gesicht.

Sicherlich lebt er dort noch heute und denkt an seine verlorene Frau, Sternchen, die Mondtochter.

NANDA-LAL UND STERNCHEN, DES MONDES TOCHTER

Vor langer, langer Zeit, es mögen wohl an die tausend Jahre her sein, da lebte Nanda-Lal, ein junger Fischer, in einem kleinen Dorfe am Meer. Nacht für Nacht begab er sich auf Fischfang in einem schmalen, leichten Boot, einem ausgehöhlten Baumstamm. War das Meer ruhig, dann warf er das Netz aus, legte sich, den Fang erwartend, auf dem Boden seines Einbaums nieder und blickte zum Sternenhimmel empor.

Eines Nachts nun, als er wieder einmal nach oben schaute, da schien ihm plötzlich, eines der Sternlein, das am hellsten strahlte, würde ihm zublinzeln, als wollte es ihm ein Zeichen geben: Erst sank es tiefer, dann stieg es höher, dabei aber zitterte es, funkelte, flimmerte, nach allen Seiten Blitze sprühend, die waren blau wie Saphir.

‚Ach,‚wäre das schön', dachte der junge Nanda-Lal bei sich, ‚wenn dieses Sternchen vom Himmel herabkäme zu mir. Nicht mehr so einsam fühlte ich mich auf dem weiten Meer, keine Furcht mehr empfände ich vor der Finsternis, und leichter würde es mir beim Fischfang.'

Das Boot wiegte sich auf den Wellen, die angenehm, freundlich rauschten, warm war die Nacht, friedlich, also streckte sich Nanda-Lal auf einem Bündel Schilf aus und schlief fest ein.

Plötzlich weckte ihn greller Lichtschein, der wie ein Blitz seine Augen traf. Der junge Fischer richtete sich von seinem Lager auf und sah in die Runde. Ruhe herrschte auf dem Meer, noch war finstere Nacht, der junge, neue Mond schwamm am Himmel dahin, umgeben von Sternen, doch kalt waren ihre Strahlen, gar fern, ihr Licht aber angenehm, fein, wie durch Nebel verstreut. Indessen ward der Lichtschein im Boot immer stärker, ja, er blendete.

‚Was kann das nur sein?' dachte Nanda-Lal, griff nach den Rudern, denn ein leichter Wind kam auf über dem Wasser, der begann das kleine Boot zu schaukeln.

Plötzlich kippte der Flaschenkürbis mit dem Süßwasservorrat um, den der junge Fischer stets zum Fischfang auf See mitnahm, der seltsame, flimmernde Lichtschein ergoß sich noch breiter ins Boot und darüber hinaus, das Meer im Umkreis beleuchtend.

Nanda-Lal schloß die Augen vor dem blendenden saphirblauen Licht, da vernahm er plötzlich leise Worte:

„Fürchte dich nicht, ich bin es doch, das Sternchen vom Himmel. Ich habe deine Gedanken gehört und bin zu dir gekommen. Im Flaschenkürbis mit dem Süßwasser habe ich mich versteckt, und nun bin ich da!"

„Träume ich denn noch, oder hat mich der Geist des Meeres verzaubert?" rief Nanda-Lal und sah sich erschrocken um. „Das kann doch keine Wirklichkeit sein. Sterne kommen nicht zu den Menschen auf die Erde."

„Und doch bin ich zu dir gekommen", sagte das Sternchen mit strahlendem Lächeln. „Hast mich ja selber hierher gerufen. Siehst du, wie hell es jetzt im Boot ist? Mit mir wirst du keine Angst mehr haben in der Finsternis, auf dem Meere nicht und auch nicht auf dem Lande."

So blieb denn das Sternchen bei Nanda-Lal, es teilte mit ihm seine Mühen und Freuden.

Tagsüber machte es sich ganz klein und verbarg sich vor den Augen Neugieriger im Flaschenkürbis mit dem Wasser, dafür aber strahlte es nachts so wundervoll, daß der junge Fischer seinen Blick nicht wenden mochte von dem reizenden Sternenmädchen.

Eines Tages sagte das Sternchen zu ihm:

„Nimm den Flaschenkürbis mit dem Wasser und trage mich in den Palmenhain."

Als sie dort angelangt waren, sprang das Sternchen aus dem Flaschenkürbis, legte sich im Schatten der Bäume nieder und sprach mit seinem melodischen, ein wenig kapriziösen Stimmchen:

„Nanda-Lal, entsetzlich müde bin ich von der Sonnenglut, es ist sehr heiß hier bei euch auf der Erde. Trinken möchte ich. Ach, pflücke mir doch ein paar Kokosnüsse. Nichts erfrischt so und vermag so gut den Durst zu löschen wie Kokosmilch."

Bereitwillig begann Nanda-Lal den glatten Stamm einer hohen Palme zu erklimmen, und da er geschickt, kräftig und jung war, saß er im nächsten Augenblick schon im Wipfel des Baumes, mitten im Rundfächer der gewaltigen Palmwedel.

„Halte dich fest, damit du nicht herunterfällst!" rief Sternchen von unten. Es riß ein Bambusreis ab, tauchte es in den Flaschenkürbis mit dem Wasser, dann goß es den Kürbis leer. Das Wasser strömte heraus und drang in den ausgetrockneten, von der Hitze verdorrten Boden am Fuße der Palme ein.

Regelmäßig mit dem Bambusreis an den Stamm der Palme schlagend, erklomm Sternchen diese und befand sich im nächsten Augenblick schon im Wipfel neben Nanda-Lal. Die Palme aber begann plötzlich zu schwanken, sich hin und herzubiegen, mit den gewaltigen Wedeln zu rauschen, als hätte ein heftiger Sturmwind sie gepackt.

„Passe gut auf, Lal", sagte Sternchen. „Der Wind wird noch heftiger, und dann wird es ganz finster, weil wir die Wolken erreichen."

„Ich verstehe nicht, was das alles bedeuten soll", entgegnete Nanda-Lal beunruhigt. „Wovon sprichst du, und wie hält die Palme das aus?"

„Nicht doch, beruhige dich, Lal", antwortete Sternchen lächelnd. „Es sollte meine Überraschung werden für dich. Sehnsucht hatte ich einfach nach dem Himmel, nach meinen Sternenschwestern, nach dem lichten Mond mit seinen kühlen Strahlen, und so habe ich beschlossen, dich mitzunehmen."

Nanda-Lal war erstaunt und entsetzt zugleich, schon wollte er Sternchen anschreien, dem Mädchen befehlen, es möge mit ihm wieder zur Erde zurückkehren, als ein neuer Windstoß die Palme so gewaltig schüttelte, daß ihr biegsamer Stamm kreischte, als müßte er mitten entzweibrechen.

Da merkte Nanda-Lal, wie die hohe Palme wuchs und wuchs, ihr Stamm ward immer länger, ihr Wipfel erreichte die Gipfel der höchsten Berge, ja, schon erhob sie sich bis an die Wolken.

Mit einem Mal wurde es dunkel, dichte, feuchte Finsternis verhüllte das Licht, wehte Kühle heran, Nanda-Lal begann zu zittern vor Kälte.

„Schließe die Augen, Lal", meinte Sternchen. „Hab keine Angst. Bald wird die Palme die Wolken durchstoßen, die Sonne wieder scheinen, und es wird hell und warm."

Es geschah, wie Sternchen vorausgesagt hatte. Als sie sich über den Wolken befanden, begrüßte die Sonne sie, golden, riesig, brennend heiß.

Sternchen riß ein breites Palmenblatt und mehrere Kokosnüsse ab, umhüllte mit dem Blatt Lals Kopf, zerschlug eine Nuß am Stamm der Palme und sprach:

„Trinke, Lal, stärke dich, denn Kraft brauchst du, um der Reise Beschwerden zu ertragen. Schwach seid ihr Menschen, von empfindlicher Gesund-

heit, immerzu müßt ihr essen und trinken, einmal schadet euch Kälte, dann wieder sengt euch allzu große Hitze, starkes Licht blendet eure Augen, oder es schreckt euch die Finsternis. Wirst sehen, wie gut es dir im Himmel geht, ein Stern wirst du werden wie ich, dann aber wird dir nichts mehr schaden, weder Frost noch glühende Hitze, kein greller Blitz noch dichteste Finsternis."

Noch fester klammerte sich Nanda-Lal an den Stamm der Palme, kein Wort sagte er, voller Entsetzen aber blickte er hinab in die Tiefe, den Abgrund der Welt, der sich auftat zu seinen Füßen. Niemand weiß, wie lange diese seltsame Reise dauerte. Sternchen aber ward immer fröhlicher, während Lals Traurigkeit im gleichen Maße wuchs, wie die Erde seinen Blicken entschwand.

Plötzlich rauschten der Palme Blätter, laut kreischte ihr Stamm, sie schwankte, dann aber ward der ganze Baum gerade und unbeweglich.

„Na, endlich sind wir am Ziel!" rief Sternchen, riß sich ein langes goldenes Haar aus dem Zopf und band damit die Palme am Rande des Himmelsgewölbes fest.

„Wir sind im Königreich des Mondes, der mein Vater ist", erklärte Sternchen.

„Du kannst jetzt mutig den Stamm der Palme loslassen, Lal, und einfach auf das saphirblaue Feld springen."

„Was blitzt und funkelt denn hier ringsum, daß einem die Augen schmerzen?" fragte Lal das Sternchen.

„Auf diesem Felde wachsen Perlen, Smaragde und Diamanten, die verbreiten so blendenden Glanz."

Nanda-Lal bückte sich, nahm eine Handvoll der entzückenden Steinchen auf und konnte sich nicht genug wundern, daß derlei Schätze hier im Feld herumlagen. Neugierig sah er sich um. So weit das Auge reichte, erstreckten sich strahlende Felder, flimmernde Wiesen dazwischen. Nirgends ein Busch oder Strauch, Felsgestein nur und gewaltige Klippen, die in der Ebene verstreut lagen.

„Laß uns in meines Vaters Haus gehen, zum Monde, nur sputen wir uns, denn große Sehnsucht hatte ich nach ihm", sagte Sternchen und begann mit solcher Geschwindigkeit über die Diamantenfelder und Smaragdenwiesen dahinzueilen, daß Nanda-Lal weit hinter ihm zurückblieb.

Ganz außer Atem setzte er sich schließlich unter einen Felsen, der war weiß wie Milch, um Luft zu schöpfen, da sah er, wie sein Sternchen immer weiter lief durch die funkelnde, blitzende Wüste, leicht wie ein Federchen sprang es über Felsen und Klippen, sah sich nicht einmal nach ihm um oder wartete gar ein Weilchen, als hätte es vergessen, daß er da war. Schließlich verlor er es aus den Augen hinter einem Felsvorsprung, und so blieb er denn allein in dieser menschenleeren, öden, flimmernden Himmelswüstenei.

Furcht packte ihn, er könnte sich verirren und umkommen, also begann er verzweifelt nach seinem Sternchen zu rufen, aber es hörte ihn nicht, weil es von Sehnsucht getrieben immer schneller gerannt war, es kam weder zurück noch gab es Antwort.

Sehr lange wartete Lal am Fuße des weißen Felsens auf das Sternenmädchen. Die Kälte drang ihm durch alle Glieder, Hunger und Durst quälten ihn.

Vergeblich rief er Sternchen aus der Ferne herbei. Es zeigte sich nicht.

‚Sicherlich hat es mich vergessen. Wie kann es mich nur allein lassen in dieser Wüste, dem Tode ausgeliefert. Und ich habe Sternchen so geglaubt. Wie dumm war ich, daß ich nicht gleich von der Palme wieder heruntergeklettert bin, dort unten noch auf der Erde. Aber vielleicht ist es noch nicht zu spät, mich zu retten. Vielleicht finde ich die Palme wieder auf dem Diamantenfeld und lasse mich an ihr zur Erde nieder', dachte Nanda-Lal.

Raschen Schrittes, ohne sich umzusehen, kehrte er um und eilte zu der Stelle, an der er seinen Fuß erstmalig auf den Himmel gesetzt hatte.

Welch ein Glück! Die Palme stand noch da, grün, riesengroß, mit ausladendem Blattfächer auf ihrem Wipfel.

„Sei gegrüßt, Palme, Bewohnerin der Erde!" flüsterte Nanda-Lal unter Tränen und umfing den herausragenden Stamm mit den Armen, wie man einen sehr nahestehenden Menschen umarmt. „Wie aber stelle ich es an, daß du mit mir zusammen heimkehrst auf die Erde, sag es mir, Palme, du grüne!"

„Hebe das Bambusreis auf, das Sternchen in der Eile fortwarf, es besitzt Zauberkraft", ließ sich eine Stimme im Rauschen der Blätter vernehmen. „Dann aber binde mich los und schlage dreimal mit dem Bambusreis an meinen Stamm."

Lal sah sich um und erblickte zu seinen Füßen das Bambusreis. Er freute sich, als hätte er den größten Schatz gefunden, hob das Reis auf, befreite die Palme, die Sternchen mit einem seiner Haare an das Himmels Decke gebunden hatte, band sich selber damit an den Palmenstamm und wollte gerade mit dem verzauberten Bambusreis daran schlagen, als er plötzlich Rufe vernahm. Das war Sternchen, es kam quer über das Diamantenfeld gelaufen, rief laut nach ihm und winkte mit einem himmelblauen Schleier.

„Ach, Nanda-Lal! Verzeihe mir! Bleib stehen, mein Lieber, warte! Kehre nicht auf die Erde zurück! Bleibe hier bei mir. Der Mond, mein Vater, will dich in seinem Palast begrüßen, denn ich habe ihm bereits von dir erzählt."

Doch Nanda-Lal entgegnete ihr traurig:

„Leb wohl, mein Sternchen, wir müssen uns für immer trennen. Bleibe du nur in deinem Königreich, ich aber muß heimkehren auf die Erde, zu den Menschen. Dort gehöre ich hin. Das habe ich begriffen in der langen, langen Zeit, da ich einsam auf dich wartete in der unermeßlichen Wüstenei der Himmelsfelder."

„Vergeblich fliehst du vor mir, Lal!" rief Sternchen, die Mondtocher. „Wer einmal seinen Fuß auf das Himmelsgewölbe gesetzt hat, der vergißt es nicht bis ans Ende seines Lebens."

Aber Lal hörte ihre Worte nicht mehr, sacht schlug er mit dem Bambusreis an den Stamm der Palme. Da ward der Baum plötzlich niedriger, immer kürzer wurde er, immer kleiner, bis die Palme mit ihrem Wipfel schließlich die Höhe der Felsen am Meer erreichte.

„Gesegnet seien deiner Blätter Schatten und der lebenspendende Saft deiner Früchte! Dank sei dir, o Palme, dir, meiner Befreierin, weil du mich wieder heimführtest zur Erde", flüsterte Lal, des Baumes rauhen Stamm dankbar umarmend. Dann aber sprang er freudig in den gelben Sand des heimatlichen Gestades und wanderte zu seiner Hütte. Als er auf der Schwelle stand, blickte er sich um und sah mit Staunen, daß die Palme verschwunden war, als hätte sie niemals dort gestanden.

Wie vordem fuhr Lal auch weiterhin allein zum Fischfang aus, und des Nachts, wenn er auf dem Boden seines Bootes lag, betrachtete er den sternenübersäten Himmel, guckte sich auch an der silbernen Mondscheibe fest, und sein seltsamer Ausflug in des Himmels Höhen erschien ihm wie ein schöner Traum. Aber nicht lange währte seine Freude. Von Tag zu Tag bekam er mehr Sehnsucht nach dem Mondmädchen, er mied seine früheren Freunde und Verwandten, ward menschenscheu, die Ruhe verließ, der Schlaf floh ihn, bis sich Lal am Ende gar bitter darob beklagte, daß er auf die Erde zurückgekehrt war, wo er sich so einsam und elend fühlte ohne das geheimnisvolle, ein wenig kapriziöse, launische Sternchen. Der einzige Trost in all seiner Trauer und Sehnsucht aber war der Gedanke, daß er sein Sternchen irgendwann einmal wiedersähe und beide glücklich sein würden.

VOM ALTEN WEISEN, SEINEM SCHÜLER LIN-TIN UND DEM MÄDCHEN AUS DEM MONDENSCHEIN

Vor Jahrhunderten lebte einmal ein alter Weiser. Der kannte alle Bücher der Welt und war der Zauberkunst in höchstem Grade mächtig, so daß er Menschen in Tiere verwandeln, sich selbst in die Luft erheben, verschiedene Gestalten annehmen und vielerlei Dinge vollbringen konnte, wie sie unmöglich waren für gewöhnliche Menschen.

Auch hatte er einen jungen und getreuen Schüler mit Namen Lin-Tin, den liebte er wie seinen eigenen Sohn.

Eines Abends saß der alte Meister mit Lin-Tin in seiner Stube mit den vielen geheimnisvollen Büchern, allerlei Kräutern und getrockneten Blumen und lehrte ihn seiner Lehre geheimnisvolles Wissen.

„Heute ist Vollmond. Ich werde dir ein Kunststück zeigen, das kennt niemand auf der Welt außer mir."

Nach diesen Worten nahm er die Schere vom Tisch und schnitt einen großen Kreis aus weißem Papier. Den klebte er an die Wand, die dem offenen Fenster gegenüberlag und sprach leise ein paar geheimnisvolle Beschwörungen. In diesem Augenblick sah der Mond zum Fenster herein, und seine Strahlen wurden von der Wand mit dem weißen Papierkreis zurückgeworfen. Der Kreis begann zu funkeln und silbern zu glänzen wie ein zweiter Mond, und in der Stube wurde es hell wie am Tage.

Nun ergriff der Weise ein hölzernes Stäbchen, wie man es zum Reisessen verwendet, und warf es in den leuchtenden Kreis an der Wand.

Da glitt im zitternden Lichtstrahl schwebenden Schrittes irgendein wunderschönes Wesen von der Wand; es trug einen Sternenmantel, der war aus Mondlicht gewoben.

Ein Mädchen war es, klein wie ein Püppchen, hatte zierliche Händchen, und einen winzigen Schirm trug es über dem Köpfchen. Der alte Meister berührte den Mantel des Püppchens mit einem anderen Holzstäbchen, da begann das seltsame Wesen zu wachsen, bis es so groß war wie ein junges Mädchen von wundersamer Schönheit. Graziös sprang es vom Tisch und sprach vorwurfsvoll zu dem Weisen:

„Warum hast du mich gerufen, o Herr, aus so weiter Ferne? Weshalb störtest du meine Ruhe? Auf deinen Befehl mußte ich des Mondes Garten verlassen, wo ich gerade spazieren ging, wie stets um diese Zeit. Zu welchem Zweck gebotest du mir herniederzusteigen bis auf die Erde, wo mir alles so fremd und schrecklich ist? Ach, ich flehe dich an", beschloß sie ihre Rede, und Tränen rollten wie Perlen über ihre Wangen, „lasse mich zurück an den Himmel, denn ich fühle, daß ich hier sterben muß, ich fürchte mich, es fehlt mir der Atem, ich zittere am ganzen Körper."

„Meister", sprach in die Stille hinein der junge Lin-Tin, der den Blick nicht wenden mochte von der zauberhaften Erscheinung, „gib der schönen Unbekannten die Freiheit wieder, gestatte, daß sie heimkehre in ihr Mondvaterland, ich kann ihren Schmerz und ihre Tränen nicht ertragen."

„Ich wollte dir die Macht der Zauberkunst zeigen, mein Sohn, damit du dich noch fleißiger meinen Lehren widmest", versetzte der Greis, wobei er seinen langen, festgeflochtenen Zopf strich. „Aber wenn dein Herz so empfindsam ist, will ich deiner Bitte geneigt sein."

Und zu dem Mondmädchen gewandt, fuhr er fort:

„Auf die Bitte Lin-Tins befreie ich dich von dem Zauber, kehre heim in dein Vaterland."

Er berührte ihre Handflächen mit beiden Reisstäbchen.

„Habe Dank, o gütiger, freundlicher Lin-Tin, Dank auch dir, erhabener Zauberer", sprach das Mondmädchen, und es begann wieder kleiner zu werden, immer winziger, bis es fast verlosch, fast unsichtbar wurde, so daß man es kaum noch vom Mondlicht unterscheiden konnte.

Einen Augenblick noch flimmerten ihr Sternenmantel und der winzige Schirm vor ihren Augen, dann verschmolz beides zu einem silbrigen beweglichen Flämmchen, das im an die Wand geklebten Papierkreis umherwanderte. Noch eine Sekunde verging, da verlosch auch dieses trübe Lichtchen, und Finsternis herrschte in der Stube.

„Der Mond ist untergegangen, wir sollten uns zur Ruhe begeben", sagte der alte Mann. „Gute Nacht, mein Sohn!"

„Gute Nacht, Meister", antwortete Lin-Tin, verbeugte sich voller Ehrfurcht vor dem Weisen und ging in sein Haus.

Die ganze Nacht vermochte er kein Auge zu schließen, das Mondmädchen wich nicht aus seiner Erinnerung, er konnte ihre tiefen, geheimnisvollen Augen nicht vergessen, die strahlten wie eine Sternennacht, jede ihrer Bewegungen rief er sich ins Gedächnis zurück, ihren tänzerischen graziösen Schritt, und ihrer Stimme melodischer Klang schwang noch immer in seinen Ohren.

Seither fand der junge Lin-Tin keine Ruhe mehr, die Sehnsucht nach jener Lichterscheinung hatte ihm Herz und Seele gefangen genommen.

Um die Kühle zu genießen, saß er eines Abends mit seinem Meister im Garten vor dessen Hause. Die Nacht zog herauf, dunstig warm.

Es war gerade Neumond, aber keine Finsternis herrschte, denn ein Schwarm von Sternen funkelte am nächtlichen Himmel.

Lange schwiegen beide, Meister und Schüler, bis sich endlich Lin-Tin, ohne den Blick von den Sternbildern zu wenden, vernehmen ließ:

„Lehrer, kennst du einen Zauber, der so mächtig wäre, einen Menschen bis auf den Mond zu tragen?"

Der Weise fuhr zusammen, als wäre er aus dem Schlaf emporgeschreckt. Lange sprach er kein Wort, denn er dachte nach über die Antwort. Endlich sagte er:

„Ich weiß, mein Sohn, worüber du dir Gedanken machst, und das betrübt mich."

„Warum stimmt es dich traurig, Meister?"

„Weil ich weiß, daß ich dich für immer verliere. Von dort, wo du hingehst, gibt es für dich keine Rückkehr."

„Seit sie im Mondlicht verschwand, lebe ich dahin in Sehnsucht und Trauer, weder Freude noch Glück finde ich auf Erden", sagte Lin-Tin.

„Es ist meine Schuld", versetzte der Alte, den Kopf wiegend. „Ich hätte sie dir nicht herzaubern sollen. Ach, ich vergaß, daß ihr jungen Leute heiße Herzen habt."

„Ich bitte dich, mein Herr und Lehrer", sprach Lin-Tin mit flehender Stimme, „wenn du mich auch nur ein wenig lieb hast, dann richte es dank deiner Zauberkunst so ein, daß ich auf den Mond gelangen kann, zu meiner Geliebten."

„Was soll ich tun? Selbst muß ich, entgegen meinem Willen, dich, meinen geliebten Schüler, zu ewiger Verbannung von der Erde verurteilen. Denn wenn du dich erst einmal dort befindest, wirst du nie mehr zurückkehren können. Die Kraft meiner Beschwörungen wirkt nicht auf dem Monde. Bedenke, mein Sohn, es wird so sein mit dir, als wärest du für die Welt gestorben. Deine Angehörigen und Freunde siehst du nie wieder, auch die Wiesen, Felder, Wälder und Blumen der Erde nicht, niemals mehr atmest du die duftende Frühlingsluft, hörst nie wieder der Bäume Rauschen oder das Murmeln der Quelle, die dem Felsen entspringt."

„Aber ich werde dort sein, wo sie ist, meine Geliebte, das Mädchen aus dem Mondenschein!" rief Lin-Tin, sprang auf von der Bank und sah in den Nachthimmel empor.

„Wohlan denn, es sei! Ich will deiner Bitte willfahren", sprach der Alte betrübt. „Sobald der junge Mond wieder am Himmel erstrahlt, komme in meinen Garten."

Ungeduldig zählte der junge Lin-Tin die Tage und Nächte, er konnte den neuen Mond kaum erwarten. Als im Osten des Firmaments endlich die blasse schmale Sichel erschien, eilte er mit Freuden an den verabredeten Ort im Garten seines Meisters.

Der Alte begrüßte ihn ernst und traurig. Lange betrachtete er schweigend das Gesicht seines geliebten Schülers, endlich sprach er:

„Es geschehe also, wie du es wünschtest. Lebe wohl, mein Sohn, in Ewigkeit, denn ich sende dich auf weite Reise."

Er brach ein Bambusreis ab und schwenkte es in alle vier Himmelsrichtungen. Dann aber flüsterte er geheimnisvolle Beschwörungen, wobei er des Mondes silberne Sichel unentwegt ansah. Es dauerte lange, bis der alte weise Mann zu zittern begann, auf seinen Füßen zu schwanken, als wollte er hinstürzen, sein blasses, faltendurchfurchtes Gesicht aber sah aus wie eines Toten Antlitz.

Endlich warf er mit letzter Kraft das Bambusreis empor. Da aber geschah ein Wunder. Das Bambusreis verwandelte sich in eine schmale, lange, luftige Brücke, die reichte bis an den Himmel.

„Lebe wohl, mein Meister und Vater", rief Lin-Tin. „Ich danke dir für alles, was du für mich getan hast."

Lin-Tin verneigte sich tief vor dem Alten und begann die auf wunderbare Weise hergezauberte Brücke emporzusteigen, bis er schließlich den Blicken seines Lehrers entschwand, weil eine Wolke ihn verhüllte.

Nach langem Klettern stand Lin-Tin endlich auf festem Mondboden. Neugierig sah er sich um. Sein Blick fiel auf einen Riesen, der mit einer Axt die Zweige eines gewaltigen Feigenbaumes abhieb. Kaum hatte er einen Zweig abgehauen, da wuchsen an seiner Stelle gleich zehn neue Äste, Schweiß rann in Strömen von der Stirn des unbekannten starken Mannes, die Arme wurden ihm lahm vor Anstrengung und Erschöpfung, doch keinen Augenblick unterbrach er seine Arbeit.

‚Ach, das ist sicherlich der Holzfäller, den man in klaren Nächten auch von der Erde aus sehen kann', dachte Lin-Tin, dann aber grüßte er den Unbekannten höflich.

„Lin-Tin bin ich, ein Bewohner der Erde. Ich suche das Mädchen aus dem Mondenschein. Kannst du, o Herr, mir den Weg weisen zu ihr?" fragte er und verneigte sich.

Der Holzfäller wischte sich den Schweiß von der Stirn, lehnte sich an den Baumstamm und antwortete:

„Sie wohnt nicht weit von hier, im Kristallpalast. Du mußt einfach geradeaus gehen, immer geradeaus, jenen Pfad dort, zwischen den Eisfeldern. Keinen Schritt darfst du abweichen, weder nach links noch nach rechts, sonst stirbst du in entsetzlicher Kälte."

Lin-Tin dankte dem Holzfäller und folgte dem Pfade. Schon von weitem sah er des Kristallpalastes Mauern in allen Farben des Regenbogens funkeln. Solche Helligkeit ging von den Mauern aus, daß Lin-Tin seine Augen mit der Hand beschirmen mußte. Vor dem Kristalltor blieb er stehen und schlug dreimal mit der Hand daran. Leise tat sich das Tor auf, von unsichtbarer Kraft bewegt, und Lin-Tin betrat den Palast. Nirgends sah er Menschen, dafür wimmelte es überall in den Vorhöfen, den Kreuzgängen und auch in den hellen geräumigen Sälen von singenden, buntgefiederten Vögeln, und in kleinen grünen oder himmelblauen Teichen schwammen silberne und goldene Fischlein. Aus der Tiefe des Gartens, wo ein himmelblauer Pavillon stand, drang eine süße Flötenmelodie. Eine so wundervolle Musik war es, daß Lin-Tin lauschend verharrte, er war nicht imstande, auch nur einen Schritt weiterzugehen.

Plötzlich vernahm er eines Mädchens Stimme, wie Gesang, angenehm war sie und leise wie eines Windhauches Wehen.

„Sei gegrüßt, Lin-Tin! Ich habe auf dich gewartet. Wußte ich doch, daß du kommen wirst."

Das Mädchen aus dem Mondenschein war es, in einem weißen, wehenden Mantel und mit einem Kranz aus Lotosblüten auf der Stirn. Einen kleinen geblümten Schirm hielt sie in der Hand, den gleichen, den sie damals hatte, als Lin-Tin sie das erste Mal erblickte, und sie schützte damit ihr Gesicht vor dem blendenden Glanze, der von den Palastwänden ausging.

„Komm mit mir, ich will dich in den Pavillon des Kristallzaubers führen", sprach sie zu dem Jüngling, der stumm war vor Staunen und Glück.

Sie geleitete ihn zu einer aus der Ferne himmelblau schimmernden Altane, einem Gartenhaus, das aus kostbaren Platten von Saphir und Amethyst errichtet war. Eine Fontäne rauschte dort, und sie verbreitete um sich den Duft von Hyazinthen, Narzissen und Ambra, rings um die Fontäne aber wuchsen blühende Saphirbüsche, und über dem Wasser flogen buntgefiederte Vögel hin und her. In der Tiefe des Pavillons stand auf einem kleinen, wunderbar geschnitzten Lacktischchen eine Kristallschale, die war mit einem weinroten Saft aus Mondkräutern gefüllt, und daneben stand ein Kelch, aus goldgelbem Topas geschnitzt. Neben dem Tischchen aber stand ein wunderschöner Mörser auf drei Füßen, einer war aus Gold, der andere aus Silber und der dritte aus Platin, daneben aber ... Lin-Tin schrie beinahe auf vor Erstaunen. Neben dem Mörser stand nämlich auf zwei Beinchen das weiße Häschen, das Lieblingstier der Mondherrin, und es zerrieb fleißig die Mondkräuter mit einem silbernen Pistill. Neben der Fontäne tanzten zierliche Tänzerinnen einen Tanz zum Flötenspiel, wie man ihn auf der Erde nicht kannte. Ohne mit den Füßen den Boden zu berühren, schwebten sie in rhythmischen Bewegungen darüber hin.

Das Mädchen aus dem Mondenschein goß Saft aus der Kristallschale in den Kelch und reichte ihn Lin-Tin mit einem bezaubernden Lächeln auf den Lippen. Ein betörender Duft entströmte dem Kelch, der die ganze Altane mit göttlichem Wohlgeruch erfüllte.

„Leere den Kelch bis auf den Grund, Lin-Tin. Es ist der Saft, den man ‚Himmelsmilch' nennt, ein Zaubertrank, und er schenkt dir ewige Jugend."

Lin-Tin trank den duftenden Nektar aus, und in diesem Augenblick vergaß er die Erde, sein Leben dort unten, in der Welt unermeßlichem Abgrund, seine Mutter vergaß er, die Verwandten und Freunde, auch seinen geliebten Meister und Lehrer.

Seither blieb er im Kristallpalast, und an der Seite des Mädchens, das aus dem Mondenschein geboren war, lustwandelt er allnächtlich in den himmlischen Gärten. Neben beiden aber kann man bei Vollmond auch das weiße Mondhäschen erspähen, das mit einem silbernen Pistill Zauberkräuter zerreibt.

WIE AUF DEM MOND EIN ZIMMETBAUM WUCHS

Vor langer, sehr langer Zeit, vor tausend Jahren, da lebten Menschen auf dem Mond, die waren ewig jung. Sie gingen über die Himmelsfelder, auf denen schöne Blumen wuchsen, ergötzten sich am Ballspiel, würfelten, spielten auch Schach, und fröhlich waren sie von früh bis spät.

Unter Bewachung hielten sie einen feuerspeienden Drachen. Dieser Drache hatte Schuppen, die schillerten in allen Farben des Regenbogens, der Schwanz war himmelblau und die Pranken von der Farbe des schwarzen Achat. Auf der Stirn trug er eine Krone aus Milch- und Rosenperlen. Tag und Nacht bewachte ihn einer der Mondmenschen mit Namen Wu-Tang, denn wehe allen, wenn sich der Drache von der Kette losgerissen hätte. Die Felder und Wiesen auf dem Mond hätte er zertrampelt, die Häuser zu Asche gebrannt, und großes Unglück wäre hereingebrochen über alle Mondbewohner.

Wu-Tang langweilte sich, weil er ja tagelang den Drachen bewachen mußte. Kaum war das Ungeheuer eingeschlafen, da entwischte er zu seinen Freunden, um mit ihnen starken süßen Wein zu trinken und zu würfeln.

Einst saß er wie gewöhnlich mit seinen Kumpanen zusammen, und sie vergnügten sich bei vollen Krügen am Würfelspiel. Sie waren fröhlich und guter Dinge, sangen Lieder, und die Zeit verstrich ihnen in solchem Unbekümmertsein, daß sie nicht einmal gewahr wurden, wie der Drache aus der Höhle kroch und mit lautem Zischen und Dampfwolken ausstoßend immer näher kam.

Als er vor ihnen stand und den perlengeschmückten Kopf hin und her zu wiegen begann, erstarrten sie alle vor Entsetzen und waren keines Schrittes fähig. Nur Wu-Tang sprang auf, und da ihm der Wein schon ganz schön im Kopf rauschte, rief der Drachenwächter übermütig:

„Ach, du kommst mir wie gerufen, Drache, denn gerade habe ich alles beim

Würfeln verspielt. Ich werde dir die Perlen von der Stirn reißen, dann habe ich etwas zum Weiterspielen."

Nach diesen Worten stürzte er zum Drachen hin und riß ihm mit einer Handbewegung die Perlenkrone von der Stirn.

Die Angst warf Wu-Tangs Spielgefährten zu Boden, sie glaubten, ihr letztes Stündlein sei gekommen. Indessen begann der Drache vor ihren Augen zu schwinden, immer kürzer, immer kleiner wurde er, seine in allen Regenbogenfarben schillernden Schuppen verblaßten, bis er sich wie Nebel in der Luft schließlich ganz auflöste.

Da entbrannten die Mondbewohner in heftigem Zorn wider Wu-Tang, denn eben dieser Drache hatte ihnen, so lange er lebte, Zauberkraft verliehen. Dem vor Schreck verstummten Würfelspieler entrissen sie die Perlen aus der Drachenkrone und säten sie in den Mondboden. Ein Weilchen später wuchs ein hoher, grüner Zimmetbaum mit breit ausladendem Gezweig daraus hervor.

„Nimm die Axt und haue zur Strafe die Äste dieses Baumes ab, sonst verfinstert er den Himmel, und wir alle müssen sterben in der Finsternis", befahl der älteste seiner Gefährten Wu-Tang.

Wu-Tang ergriff die Axt, holte aus und schlug zu, noch einmal, so hieb er dem Baum zwei Äste ab, ein drittes Mal holte er aus, da sank der dritte Ast. Aber was war denn das?

Kaum hatte Wu-Tang einen Ast abgehauen, da wuchs er wieder neu, noch dicker, noch mächtiger und mit mehr Verzweigungen.

Wu-Tang war sehr stark, nicht so rasch ermüdete er, doch nach einiger Zeit begannen ihm die Kräfte zu schwinden, Schweiß rann ihm von der Stirn in die Augen, der Baum aber wuchs immer weiter, ward zusehends höher, seine Zweige gewannen an Breite.

Keinen Augenblick konnte sich der arme Wu-Tang ausruhen, ohne Ende mußte er sich mühen und die Axt schwingen, denn solche Strafe ward ihm zuteil für seine Leichtsinnstat und weil der Drache verloren war.

Bis auf den heutigen Tag schwingt er die Axt, ohne auch nur einen Augenblick zu verschnaufen, ohne Schlaf oder Ruhe. Der Bart ist ihm schon bis zum Gurt gewachsen, sein Zopf hat die Fersen erreicht, Wu-Tang aber schlägt Tag für Tag Äste ab vom Zimmetbaum, die auf wunderbare Weise immer wieder von neuem wachsen und den Mond verdunkeln am Himmel.

VON DER SCHÖNEN TSCHANG, DIE AUF DEM MOND DAS KRAUT DES LEBENS SUCHTE

Vor langer Zeit lebte in einem gar prächtigen Palast ein Mädchen, das hieß Tschang. Sie war von so wundervoller Schönheit, daß die Leute bei ihrem Anblick verstummten, die Blumen sich neigten zu ihren Füßen, die Sterne aber blinzelten ihr freundlich zu, als wäre Tschang ihre leibliche Schwester. Ihre Eltern waren gar mit dem Kaiser verwandt, unermeßliche Reichtümer nannten sie ihr eigen, tausend Dörfer und Städte beherrschten sie, stolz und unnahbar waren sie, mit Strenge und Härte begegneten sie ihren Untertanen. Dafür war die schöne Tschang anmutig und freundlich, hatte ein Lächeln für jedermann und ein gutes Wort, und oft trat sie bei Vater und Mutter ein, wenn arme Leute von den Schloßaufsehern grausam geschunden wurden.

Als Tschang herangewachsen war, begannen die Eltern zu überlegen, mit welchem Mann sie ihre Tochter verheiraten könnten.

„Bald schon müssen wir unsere Tochter aus dem Haus geben", sagte die Mutter. „An der Zeit ist es, sie zu verloben. Das Schlimme ist nur, daß ich keinen Mann sehe, der ihrer würdig wäre."

„Meine Tochter gebe ich nur einem Mann, der mir an Geschlecht und Stellung gleicht oder von höherem Rang ist", erklärte der Vater mit stolzgeschwellter Brust. „Nur ein Mann fürstlicher Herkunft kann mein Schwiegersohn werden."

„Und ich denke, selbst der Thronfolger wäre nicht zu hochgestellt für meine Tschang. Unsere Tochter ist der Kaiserkrone wert", sprach die Mutter vor sich hin träumend.

Inzwischen führte Tschang, die von den Plänen ihrer Eltern nichts ahnte, ein glückliches Leben auf dem Schloß inmitten ihrer vornehmen Altersgefährtinnen. Sang, spielte und tanzte mit ihnen auf den Rasenflächen in den Gärten, wozu Musik erklang, lustwandelte an blumenüberwucherten Mauern mit blühenden Kletterpflanzen, an duftenden Rosenspalieren, sie streichelte die weißen Schwäne, die da inmitten blühender Lotosblumen über den rosahimmelblauen Weiher schwammen, sie fütterte die Vögel, vergnügte sich mit Hunden, Kätzchen oder Kaninchen, die hatten ein ganz wuscheliges Fell, sie zog auch zahme Rehe auf.

Einst streute sie gerade ihren geliebten Lachtauben und Turteltauben Futter, als sie eines Rosses Wiehern gleich hinter dem Tor vernahm. Sie sah hinüber, da erblickte sie durch das Dickicht der himmelblauen und roten Blüten, welche die Rasenflächen an der Schloßeinfahrt zierten, jenseits der Mauer einen jungen Reiter. Er grüßte sie artig und fragte:

„Bist du Tschang, die Tochter des Schloßherrn?"

„Du hast es erraten", versetzte Tschang erstaunt. „Doch verrate mir auch deinen Namen, denn es schickt sich nicht für mich, mit Unbekannten zu sprechen."

„Ich heiße Wang", antwortete der junge Reiter, sein feuriges Pferd zügelnd. „Nach vielen Tagen und Nächten langte ich hier an, um dich, o Fräulein, zu sehen."

„Wer bist du, daß du es wagst, so mit mir zu sprechen?"

„Ich bin der Sohn des kaiserlichen Waffenschmiedes. In der Hauptstadt lebte ich mit meinem alten Vater, und eines Nachts erschienst du mir, o Fräulein, im Traume. Du gingst durch den Garten inmitten von Rosen und lächeltest mir zu. Seither war die Ruhe verschwunden aus meinem Leben, an nichts anderes mehr dachte ich, als nur daran, wie ich dich finden könnte. So hat denn ein gütiges Schicksal mir gestattet, endlich vor dir zu stehen und deiner Schönheit Tribut zu zollen. Meines Traumes Erfüllung bist du, ja, noch um vieles zauberhafter."

Bei diesen Worten sprang der Jüngling vom Pferd, sank vor Tschang in die Knie und küßte ihres Kleides Saum.

Helle Röte stieg in des Mädchens Wangen, sie neigte sich über den Unbekannten und flüsterte beschämt:

„Es schickt sich nicht für mich, noch länger deinen Worten zu lauschen, o Herr. In den Palast muß ich zurückkehren, denn wehe uns beiden, wenn jemand uns hier bemerkt."

„Gehe nicht fort, o wunderschöne Tschang, erst versprich mir, daß wir uns wiedersehen", bat Wang das Mädchen. „Ohne deinen Anblick kann ich nicht leben."

Tschang überlegte einen Augenblick lang, aber da sie solche Begeisterung las in Wangs Augen, sprach sie im Weggehen:

„Komme morgen gegen Sonnenuntergang zum Weiher der rosa Lotosblumen.”

Der Tag verging ihr wie im Traum, nachts aber lief sie auf der oberen Terrasse des Palastes umher und träumte vor sich hin, blickte zu den Sternen empor, die am Himmel funkelten.

Am Morgen fragte die Mutter sie besorgt:

„Warum bist du heute so blaß, Tschang? Du mußt schön aussehen, mein Kind, denn morgen kommt dein künftiger Gatte, der Fürst Ming-Ming. In der Hauptstadt wirst du wohnen, in einem herrlichen himmelblauen Palast.”

„Ich möchte noch nicht heiraten, Mutter”, rief Tschang unter Tränen. „Möchte mich nicht trennen von euch, fortreisen von meinen Freundinnen, meine Schwäne, Tauben und Rehe verlassen. O Mutter, verheirate mich nicht, befiehl mir nicht so weite Reise.”

„Sei vernünftig, meine Tochter”, mahnte die Mutter tadelnd, „denn jede Jungfrau in deinem Alter muß heiraten. Du aber vergießt Tränen, statt deinen Eltern dankbar zu sein, daß sie einen Fürsten für dich zum Mann erkoren. Gehe in deine Zimmer, und morgen ziehe dich schön an, denn für den Abend bereiten wir dein Verlobungsfest vor.”

Tschang ging also tränenüberströmt in ihre Gemächer. Die ganze Nacht weinte sie, nicht einmal ihr geliebter Papagei, der sprechen konnte, vermochte sie aufzuheitern. Am Morgen erhob sie sich blaß, traurig, ohne ein Lächeln auf dem Gesicht, Unruhe im Herzen.

Keinen Augenblick verließ sie das Bild des unbekannten Jünglings, dem sie tags zuvor am Palasttor begegnet war.

Bereits im Morgengrauen begann man im Schloß das Fest für den Abend vorzubereiten. Diener deckten die Festtafeln, schmückten Wände und Schwellen mit Blumen und bunten Bändern, verschiedenfarbige Lampions wurden in den Parkalleen aufgehängt, und in den Küchen des Palastes hantierten hunderte Köche flink mit Pfannen und Kesseln. Dienerinnen begannen Tschang in wundervolle seidene Gewänder zu hüllen, die waren ganz steif von kostbaren Kleinodien. Dann türmten sie Tschangs lange Haare zu kunstvoller Hochfrisur empor, schoben weiße, gar zierliche goldbestickte Pantöffelchen an ihre Füße. Im ganzen Schloß herrschte reges Treiben, alle sprachen laut, liefen hin und her, da begannen auch schon die ersten Gäste vorzufahren, und man erwartete mit Ungeduld die Ankunft des fürstlichen Verlobten.

Nur Tschang blieb all diesen Vorbereitungen gegenüber gleichgültig. Von Dienerinnen umringt saß sie in ihrem Zimmer und überlegte, auf welche Weise sie das Haus verlassen und an den Lotosweiher eilen könnte.

Wang würde ja dort auf sie warten, sie aber konnte ihm nichts erklären.

Als die Sonne sich gen Westen neigte zum Untergang, gelang es Tschang, aus dem Palast zu entkommen. Rasch lief sie zum Weiher der rosa Lotosblumen.

Dort erwartete sie bereits der junge Wang, und da er die Geliebte in schönem Gewande und mit Kleinodien geschmückt erblickte, noch reizender als gestern, beschattete er seine Augen vor ihr, wie vor einem Licht, das blendete, und sprach:

„O Tschang, so schön bist du, daß meine Augen geblendet werden, sie vermögen deinen Glanz nicht zu ertragen, denn niemand kann straflos geradewegs in die Sonne schauen. Mein Herz aber sagt mir, daß irgendein Kummer dich bedrückt, Liebste. Blaß bist du wie der Mond im Morgengrauen, und Trauer ruht auf deiner Stirn."

„Ach, Wang, du hast es erraten. Traurig bin ich, denn heute abend soll meine Verlobung stattfinden mit dem Fürsten Ming-Ming. Hörst du? Man ruft mich schon. Ich muß umkehren. Vergiß mich für immer", flüsterte Tschang mit zitternder Stimme.

„Niemals werde ich dich vergessen, o Tschang, für immer wird dein Bild verweilen in meinem Herzen", sprach Wang feierlich, als leistete er einen Schwur.

„Tschang! Tschang! Wo bist du? Der Fürst, dein Verlobter, ist angekommen", ließ sich eine ungeduldige Stimme vom Schloß vernehmen.

Der Vater rief sie, beunruhigt über der Tochter Verschwinden.

Tschang und Wang aber, als hätten sie diese Worte nicht vernommen, blieben stehen an des Weihers spiegelklarer Wasserfläche und konnten den Blick nicht voneinander wenden.

Immer lauter ward das Rufen, es kam näher. Ein Weilchen später trat der Schloßherr in Begleitung Bewaffneter aus den blühenden Magnolienbüschen hervor.

„O du Schandfleck meines Geschlechts!" schrie er mit Augen, die waren blutunterlaufen vor Zorn. „Hier also verbirgst du dich mit irgendeinem fremden Landstreicher, und das am Tage deiner Verlobung? Schamlose!

Nehmt ihn fest!" befahl er den Bewaffneten. „Du aber, mißratene Tochter, begib dich in deine Zimmer!"

„Vater, ich flehe dich an, mich kannst du töten, nur lasse Wang am Leben! Er ist unschuldig. Mein Verlobter ist er, das Schicksal will es so, einen anderen mag ich nicht."

Doch vergeblich waren der armen Tschang Bitten.

Auf des Herrn Befehl ward Wang gebunden mit festen Stricken und in den Kerker geworfen. Tschang schloß man in ihre Zimmer ein und stellte Wachen davor.

Der Fürst Ming-Ming wiederum, dem alles von beflissenen Höflingen hinterbracht worden war, fuhr gekränkt in seinem Stolz davon, ohne Abschied zu nehmen. Des Kaisers Ungnade schwebte über dem Hause der Eltern Tschangs, deren Verlobung mit dem Fürsten nicht zustande gekommen war.

Die arme Tschang litt furchtbare Qualen, da sie nichts wußte vom Schicksal ihres Geliebten. Mit niemandem durfte sie sprechen, sogar der Mutter hatte der Vater verboten, die Tochter aufzusuchen.

Eine Tages, als Tschang wie gewöhnlich auf der hohen Terrasse saß, die von einem Marmorgitter umgeben war, und voller Sehnsucht hinabblickte in ihren Garten voller Blumen und Gräser, da hörte sie plötzlich den Schrei des Pfaus. Immer wieder schrie der Pfau, immer lauter, durchdringender.

Sie sprang auf, drückte das Gesicht an das kalte, aus Marmor gemeißelte Gitter und sah nach unten. Mit wachsender Angst lauschte sie.

Dem Pfauenruf gesellte sich das tiefe, kehlige Gurren der Lachtauben hinzu, und nun stimmten auch die Turteltauben in das unruhige, erregte Geschrei mit ein.

In diesem Augenblick ließ sich ihr geliebter Papagei vernehmen, der auf seiner in die Wand eingelassenen Stange saß.

„Ach, dein armer Wang, jetzt ist er gerade gestorben vor Hunger und Durst im finsteren Kerker tief unter dem Schloß."

Mit einem Schmerzensschrei sank Tschang ohnmächtig zu Boden.

Als sie wieder zu sich kam, war es bereits Nacht. Schweigend zog der Mond über der Erde dahin, alles beleuchtend ringsum mit seinem kalten Lichte.

Mühsam kam Tschang wieder auf die Füße, sie betrachtete die silberne Mondscheibe und seufzte.

„Ach, könnte ich dorthin gelangen, mein Leben gäbe ich dafür!"
Der Papagei hörte sie seufzen und fragte:

„Du möchtest auf den Mond, Tschang? Aber was willst du denn dort suchen?"

„Von meiner alten Kinderfrau hörte ich, daß auf dem Monde das wundertätige Kraut des Lebens wächst. Mit seinem Saft würde ich den armen Wang beträufeln, meinen Verlobten, der meinetwegen den Tod fand und vor seinem Ende aus Liebe zu mir die Folter ertragen mußte. Leben und Gesundheit brächte ich ihm wieder. Aber was soll's? Vergeblich sind meine Träume, meine Wünsche. Kein Lebender ist je dorthin gelangt." Die arme Tschang begann schmerzlich zu weinen.

„Weine nicht, Tschang" sagte der Vogel. „Schwierig ist diese Sache, jawohl, aber nicht unmöglich." Der Papagei reckte sich und streckte sich, wobei er würdevoll seine bunten Flügel anhob und entfaltete. „Ich weiß, wer dir helfen könnte, auf den Mond zu gelangen."

„Ach, mein Lieber!" rief Tschang. „Sage mir doch, welcher Mensch oder welches Tier kennt den Weg wohl dorthin?"

„Das Weiße Kaninchen, das am Fuße jenes Hügels haust, siehst du ihn dort, am Waldrand?"

„Ja, aber wie komme ich denn dorthin, ich bin doch eingeschlossen", flüsterte Tschang bekümmert, Ausschau haltend nach dem bewaldeten Hang, der silbern schimmerte im Mondenschein.

„Du mußt meine Kette vom Stock abhaken und mich freilassen. Ich fliege hin zum Weißen Kaninchen, erzähle ihm vom deinem Unglück, so wird dir das Kaninchen sicherlich helfen."

„Mein liebster, guter Papagei! Fliege nur schnell dorthin und kehre zurück mit günstiger Kunde", flüsterte Tschang wie im Fieber, wobei sie rasch den Haken der Kette ausklinkte, die des Vogels Fuß festhielt.

Der Papagei breitete die Flügel aus, bewegte den Schwanz und erhob sich mit leisem Flattern in die Luft. Ein Weilchen verharrte er unbeweglich über der Terrasse, genau über Tschangs Kopf, dann schwebte er lautlos auf den Hügel zu.

Lange wartete Tschang auf seine Rückkehr, Mitternacht war schon vorüber, doch der Papagei erschien nicht.

Als das unglückliche Mädchen schon fast alle Hoffnung verloren hatte, kehrte der Vogel leise zurück und setzte sich auf ihre Schulter. Ein Weilchen noch atmete der Papagei schwer, mit geöffnetem Schnabel. Nachdem er sich ein wenig ausgeruht hatte vom weiten Fluge, sprach er zu seiner gefangenen Herrin:

„Ich habe das Weiße Kaninchen gefunden und ihm von dir und Wang erzählt. Es will euch sehr gern helfen. Augenblicklich machte es sich auf den Weg, sprang über die Felder geradewegs in deinen Garten, und es rannte so schnell, daß es mir schwerfiel, es einzuholen, denn ungewohnt bin ich ja des Fliegens. Noch keine Meile weit war ich geflogen, da sprang das Kaninchen bereits über den Zaun. Jetzt erwartet es dich am Weiher der rosa Lotosblumen. Beeile dich", fügte der Papagei hinzu, „denn noch ehe der Mond jenseits des Berghanges untergeht, müßt ihr aufbrechen. Danach kann es zu spät sein, und ihr stürzt beide hinab aus der Höhe auf die Erde."

„Aber wie komme ich denn hier heraus? Man bewacht mich doch, die Soldaten stehen ja hinter der Tür!" rief Tschang verzweifelt.

„Auch daran habe ich gedacht", erwiderte der Papagei. „Unterwegs sprach ich mit deinen Pfauen im Park. Gleich werden sie zu dir fliegen, und auf ihren Flügeln schwebst du von der Terrasse hinab zur Erde. Dein und Wangs Schicksal geht ihnen sehr nahe, und sie bedauern nur, daß sie so einen schweren Flug haben, denn auch sie haben sich ja das Fliegen abgewöhnt. So können sie dich nicht selber hintragen zum Monde, aber sie wollen dir wenigstens etwas behilflich sein."

Noch hatte der Papagei seine Rede nicht beendet, da flatterten die Pfauen auch schon auf die Terrasse.

„Habe Dank, lieber Freund", rief Tschang und streichelte das Gefieder des treuen Vogels. Dann aber schwebte sie leicht auf Pfauenflügeln über das Gitter der hohen Terrasse hinweg und eilte, so rasch ihre Füße sie nur trugen, an den Weiher der rosa Lotosblumen.

Das Weiße Kaninchen erwartete sie bereits. Als es des Mädchens ansichtig wurde, hob das Kaninchen die langen Ohren leicht an, hüpfte unter dem Busch hervor bis zu ihren Füßen und sagte:

„Sei gegrüßt, Tschang! Ich habe von dir und Wang gehört und will euch helfen. Auf den Mond werde ich dich tragen, aber weißt du auch, daß es ein langer und anstrengender Weg ist? Werden Kraft und Mut dir reichen?"

„Ich fürchte nichts, alle Beschwernisse werde ich ertragen, wenn ich nur das Mondkraut erlange und meinem Geliebten das Leben wiedergeben kann, der meinetwegen starb unter Qualen."

„So setze dich auf meinen Rücken, schließe die Augen und halte dich an meinen Ohren fest", versetzte das Weiße Kaninchen. Nachdem Tschang getan, wie ihr befohlen, machte das Kaninchen einen so gewaltigen Sprung in die Luft, daß es sich augenblicklich auf einer Wolke befand, die am Himmel entlang schwamm.

Von einer Wolke zur anderen springend, erhob sich das Kaninchen immer höher und höher, bis es plötzlich, hoppla! auch schon auf dem Monde saß.

„Es war aber auch höchste Zeit!" murmelte das Kaninchen. „Nur ein Weilchen später, und wir wären auf die Erde abgestürzt, denn der Mond ist soeben untergegangen, ich konnte zum Glück gerade noch den letzten Mondstrahl erwischen. Nun aber verliere keine Zeit, Tschang. Suche auf den Mondwiesen das Kraut des Lebens, damit dein Wang nicht lange im Lande des Todes verweile."

„Keinen Augenblick werde ich dies vergessen", sagte Tschang und machte sich auf den Weg nach der Wundermedizin, das Weiße Kaninchen aber hüpfte zu ihren Füßen umher, wobei es seine langen Ohren aufrichtete und dann wieder hängen ließ.

Da gerade Vollmond war, sahen auch die Menschen auf der Erde, wie die arme Tschang zusammen mit dem Weißen Kaninchen durch das Mondgebüsch schlich auf der Suche nach dem Lebenskraut für ihren Geliebten.

Manche Leute sagen, sie habe das Wunderkraut gefunden, sei auf die Erde zurückgekehrt, habe mit dem ausgepreßten Zaubersaft das Gesicht ihres toten Geliebten beträufelt, er aber sei augenblicklich zu neuem Leben erwacht und habe gesund und voller Kraft wieder vor ihr gestanden. Dann sollen beide in ferne Länder gezogen sein, dort lange und glücklich gelebt haben, und mit ihnen sollen auch Tschangs geliebte Vögel davongeflogen sein, die Turteltauben, die Lachtauben, die Pfauen und der treue alte Papagei.

Andere Leute wiederum wissen zu berichten, daß die arme Tschang das Kraut noch immer auf dem Mond suche, während das Weiße Kaninchen zu ihren Füßen umherhüpft.

VOM ARMEN MANN, DEM MOND UND DEM HABGIERIGEN REICHEN

Schon sehr lange ist es her, da lebte ein armer Mann, und er hieß Nanawati. Einen bösen Herrn hatte er, habgierig nach Reichtümern und Gold. Vom Morgengrauen bis in die Nacht arbeitete Nanawati in seinen Gärten für eine kümmerliche Handvoll Reis, gerade so viel war es, um nicht Hungers zu sterben.

Der Reiche wohnte in einem großen, kühlen und geräumigen Hause, Nanawati aber hatte für sich und seine Familie eine Hütte aus Bambus und Palmenblättern. Nanawati war der beste Gärtner im ganzen Land, und deshalb war seines Herrn Park so schön, daß die Leute von weither gereist kamen, um die prachtvollen Spaliere aus Bäumen und Büschen zu bestaunen, die zu jeder Jahreszeit blühten, und sie betrachteten auch die herrlichen Blumen von seltsamen Formen und betörendem Duft.

Eines Tages bemerkte Nanawati, daß die sorgfältig gepflegten, teppichähnlichen Rasenflächen zerdrückt und zertrampelt waren. Zu seiner Verwunderung entdeckte er im lockeren Erdreich tiefe, merkwürdige Spuren, die sahen nicht aus wie die Abdrücke von Pferdehufen, und Büffelklauen glichen sie auch nicht. Kein Tier der Erde hätte solche Spuren hinterlassen.

‚Was kann denn das nur gewesen sein?' überlegte Nanawati. ‚Der Park war doch bewacht, kein Fremder konnte hier eindringen, erst recht nicht, wenn er auf einem Pferd, Esel oder Büffel geritten wäre.'

Er beschloß, sich im Gebüsch zu verbergen, um den geheimnisvollen Gast aufzuspüren. Also hockte er einen Abend lang im Gebüsch, einen zweiten und dritten Abend, doch niemand erschien.

In einer Nacht, als gerade Vollmond war und ringsum Stille herrschte, vernahm Nanawati plötzlich ein Geräusch. Ganz leise kroch er auf allen Vieren aus dem Gebüsch und verharrte niedergehockt unter dem blühenden

Oleander. Nanawati schaute hin und mochte seinen eigenen Augen nicht trauen. Welch ein Wunder! Auf dem Rasen graste eine milchweiße Kuh, und aus ihren Seiten wuchsen riesige Flügel. Nun hob sie den gewaltigen gehörnten Kopf, stand unbeweglich und sah zum Mond empor. Nanawati wagte kaum zu atmen, um das wundersame Tier nicht zu verscheuchen. Plötzlich aber hätte er doch beinahe aufgeschrien vor Staunen, denn jene Kuh begann den Kopf zu wiegen, lief dreimal um den Rasen herum, leicht wie im Tanze drehte sie ihre Kreise, dann aber entfaltete sie mit lautem Knattern ihre Flügel und begann sich langsam zur Höhe emporzuheben.

Nanawati erwachte aus seiner Erstarrung, rannte aus dem Gebüsch, packte den Schwanz des Wundertieres und flog mit der Kuh davon. Immer schneller bewegten sie sich, immer höher, bis sie ans Himmelsgewölbe gelangten. Mit der Hand strich Nanawati über das Firmament, fest war es, kalt wie Eis. Kaum aber stand die Kuh auf der Oberfläche, begann sie einfach geradeaus davonzutraben, als würde sie gejagt. An Sternen und Sternbildern jagte sie vorüber, doch nirgends hielt sie an, bis sie endlich vor dem silberbeschlagenen Mondtor stehenblieb. Dreimal stieß sie mit ihren Hörnern an den gewaltigen Torrahmen, daß das Echo im ganzen Himmel widerhallte.

Da ging das dreifache Tor auf, und Nanawati befand sich mit seiner Führerin im Schloß des Mondes.

„Bist du Nanawati, der berühmte Gärtner von der Erde?" fragten ihn neugierig die Schloßbewohner, kleine Mondmenschlein, die den Ankömmling von der Erde gar gastfrei und freundschaftlich empfingen. „Sei begrüßt in unserem Lande! Wir freuen uns sehr, daß du bei uns einkehrst. Auch hier haben wir von dir gehört. Aus der Höhe haben wir die Gärten bewundert, die du für deinen Herrn angelegt hast. Bleibe doch bei uns. Vielleicht kannst du für uns genau so einen Garten anlegen wie auf der Erde, der voller duftender Blumen und blühender Büsche ist."

„Gern bliebe ich hier", versetzte Nanawati. „Es gefällt mir bei euch auf dem Monde, aber dort unten fehle ich, und meine ganze Familie wird Hungers sterben. Der böse Herr wird meine Frau und die Kinder aus der Hütte jagen... Was den Garten betrifft, so fürchte ich keine Arbeit. Ja, einen Garten, den kann ich euch anlegen, aber wenn Blumen drin blühen sollen, brauchen sie viel Sonne und Wasser, doch euer Licht hier ist kalt, ohne Sonne. Frost und Eis lassen eure Scholle erstarren, Samen können darin nicht keimen."

„Wie schade", meinten die Mondmenschlein betrübt. „Und wir hatten uns schon so gefreut, daß bei uns ebensolche Blumen wachsen würden wie in deinem Garten. Absichtlich sandten wir dir unsere geflügelte Kuh."

„Seid nicht traurig", sprach Nanawati. „Ich kenne Blumen, die wachsen und blühen auch in der Kälte bei Mondenschein, und ich werde sie euch auf Beete säen, ihr müßt mir nur die Samen herbringen. Sehr ihr, da unten auf der Erde, in der Ecke meines Gartens, dort wachsen sie, schaut einmal hin. Und Wasser brauche ich auch, damit die Samen aufgehen."

„Ach, das sind ja Kleinigkeiten, sogleich werden wir dir die Samen bringen und Wasser, so viel du nur haben willst", riefen die Mondmenschlein voller Freude.

Augenblicklich ließen sich mehrere Mondmenschlein an Lichtstrahlen auf die Erde hinab, sie sammelten die Samen und schöpften Wasser aus der Quelle in ihre silbernen Eimer.

Inzwischen hatte Nanawati schon die Beete vor dem Mondpalast umgegraben, nun säte er die Samen der Nachtblumen hinein und begoß sie mit Wasser aus der Erdquelle. Da begannen zur Freude aller Mondbewohner die Samen zu keimen, sie wuchsen, trieben Stengel empor, Blättchen, Knospen, und sie wuchsen immer höher, bis die Pflanzen schließlich erblühten, die Luft ringsum mit wunderbarem Duft erfüllend.

„Ach, wie schön deine Blumen blühen", sagten die Mondmenschlein glücklich. „Wir müssen dich belohnen für deine Mühe. Siehst du die funkelnden Steinchen, die da ringsum verstreut liegen? Nimm dir davon, so viel du nur willst. Bei uns sind sie wertlos, aber da unten auf der Erde sind die Menschen bereit, ihr Leben zu opfern, um sie zu erlangen."

Also sammelte Nanawati eine ganze Handvoll der bunten Kleinodien, und dann sprach er zu der geflügelten Kuh, die ihn auf Schritt und Tritt begleitet hatte:

„Nun, Kühlein, es ist an der Zeit für mich, die Nacht verblaßt, bald dämmert der Morgen. Mein Herr muß mich zeitig bei der Arbeit sehen, sonst jagt er uns aus der Hütte. Trage mich auf die Erde zurück, liebe Kuh."

Betrübt nahmen die Mondmenschlein Abschied von dem alten Gärtner, er aber ergriff den Schwanz der Wunderkuh und ließ sich mit ihr in die Tiefe hinab. Kaum hatte er mit seinem Fuß die Erde berührt, da überfiel ihn so entsetzliche Müdigkeit, daß er kraftlos ins Gras niedersank und unter einem blühenden Rosenbusch in tiefen Schlaf fiel, während die geflügelte Kuh in den Himmel zurückkehrte.

Die Sonne stand schon hoch am Himmel, er aber schlummerte noch immer, vergaß die ganze Welt.

Erst das Geschrei des erzürnten Herrn weckte ihn.

„Du Schmarotzer, wo hast du dich denn in der Nacht herumgetrieben, daß du jetzt am Tage ausschlafen mußt? Sprich, du Faulenzer, wo warst du? Den ganzen Morgen habe ich dich gerufen und gesucht, du aber schläfst hier, statt dich der Arbeit zu befleißigen."

Der böse Herr begann auf den armen Gärtner mit dem Stock einzuschlagen.

„Mein Herr", rief Nanawati stöhnend, „zürne mir nicht länger, so will ich dir alles erzählen, nichts will ich dir verschweigen. Ich war heute nacht auf dem Mond. Am Schwanz einer geflügelten Kuh habe ich mich festgehalten und bin mit ihr auf den Mond geflogen. Diese Kuh hatte des Nachts auf dem Rasen geweidet in deinem Park."

Der Herr aber begann ihn noch schlimmer zu schlagen und schrie:

„Du hältst mich zum Narren, unverschämter Spitzbube, wie kannst du mir solche Märchen erzählen! Schaut an, auf dem Mond will er gewesen sein, auf einer geflügelten Kuh ist er geflogen! Sicherlich hast du dich betrunken, da du mir derlei Hirngespinste vorflunkerst. So, hier hast du, und noch eins! Sollst an mich denken! Kaum zu glauben! Ein alter Mann, Vater meherer Kinder, bald wird er Enkel haben, und besäuft sich einfach schamlos."

„So hört mich doch nur an, Herr, ich sage nämlich die Wahrheit", sprach Nanawati und zog eine ganze Handvoll blitzender Steine aus der Tasche.

Des Herrn Augen funkelten beim Anblick solchen Reichtums. Für ein Weilchen verstummte er gar, es hatte ihm den Atem verschlagen.

„Was ist das?" rief er endlich, als er sich von seinem Erstaunen erholt hatte.

„Es ist das Geschenk der Mondbewohner", flüsterte der alte Gärtner.

„Wem hat du das gestohlen, du Gauner? Sage es mir auf der Stelle!" schrie der Herr. „Gib mir die Steine, wenn du nicht willst, daß ich dir noch eine Tracht Prügel verabreiche und dich vor Gericht bringe wie einen Dieb. Jetzt aber marsch an die Arbeit!"

Der Reiche raffte die Kleinodien zusammen und kehrte eilends in sein großes kühles Haus zurück. Die Habgier jedoch, die der Anblick der Kostbarkeiten von unschätzbarem Werte in ihm geweckt hatte, ließ ihn keine Ruhe finden. Nachts schlich er in den Garten, verbarg sich im Gebüsch und wartete. Um Mitternacht erschien die milchweiße Kuh mit den Flügeln.

„Also hat der alte Gärtner nicht gelogen", murmelte der Reiche vor sich hin.

Ohne viel zu überlegen, ergriff er den Schwanz der geflügelten Kuh und flog mit ihr auf den Mond. Verwundert, doch freundlich begrüßten ihn die Mondbewohner und fragten ihn, welcher Wunsch ihn in ihr Königreich führte.

„Von meinem Gärtner hörte ich, daß ihr hier eine Grube mit kostbaren Edelsteinen habt."

„Ach, es geht dir um die bunten Steinchen, die auf dem Boden herumliegen", sagten die Mondbewohner lächelnd.

„Ja, jawohl, genau diese meine ich, ja, das heißt, ich wollte, ich möchte sie gern haben..." Der Reiche verschluckte sich gar vor Habgier, so unermeßliche Schätze zu besitzen, die hier auf Schritt und Tritt herumlagen. Die gesamte Mondoberfläche war von blitzenden Steinen bedeckt, von Perlen, die in allen Farben schillerten, ja, sogar die verwitterten, rissigen Felsen blitzten und funkelten, sie waren von Smaragden, Diamanten und Saphiren übersät.

„Nimm dir, so viel nur dein Herz begehrt", sprachen die Mondmenschlein. „Wir bedürfen ihrer nicht."

Darauf hatte der Reiche nur gewartet. Er rollte zwei gewaltige Säcke auseinander, die er vorsorglich mitgenommen hatte auf seine Luftreise, schichtete die Kleinodien hinein, steckte sich alle Taschen seiner weiten Seidengewänder voll, aber es war ihm immer noch zu wenig.

Endlich begann die weiße Kuh zu muhen, und damit wollte sie sagen, es sei an der Zeit zur Rückkehr.

„Wenn du nicht für immer bei uns bleiben willst", sagten die Mondmenschlein zu ihm, „dann mußt du jetzt von uns Abschied nehmen. Bald geht der Mond unter, und da würde die Kuh vor Morgengrauen nicht mehr von der Erde zurückkehren können."

Mit Mühe riß sich der Reiche los von den überall herumliegenden Schätzen. Schwer beladen, gebeugt unter der Last der mit Edelsteinen vollgestopften Säcke, ging er zu der Kuh, packte mit einer Hand ihren Schwanz, und mit der anderen Hand hielt er seine Beute fest. Er dankte den Mondbewohnern nicht einmal, so beschäftigt war er mit seinen Reichtümern.

Die Kuh breitete ihre Flügel aus und sprang in die Tiefe wie in einen Abgrund. Dem Reichen verschlug es den Atem, es ward ihm finster vor

Augen, ein entsetzlicher Wind rauschte ihm in den Ohren, daß er ganz taub ward von dem Getöse. So lange flogen sie, daß ihn die Kräfte zu verlassen begannen, denn er war ja schwer beladen und konnte sich nur mit einer Hand am Schwanz der geflügelten Kuh festhalten. Die Arme wurden ihm lahm vor Anstrengung, und schließlich entfielen die Säcke mit den Kleinodien seiner geschwächten Hand und stürzten in die Tiefe. Der Reiche wollte sie im Flug auffangen, dabei aber ließ er mit der anderen Hand den Kuhschwanz los und fiel auf die Erde.

Am nächsten Morgen fand ihn der alte Gärtner. Der Reiche steckte bis zum Halse im Sumpf und rief mit schwacher Stimme um Hilfe.

Taub war er wie ein Baumstumpf, und die Zunge war ihm lahm geworden vor Angst. Von den Säcken mit den Schätzen aber fehlte jede Spur, sicherlich waren sie im Sumpf versunken. So endete sein Ausflug auf den Mond.

Nanawati wiederum lebte mit Frau und Kindern glücklich und zufrieden, denn er hatte noch einen Rest von Kleinodien behalten, die ihm der Reiche nicht weggenommen hatte. In klaren Nächten sahen er und seine Familie dankbar zum Monde empor, suchten darauf die geflügelte Kuh und die Blumen, die der alte Gärtner auf den Beeten vor dem Himmelsschloß gepflanzt hatte. Bisweilen bei Vollmond schien ihm, als könnte er die Mondmenschlein erspähen, wie sie in ihrem Garten spazieren gingen und ihm freundlich zuwinkten mit den Händen, doch außer ihm nahm niemand dies wahr. Die geflügelte Kuh erschien ihm nicht wieder, aber der alte Nanawati glaubte, er werde sie doch irgendwann einmal wiedersehen und vor seinem Tode noch eine Reise zum Mond unternehmen.

MRILLE

Die Mutter ging mit Hamba und Mrille aufs Feld, sie wollten süße Batatenknollen ausgraben.

„Grabe, Mrille mein Söhnchen,
Grabe, Hamba, mein Söhnchen,
Süße Bataten,
Gute Bataten, süße Bataten.
Viele, viele, viele Bataten."

Mrille tat die Hacke beiseite, lehnte den Kopf in den Nacken, sah da oben einen Vogel schweben, der hatte große Flügel, und im gekrümmten Schnabel hielt er ein Häschen.

„Laß das Häschen, Adler,
Laß das Kleine frei.
Töte es nicht, Adler,
Das arme Häschen!"

rief Mrille und winkte mit beiden Armen. Der Adler ließ das Häschen aus dem Schnabel fallen. Es fiel Mrille genau in die Arme. Er trug es in einen hohlen Baum und erzählte weder der Mutter noch dem Bruder etwas davon.

Jeden Morgen brachte Mrille dem Häschen frische Blätter, bis das Häschen groß war und in den Wald jagte. Doch immer, wenn Mrille rief:

„Msura kwi-wi-re,
Wire tsa kambingu,
U-na kosanga!"

da kam das Häslein, hoppla! ganz schnell aus dem Wald gelaufen und war sehr froh, Mrille zu sehen.

Eines Tages beobachtete Hamba, wie Mrille mit dem Häschen redete. Kein Wort sprach Hamba. Am nächsten Tage brachte Hamba das Häschen tot nach Hause.

Hamba sagte:

„Mutter, viel Fleisch, gutes Fleisch werden wir heute essen."

Die Mutter freute sich, und auch der Vater war froh.

„Gutes Fleisch, wohlschmeckendes Fleisch werden wir essen. Ein guter Sohn ist Hamba, er ist ein tüchtiger Jäger."

Als Mrille das tote Häschen erblickte, begann er laut zu weinen. Dann aber sprach er:

„Msura kwi-wi-re,
Wire tsa kambingu,
U-na kosanga!"

Kaum hatte er diese Worte ausgesprochen, da erhob er sich in die Luft, immer schneller, immer höher.

„Mrille, Mrille fliegt in den Himmel!" schrie Hamba.

„Mutter, Mrille, unser Mrille fliegt zum Himmel empor!" schrie der Vater.

„Was schwatzt ihr nur für Unsinn!" rief aus der Hütte die Mutter.

„Mrille, Mrille ist schon unter der Wolke, Mrille, Mrille ist schon unter dem Himmel, ganz hoch!" riefen Sohn und Vater.

Die Mutter kam aus der Hütte gerannt, blickte nach oben, vermochte kaum ihr Söhnchen noch zu erspähen, ihren lieben Mrille.

„Mrille, komm zurück, Söhnchen!" rief sie. „Komm zurück in die Hütte!"

„Komm zurück, Mrille!" rief der Vater.

„Komm zurück, Bruder!" schrie Hamba.

„Ich komme nicht mehr zurück", rief Mrille aus der Höhe. „Ich kehre nicht zurück, Mutter! Komme nicht wieder, Vater! Kehre nicht heim, Bruder!"

„Komm zurück, mein Mrille! Komme wieder, Söhnchen!" rief die Mutter weinend.

„Ich komme nicht! Erst wenn ich groß bin!" rief er.

„Komm zurück, Mrille!" rief der Onkel, Mutters Bruder.

„Kehre um, Mrille!" rief die Tante, Mutters Schwester.

„Komm doch wieder, Mrille!" schrie der Großvater.

„Komm nach Hause, Mrille!" rief die Großmutter.

„Kehre um, Mrille!" rief der Oheim, Vaters Bruder.

„Kehre heim zu uns, Mrille!" rief die Tante, Vaters Schwester.

„Mrille, komm zurück!" rief das ganze Dorf.

„Mrille, ich koche dir ein gutes wohlschmeckendes ‚fu-fu'!" rief die Mutter.

„Mrille, du bekommst Suppe aus Kokosnüssen, Yamknollen, Kokaknollen, und Bananen kannst du essen, soviel du nur willst!" schrie der Vater.

„Mrille, jeden Tag werde ich dir feines Fleisch geben!" versprach der Großvater.

„Will kein ‚fu-fu'! Will keine Yamknollen! Will keine Koka und Fleisch auch nicht! Zum Mond fliege ich, zu meinem Häschen", antwortete Mrille noch aus der Höhe und verschwand hinter einer Wolke.

Mrille flog, sehr lange flog er, bis er den Mond erreichte. Schaute hin, da waren Leute, die pflückten Bananen im Walde.

„Seid gegrüßt, gute Menschen!" rief Mrille. „Zeigt mir den Weg zum König des Mondes!"

„Gut, den zeigen wir dir, Söhnchen, nur hilf uns erst ein wenig beim Bananenpflücken."

Mrille half ihnen den ganzen Tag.

Der Abend brach schon herein, doch Mrille pflückte noch immer Bananen. Da sprach ein alter Mann zu ihm, dessen Kopf war so kahl wie ein Knie:

„Hast gut gearbeitet, Söhnchen! Wir danken dir für die Hilfe. Geh jetzt schlafen. Morgen früh aber laufe immer geradeaus, da wirst du Frauen sehen, die graben Yamknollen und Bataten auf dem Felde."

Am Morgen zog Mrille weiter. Sah die Frauen auf dem Felde. Sie gruben Bataten und Yam aus.

„Guten Tag, Mutter!" grüßte Mrille die älteste der Frauen. „Zeige mir den Weg zum König des Mondes!"

„Gern, Söhnchen", versetzte die Alte. „Nur hilf uns erst die Knollen ausgraben."

Den ganzen Tag half Mrille den Frauen, und als schon die Sonne im Westen versinken wollte, da sprach die älteste der Frauen:

„Hast gut gearbeitet, Söhnchen. Morgen früh aber gehe weiter, einfach immer geradeaus. Dort wirst du Leute sehen, die graben Land um."

Am nächsten Tage wanderte Mrille immer geradeaus weiter, bis er Menschen erblickte, die pflügten das Land mit Büffeln.

„Guten Tag, Onkelchen, Vaterbruder!" sagte Mrille. „Sagt mir, wo wohnt des Mondes König?"

„Freilich, Söhnchen! Doch zuerst hilf uns beim Pflügen."

Mrille ging den Pflügern den ganzen Tag zur Hand, und gegen Abend sprach der älteste von ihnen:

„Hab Dank für die Hilfe, Söhnchen, hast gut gearbeitet. Gehe jetzt schlafen, morgen früh aber ziehe weiter, laufe immer geradeaus, bis du in die Berge kommst. Dort werden Hirten Vieh hüten. Sie werden dir sicherlich den weiteren Weg zeigen."

Mrille nahm Abschied von den Pflügern, und am frühen Morgen ging er weiter, bis er die Hirten sah.

„Guten Tag, ihr Hirten!" sprach er. „Sagt mir, wo befindet sich des Mondkönigs Haus?"

„Gern werden wir den Weg zeigen, doch hilf uns erst, wir spüren unsere Füße schon nicht mehr vor Müdigkeit, weil wir immerzu hinter dem Vieh herjagen müssen."

Also blieb Mrille den ganzen Tag auf der Weide, paßte fleißig auf die Herde auf. Gegen Sonnenuntergang sprach der älteste der Hirten:

„Du hast uns ja tüchtig geholfen, Junge. Gehe jetzt schlafen. Morgen früh aber laufe geradeaus, immer geradeaus. Da wirst du eine grüne Plantage sehen und Menschen darin, die pflücken Kaffee. Sie werden dir sagen, wo der König des Mondes wohnt."

Immer weiter ging Mrille, bis er Menschen erblickte, die sammelten Kaffeebohnen in Körbe.

„Grüß euch, gute Leute! Könnt ihr den Weg mir zeigen zum König des Mondes?"

„Aber ja, doch hilf uns erst ein wenig beim Kaffeepflücken!"

Wieder arbeitete Mrille den ganzen Tag, viele Körbe füllte er mit Kaffeebohnen. Gegen Abend sagte der Älteste:

„Hast ordentlich gearbeitet, Söhnchen. Gehe jetzt schlafen, Mrille, morgen früh aber wirst du Menschen sehen, die reißen Nüsse ab von Ölpalmen."

Mrille ging immer geradeaus, immer weiter, bis er einen Palmenhain sah voller Menschen, die rissen Nüsse ab.

„He, ihr guten Menschen!" schrie er laut, damit sie ihn hören konnten, denn sie saßen ja hoch oben in den Bäumen. „Sagt mir doch, wo der Mondkönig wohnt."

„Nicht weit von hier, Söhnchen. Doch bevor du dort hingehst, könntest du uns ein wenig beim Nüssesammeln helfen."

Mrille kletterte auf eine Palme, die zweite, die dritte, auch die vierte erklomm er. So arbeitete er den ganzen Tag, und am Abend sprach der Älteste zu ihm:

„Ein Gehilfe bist du, der kann sich sehen lassen, Söhnchen! Du hast uns ja wacker geholfen. Jetzt gehe schlafen. Morgen früh ziehe weiter auf deinem Wege. Jenseits dieses Palmenhains findest du eine Quelle mit Frauen, die schöpfen Wasser."

Immer weiter ging Mrille, ließ den Palmenhain hinter sich, stand vor der Quelle. Da sah er Frauen, die sammelten Wasser in große Kalebassen, das sind Gefäße aus getrockneten ausgehölten Flaschenkürbissen, andere Frauen wiederum trugen die vollen Kalebassen auf ihren Köpfen davon.

„Guten Tag"! sagte Mrille. „Wißt ihr nicht, wo der König des Mondes wohnt?"

„Aber freilich wissen wir das. Hier, unweit vom Dörfchen."

„Zeige mir den Weg, Tantchen, Vaterschwester", bat Mrille die Älteste.

„Gut, ich will ihn dir zeigen, nur hilf uns erst, das Wasser in die Hütten tragen."

Mrille half den Frauen, das Wasser ins Dorf zu tragen. Es war gerade Zeit zum Mittagessen.

Die Frauen sagten:

„Bist ein guter Sohn. Sicherlich hast du Hunger. Hier hast du Hirse, Fleisch, Gemüse und Obst."

Und sie gaben ihm eine Handvoll rohe Hirsekörner, ein Stück rohen Fleisches, ein paar rohe Yamwurzeln und einige Maiskolben samt Blättern.

„Mutter", fragte Mrille die älteste der Frauen, „warum kocht ihr die Hirse, das Fleisch und den Mais nicht, warum backt ihr die Yamknollen nicht im Feuer?"

„Aber was ist denn das, Feuer, Söhnchen?" fragten die Frauen. „Noch nie hörten wir davon. Ist es ein Tier, ein Vogel oder vielleicht ein Baum?"

„Feuer ist rot, heiß, es sprüht Funken und läßt Rauch aufsteigen. Bei uns auf der Erde bereiten alle Menschen die Speisen auf dem Feuer zu. Dann sind sie gut und schmackhaft", erklärte ihnen Mrille.

„Zeige uns, wie man das macht", baten ihn die Frauen.

„Gebt mir ein Büschel trockenen Grases und zwei scharfe Flintsteine", versetzte Mrille.

Die Frauen brachten ihm ein trockenes Grasbüschel und zwei scharfkantige Flintsteine. Mrille rieb die Steine so lange aneinander, bis Funken auf das Gras fielen. Eine Flamme zuckte auf. Mrille gab Holz hinzu, und ein Weilchen später brannte ein großes Feuer.

Nun lehrte Mrille die Mondfrauen, wie man Fleisch und Gemüse kocht, wie man Bataten, Yamknollen oder wilde Bananen im Feuer bäckt. Das ganze Dorf lief zusammen, einer nach dem anderen aß, und es schmeckte allen so gut, daß sie die Schüssel ganz sauber auskratzten.

Die Nacht brach herein.

„Brr! Ist es bei euch aber kalt", beklagte sich Mrille. „Warum zündet ihr kein Lagerfeuer an?"

Sogleich trugen alle Dorfbewohner Holz herbei, sie schlugen es in Kloben, schichteten einen großen Stapel auf, wieder entfachte Mrille Feuer, Flammen loderten empor und breiteten eine angenehme Wärme aus. Alle wärmten sich, saßen am Feuer, sie tanzten und sangen und schlugen fröhlich ihre Trommeln, die waren aus hohlen Baumstämmen gefertigt, und man nannte sie Tam-tams.

Am Morgen fragte Mrille die älteste Frau in der Siedlung:

„Mütterchen, nun sage mir doch endlich, wo der Mondkönig wohnt."

„Gehe nach rechts, Söhnchen, da kommst du an einem Feigen- und einem Apfelsinenhain vorüber, und dann wirst du vor einem hohen Berge stehen. Im Felsen sind Stufen eingehauen. Besteige den Gipfel. Dort wohnt der Mondkönig. Aber vergiß nicht, ihn mit folgenden Worten zu begrüßen:

‚Msura kwi-wi-re,
Wire tsa kambingu,
U-na kosanga!' "

Mrille ging nach rechts, am Feigen- und Apfelsinenhain vorüber, unter einem hohen Felsen blieb er stehen, und dann stieg er die in den Felsen gehauenen Stufen empor. Oben auf dem Felsplateau stand eine Bambushütte mit einem hochgeschwungenen Dach bedeckt, so wie die Hütte des Häuptlings in Mrilles Dorf. Der Mondkönig saß vor der Hütte und spielte mit einem Häschen.

„Msura kwi-wi-re,
Wire tsa kambingu,
U-na kosanga!"

rief Mrille und lief zu dem Häschen hin. Das Häschen legte die Ohren an, dann sprang es vor Freude in die Luft.

Der Mondkönig fragte:

„Du kennst diesen Jungen, Häschen?"

„Das ist doch Mrille, König, ein Junge aus einem kleinen Dorf auf der Erde", sagte das Häschen. „Er war sehr gut zu mir, gab mir zu essen, brachte frische Maniokwurzeln und bisweilen auch süße Bananen und Feigen."

Als der Mondkönig das hörte, wußte er gar nicht, womit er Mrille bewirten sollte. Fleisch gab er ihm, die schönsten Früchte, Reis und Hirse auch. Aber alles war roh. Mrille zündete ein Feuer an, bereitete den Reis, das Gemüse mit den Früchten und auch das Fleisch zu, aus den Nüssen der Ölpalmen preßte er das Öl und goß es über die fertigen Speisen. Der König aß und schüttelte gar den Kopf vor Verwunderung, so gut schmeckte es ihm. Das Häschen aber hüpfte und sang:

„Ho, ho, mein Mrille,
Mein Mrille, ho, ho,
Klug ist Mrille,
Mein Mrille, ho, ho!"

Inzwischen war die Sonne untergegangen, und es wurde plötzlich so kalt, daß der Mondkönig, Mrille und auch das Häschen am ganzen Leibe zu zittern begannen. Sie pusteten in ihre Hände, stampften mit den Füßen, um sich zu erwärmen, aber nichts half. Immer kälter wurde es, der Atem wurde weiß vor ihren Lippen.

Mrille sprach:

„König, ist bei dir immer solcher Frost?"

„So weit das Gedächtnis reicht, mein Kind, anders war es noch nie."

„Aber warum zündest du denn kein Feuer an, König? Ach, da ist ja noch ein wenig Glut in der Asche, seit ich das Mittagessen zubereitete. Wartet, ich hole Holz, und gleich wird uns warm sein."

Mrille trug Reisig herbei, schleppte auch einen dicken Baumknorren heran und entfachte ein großes Feuer. Die Flammen schlugen so hoch, daß der Himmel warm wurde. Es wurde so heiß, daß dem Mondkönig gar der Schweiß von der Stirn lief.

Lange wohnte Mrille beim Mondkönig, und es ging ihm gut. Eines Tages aber bekam er doch Sehnsucht nach der Mutter, dem Vater und sogar nach Hamba, seinem Bruder, obwohl er ihm das Häschen getötet hatte.

Er ging zum König und sprach:

„Weißt du, König, ich muß auf die Erde zurückkehren."

„Warum willst du wieder auf die Erde, fühlst du dich bei mir nicht wohl?"

„Weil Mutter und Vater sicherlich weinen um mich", sagte Mrille. „Ich muß sie sehen."

Da ward der Mondkönig sehr betrübt, das Häschen fing an zu weinen, aber was sollte man da wohl tun? Sie wußten, daß Mrille heimkehren mußte.

Mrille sprach:

„König, bevor ich auf die Erde zurückkehre, möchte ich meinen Eltern Nachricht geben von mir, daß ich lebe, gesund bin und wohlauf und daß ich sie bald schon in der Hütte begrüßen werde."

Der Mondkönig rief alle Vögel zusammen und erklärte:

„Suche dir einen Boten aus, mein Söhnchen."

Mrille betrachtete den Raben mit dem glänzend schwarzen Gefieder und sagte:

„Lieber Rabe, wenn ich dich mit einer Nachricht von mir zu meinen Eltern schicke, wie wirst du sie ihnen mitteilen?"

„Ich werde sagen wie gewöhnlich: ‚Kurun, kurun, kurun' ", krächzte der Rabe.

„Nein, mein lieber Rabe, da wird nichts daraus, denn sie werden dich nicht verstehen."

„Und du, Entchen, was würdest du ihnen sagen?"

„Ich würde einfach vor ihnen stehen bleiben und sagen: ‚Kwa, kwa, kwa, kwa.' "

„Ach, mein liebes Entchen, da wird nichts daraus, denn weder Vater noch Mutter würden deine Worte verstehen."

Mrille sah die Schwalbe an und fragte:

„Und du, Schwälbchen, was würdest du sagen?"

„Na, ich würde schreien wie immer: ‚Kiwitt, kiwitt, kiwitt.' "

„Auch deine Sprache würden sie nicht verstehen", entgegnete Mrille, und dann fragte er den großen Habicht mit dem gekrümmten Schnabel:

„Und du, wie würdest du es sagen, mein lieber Habicht?"

„Einfach so: ‚Tschirk-tschirk-ra-tschirk-riii'!" fing der Habicht an zu schreien.

„Auch dich wird niemand verstehen. Aber vielleicht könntest du zu meinen Eltern fliegen, liebes Hähnchen?"

„Schicke mich, schicke mich, ach, schicke mich doch", gackerte der Hahn. „Ich werde schreien: ‚Kikeriki, kikerikii.' Sogleich werden sie alles verstehen."

„Oho, da irrst du dich, mein Freund. Sie würden einfach denken, es sei an der Zeit aufzustehen, wenn es früh ist. Jetzt weiß ich's, am besten redet mit meinen Eltern der Storch. Was wirst du ihnen denn sagen, mein Lieber?"

„Na, so etwas, ich sollte nicht mit Menschen reden können? Ich werde ihnen einfach sagen: ‚Kle, kle, kle, kle', und sogleich werden sie alles begreifen. Sie sind doch keine kleinen Kinder, die eine normale Rede noch nicht verstehen können", klapperte der Storch und plusterte sich auf, über und über, vor Stolz.

„Ach, Störchlein, auch dich werde ich wohl nicht schicken können. Nun sehe ich es, ich werde niemanden finden, der sich als Bote eignet."

Plötzlich ließ sich ein kleiner schwärzlich brauner Vogel mit gelbem Schnäblein vernehmen.

„Wenn du mich schickst, werde ich deinen Eltern sagen:

‚Euer Mrille, euer Mrille,
kehrt vom Mond zurück.
Wenn nur erst, wenn nur erst
wieder Vollmond ist.' "

„Star, mein lieber, mein allerbester Starmatz! Du wirst mein Bote sein. Fliege auf die Erde, in mein Dorf, meine Hütte. Mutter wird dort sicherlich Hirse stampfen, und Vater wird Pfeile spitzen für seinen Bogen."

Rasch machte sich der Star auf und flog hinab zur Erde. Da sprach der Mondkönig zu Mrille:

„Mrille, Söhnchen, hast uns Feuerzeug gegeben und Schwamm, heißes, rotes Feuer hast du auf dem Mond entfacht, hast meine alten Knochen gewärmt, und mein Volk friert nicht mehr in den Nächten. Du lehrtest uns Speisen auf dem Feuer zu bereiten, und seither essen wir alles gekocht. Nun verläßt du uns und kehrst auf die Erde zurück. Du sollst nicht mit leeren Händen dorthin zurückkehren, zumal ich des Mondes König bin."

Und der Mondkönig beschenkte Mrille mit großen Rinderherden, weißen und schwarzen Schäfchen, schönen Hammeln und gab ihm auch noch viele

Ziegen mit, dazu noch eine Menge Packesel, die waren mit Säcken beladen: Reis, Maniokwurzeln, Erdnüsse, Hirse, Mais, Yamknollen, Koko, Bataten, Platanenfrüchte, Bananen, Zitronen und Apfelsinen.

Es war gerade Vollmond, als Mrille dem König dankte, von seinem geliebten Häschen Abschied nahm und sich auf weite Reise begab. Mrille kehrte in sein Heimatdorf zurück, auf einem Ochsen ritt er, trieb Herden vor sich her mit Rindern, Ziegen und Schafen, und viele Lastesel mit Lebensmitteln folgten ihm. Das ganze Dorf lief zusammen, die Leute schauten, reckten die Hälse, rieben sich die Augen.

„Wer ist denn das? Nanu? Wer kann das sein?"

„Sicherlich ist es irgendein reicher Stammeshäuptling aus einem anderen Dorfe", sagte jemand.

„Oder vielleicht ist es ein König?" flüsterten die Frauen. „Seht nur, wie schön er ist, wie gut gekleidet, alles an ihm glänzt vor Silber wie Mondstrahlen."

Plötzlich kam die Mutter aus der Hütte gelaufen. Sogleich erkannte sie den Sohn.

„Mrille!" schrie sie. „Mrille, mein Mrille ist heimgekehrt!"

Der Vater aber sprach:

„Der Star hat die Wahrheit gesagt, die Wahrheit hat er gesagt, mein Mrille ist zurückgekehrt."

„Wem gehören denn die Kühe, Söhnchen?" fragte die Mutter.

„Mir", sagte Mrille.

„Und die Ochsen?"

„Mir."

„Aber die Schäfchen, Lämmchen und Ziegen?"

„Mir."

„Und die Esel sind auch dein, Söhnchen?"

„Sind mein."

„Und was tragen sie in den Säcken?"

„Hirse und Reis, Maniok und Bataten, Yam, Koko, Bananen, Platanenfrüchte, Zitronen, Apfelsinen, Palmnüsse und Erdnüsse", antwortete Mrille.

Da begann das ganze Dorf zu tanzen und zu singen:

„Mrille ist klug,
Mrille ist gut,

Mrille ist ein großer Häuptling,
Juch-hee!
Mrille ist klug,
Mrille ist stark,
Stark wie ein Elefant.
Juch-hee!
Juch-hee!"

Seither lebten alle im Dorf glücklich, und Speisen hatten sie in Fülle. Nur wenn Vollmond war, ging Mrille allein an den Waldrand, hielt Ausschau nach dem Mond, der am Himmel entlang wanderte und erspähte auch sein geliebtes Häschen.

WIE DIE SCHWARZE KOBRA AUF DEN MOND GELANGTE

Lange, sehr lang ist es her, da lebte im Urwald eine arme Witwe mit ihrem kleinen Sohn. Der Knabe war am Todestag seines Vaters geboren, eines tüchtigen Jägers, der nach dem Biß einer giftigen Kobra gestorben war.

Das Söhnchen der Witwe erhielt den Namen Makunajna. Es war stumm von Geburt an, doch auf der Stirn hatte der Kleine einen seltsamen Kreis, der in der Nacht leuchtete, wie die Sichel des Mondes sah er aus.

Die arme Frau war nahe daran, im Urwald Hungers zu sterben, sie zitterte vor Kälte in den kühlen Nächten, und voller Angst lauschte sie dem Geheul der wilden Tiere, die im Dickicht umherschlichen. Ihr Söhnchen Makunajna drückte sie fest an die Brust.

Eines Tages, als die Witwe mit Verzweiflung im Herzen zuhörte, wie ihr hungriges Kind weinte, da kam eine Lamakuh mit Jungtieren aus dem Dikkicht, sah mit großen freundlichen Augen auf die vor Staunen stumme Mutter und sprach wie ein Mensch:

„Gib Makunajna von meiner Milch zu trinken und stärke dich auch selber, denn hungrig bist du."

So schnell wie nur möglich, molk die erfreute Mutter die Lamakuh, gab dem Söhnchen warme Milch zu trinken und trank selber auch davon.

„Woher kennst du den Namen meines Kindes?" fragte sie die Lamakuh.

„Der Mond zeigte es mir in der Nacht. Er sagte mir, Makunajna wäre sein Glückskind und wenn er erst erwachsen sei, werde er große Taten vollbringen", antwortete die Lamakuh.

Von nun an wurde die gute Lamakuh Ernährerin der Witwe und ihres Sohnes. Der kleine Makunajna wuchs erstaunlich schnell heran. Er war kaum ein paar Jahre alt, da war er schon so stark, daß er nicht einmal den räuberischen Puma oder den Bergbären fürchtete. Er baute sich selbst einen Bogen und schnitzte Pfeile, und von nun an brachte er der Mutter stets frisch gejagtes Wild.

Nur eines quälte die Mutter so sehr, daß sie heimlich in den Nächten weinte, denn der Sohn sollte es nicht merken.

Makunajna blieb nämlich weiter stumm. Noch niemals hatte sie seine Stimme gehört, nur bisweilen lächelte er fröhlich, wenn er neue Beute brachte aus dem Walde.

Eines Tages, als Makunajna wie gewöhnlich auf die Jagd gegangen war, saß die Mutter vor der Hütte und begann bei dem Gedanken an ihren verkrüppelten Sohn leise vor sich hin zu weinen.

„Warum weinst du? Ist dir irgendein Unglück widerfahren?" fragte die treue Lamakuh. Sie lag auf dem Rasen vor dem Hause, denn sie war schon alt und konnte nicht mehr weit hineingehen in die Prärie, um dort zu weiden.

„Ach", klagte die Mutter. „Wie sollte ich da nicht weinen, wenn mein Sohn stumm ist, noch nie sprach er ein einziges Wort zu mir."

„Das ist, weil die Schwarze Kobra ihn verzaubert hat."

„Die Schwarze Kobra? Noch nie hörte ich von ihr. Wo ist sie, und warum hat sie meinen Sohn verzaubert?" fragte Makunajnas Mutter erschrocken.

„Die Schwarze Kobra ist eine Feindin des Mondes, Makunajna aber entstammt dem Mondgeschlecht. Sein Vater, dein Mann, war vom Mond gezeichnet. Deshalb hat die Kobra ihn getötet."

„Was sprichst du da? Ich ahnte nichts davon", rief die Mutter verwundert.

„Weil es ein Stammesgeheimnis deines Mannes war, und er durfte es niemandem offenbaren", sprach die Lamakuh.

„Ach ja, wie konnte ich es nur vergessen...Jetzt erinnere ich mich, daß mein Mann mir zur Hochzeit eine kleine silberne Sichel schenkte. Auch mein Makunajna hat das gleiche Zeichen auf der Stirn."

„Siehst du, ich sage die Wahrheit", versetzte die Lamakuh ernst. „Hast du dieses Geschenk noch im Hause?"

„Die silberne Sichel? O ja, es ist doch die einzige Erinnerung an meinen Mann."

„Hüte sie wie deinen Augapfel. Wenn diese Sichel verlorengeht, wird alle Kraft deinen Sohn verlassen, und er wird schwach wie ein fünfjähriges Kind. Und hüte dich vor der Schwarzen Kobra, denn von ihr droht deinem Sohn furchtbare Gefahr."

In diesem Augenblick ließen sich Makunajnas Schritte vernehmen, der von der Jagd zurückkehrte. Die alte Lamakuh verstummte und begann träge vertrocknetes Gras zu zupfen.

Ohne auf den Sohn zu warten, eilte die Mutter in die Hütte und begann hastig die Kleidungsstücke in der Truhe durcheinanderzuwühlen. Endlich zog sie eine kleine silberne Sichel heraus und sprach mit einem Seufzer der Erleichterung zu sich selber:

„Zum Glück habe ich sie gefunden. Jetzt werde ich sie aber Tag und Nacht hüten wie meinen Augapfel."

Makunajna, der nach ihr die Hütte betreten hatte, sah die Mutter verwundert an, dann aber nahm er ihr den seltsamen Schmuck aus den Händen, der in Form einer Sichel aus Silber ziseliert war.

„Wie schön, Mütterchen! Woher hast du das, ich habe es noch nie bei dir gesehen?" fragte er mit wohlklingender klarer Stimme, als wäre er niemals stumm gewesen.

War das eine Freude! Die arme Mutter weinte gar vor Glück, weil ihr Sohn auf so wunderbare Weise die Sprache gefunden hatte.

„Sicherlich birgt diese silberne Sichel eine Zauberkraft in sich, die ihr vom Mond verliehen wurde, und da du sie berührtest, kehrte dir die Sprache wieder", sagte die Mutter voller Freude und erzählte Makunajna alles, was sie von der guten Lamakuh erfahren hatte.

„Hüte dich vor der Schwarzen Kobra, mein Sohn!" Mit diesen Worten beendete sie ihren Bericht. „Sie hat deinen Vater getötet, nun lauert sie deinem Leben auf. Sie sei verflucht! Ich habe Angst um dich, mein Sohn."

„Aber Mutter, beruhige dich!" Makunajna lächelte. „Alle Kobras der Welt zusammengenommen fürchte ich nicht mehr, seit ich weiß, daß ich unter des Mondes Schutz stehe."

„Ach, sie hat doch deinen Vater getötet mit ihrem Gift", flüsterte die Mutter. „Angst habe ich um dich, Söhnchen, ich bin in großer Sorge."

Seither fand Makunajnas Mutter keinen Augenblick Ruhe mehr aus Angst vor der Schwarzen Kobra. Aber die Schlange gab kein Lebenszeichen.

Eines Tages jedoch kehrte Makunajna von der Jagd nicht zurück. Schon brach die Nacht herein, aber er erschien nicht. Vergeblich suchte die arme Mutter die dichte Finsternis mit den Augen zu durchdringen, umsonst erlauschte sie jedes Geräusch, das sich anhörte wie ihres Sohnes Schritte.

Wachsende Angst packte sie bei dem Gedanken, welche Gefahren ihrem Sohn drohten.

In Angst und Verzweiflung ging sie schließlich zu ihrer guten alten Lamakuh, um bei ihr das Herz ein wenig zu erleichtern.

Das Tier lag still in seiner Umzäunung auf einem Bündel Schilfstroh. So alt und schwach war es, daß es nur mit Mühe noch den Kopf heben konnte.

„Makunajna kommt nicht zurück", sprach die Witwe, die Tränen abwischend, die über ihre Wangen rollten. „Ich habe solche Angst um ihn."

„Gut, daß du gekommen bist, Mutter Makunajnas", antwortete die Lamakuh schwer atmend. „Es ist an der Zeit für mich, heimzukehren auf meine Bergweiden, doch vor meinem Weggange will ich dir noch einen Rat geben."

„Ach, meine Lamakuh, du liebes, treues Tier, verlasse mich nicht, du siehst doch, daß ich ganz allein bin. Mein Sohn ist nicht heimgekommen, ich weiß nicht, was könnte ihm nur geschehen sein? Und nun gehst auch du noch fort!" Die arme Mutter brach in Tränen aus.

Schwerfällig hob die Lamakuh ihren Kopf, ihre großen, sanften Augen ruhten auf ihrer Herrin, als sie sprach:

„Höre mir aufmerksam zu, denn uns bleibt nicht viel Zeit. Heute hat die Schwarze Kobra deinem Sohn aufgelauert, als er an der Quelle der Orchideen jagte. Doch fürchte nichts, Makunajna hat sich nicht überraschen lassen, sondern mutig mit ihr gekämpft und ihr mit dem Speer einen solchen Stoß versetzt, daß sie vor Schmerz aufzischte und zu fliehen begann.

Den ganzen Tag hat dein Sohn sie durch feuchtes, stickiges Urwalddickicht gejagt, durch Morast und Sumpf, bis sie in einer finsteren, engen Felsspalte verschwand. Inzwischen war die Nacht hereingebrochen, und Makunajna hatte den Weg verfehlt. Jetzt muß er warten, bis der Mond aufgeht, um bei seinem Lichte heimzukehren. Wenn dein Sohn wieder in der Hütte ist, sprich nicht mit ihm über die Schwarze Kobra, erwähne nicht einmal ihren Namen, doch wenn Makunajna wieder zur Jagd aufbricht, gib ihm des Vaters silberne Sichel mit.

Sie wird ihn beschützen im letzten Kampf mit der Kobra, die ihm noch in Zukunft auflauern wird. Denn jetzt leckt sie ihre Wunden und brütet Rache. Doch nun lebe wohl, Mutter Makunajnas, für mich ist's an der Zeit. Ich gehe dahin in die Berge, wo unsere Herde lebt."

Nach diesen Worten stöhnte das alte Lama noch einmal vor Schmerz, erhob sich und begann langsam, ganz langsam auf die ferne Gebirgskette zuzugehen, die dunkel dalag im Mondenschein.

„Gehe nicht fort, Lama, wirst umkommen unterwegs. Dunkel ist die Nacht, überall wimmelt es jetzt von wildem Getier, hungrige Jaguare streichen durch den Wald auf der Suche nach Beute. Bleibe doch hier bei mir, oder ging es dir etwa schlecht bei mir? Hast du bei mir den Hunger kennengelernt?"

„Hab Dank für alles, Mutter Makunajnas, doch länger verweilen bei dir darf ich nicht. Man erwartet mich dort, das Leittier der Herde ruft mich, es ist so alt wie die Welt, ich höre seinen Ruf. Halte mich nicht auf, denn auch wir Tiere haben harte Gesetze, denen wir gehorchen müssen."

Mit diesen Worten schleppte sich das alte Lama Schritt für Schritt auf seinen fernen Weg, den es nur selber kannte, seinen letzten Weg im Leben auf die fernen Gebirgsweiden, und es ließ Makunajnas Mutter zurück in Unruhe und Schrecken.

Zum Glück gingen des Tieres Worte in Erfüllung. Bald schon kehrte Makunajna heim, müde vom Wege, hungrig, aber fröhlich und voller Kampfesmut. Schon auf der Schwelle rief er:

„Mutter, der Schwarzen Kobra bin ich begegnet und habe sie aus unserem Walde vertrieben. Die wird an mich denken."

Die Mutter aber legte den Finger auf den Mund und sagte leise, wobei sie sich unruhig in der Stube umsah:

„Pst, mein Söhnchen, wir wollen lieber nicht erst ihren Namen aussprechen."

Makunajna lachte schallend über die Angst der Mutter, aber dann machte er sich ans Essen, denn der Hunger quälte ihn sehr.

Ein paar Tage vergingen, doch nichts störte die Ruhe der Bewohner der Waldhütte.

Aber dann, es war um Mitternacht und der Mond stand schon hoch am Himmel, weckte Makunajnas Mutter ein Geräusch wie Scharren vor dem Hause.

Leise, um den Sohn nicht zu wecken, erhob sie sich vom Lager, öffnete die Tür und trat auf die Erdbank, die rings um das Haus aufgeschüttet war. Klar war die Nacht, die Hütte ganz in Mondlicht getaucht, auch die kleinen Feldparzellen mit Mais und Maniok waren davon überflutet, die Lamas in ihrer Umzäunung käuten friedlich wieder, in der Ferne funkelte einem hellen schmalen Bande gleich der Bach, der sich durch das schier undurchdringliche Urwalddickicht der mit blühenden Lianen bewachsenen Bäume hindurchschlängelte.

‚Was war denn das nur?' überlegte die Witwe. ‚Ich hörte doch deutlich Rasseln oder Scharren.'

Plötzlich erreichte eine Stimme ihr Ohr. Jemand rief aus dem Walde:

„Makunajna, sei auf der Hut! Wache, Makunajna. Die Schwarze Kobra nähert sich deinem Hause. Sie lauert am Pfade, der über den Bach führt."

So schnell ihre alten Beine sie nur tragen wollten, eilte die Mutter in die Stube zurück.

„Stehe auf, mein Sohn, erwache! Eine Stimme vernahm ich aus dem Walde. Die Schwarze Kobra nähert sich, sie ist schon am Bache. Dein verstorbener Vater ist es wohl, der dich warnt. Nimm diese silberne Sichel, sein Hochzeitsgeschenk, es wird dich schützen vor Gefahr."

„Hab keine Angst um mich, Mutter", sagte Makunajna, von seinem Lager aufspringend. „Ich weiß, daß ich die Kobra besiegen und meines Vaters Tod rächen werde."

Er hängte sich die silberne Sichel auf die Brust, des Vaters Geschenk, nahm seine Streitkeule, den Bogen und die Pfeile und trat hinaus auf den Pfad. Am Bach blieb er stehen, lange lauschte er den Stimmen des Urwaldes, sah sich um, jedes Geräusch im Gras nahm er wahr, auch den schwächsten Widerhall.

Plötzlich vernahm er ein leises Geräusch im Moose, ein Zweiglein bewegte sich, ein Vogel wimmerte erschrocken, und ein Weilchen später erscholl ein furchtbares durchdringendes Zischen. Die Schwarze Kobra glitt im Grase heran.

Der entsetzlich lange und gewaltige Körper des Reptils glitt so rasch über den Boden dahin wie ein Geschoß, plötzlich spannte es sich, setzte an zum Sprunge, der runde abgeplattete Kopf schnellte zur Seite, die dünne gespaltene Zunge bewegte sich im offenen Rachen hin und her. Die Schlange stürzte sich auf Makunajna, doch dieser sprang beiseite und schleuderte den Speer wider sie. Aber er verfehlte sein Ziel, und die wütende Kobra setzte zu neuem Sprunge an. Makunajna berührte mit der Handfläche die geheimnisvolle Sichel auf seiner Brust, da erschien plötzlich ein silberner Speer in seiner Hand.

Diesen Speer schleuderte er gegen die Schwarze Kobra und traf sie so, daß sie sich vor Schmerzen wand.

„Besiegt hast du mich, Mond", stöhnte die verwundete Schwarze Kobra, den flachen Schädel emporhebend, wobei sie mit blutunterlaufenen Augen den Mond anstarrte. „Deshalb liege ich Makunajna zu Füßen. Ich weiß, nach deinem Willen mußte er mich bezwingen, denn in seinen Adern fließt das Blut des Stammes, dem du deinen Schutz angedeihen läßt. Befiehl, mich zu töten, damit ich diese entsetzlichen Qualen nicht länger erdulden muß, o Herr des Kalten Lichtes!"

Die Kobra verstummte, ihr Kopf wankte zur Seite, als erwarte sie eine Antwort.

In diesem Augenblick vernahm Makunajna vom klaren Himmel eine Stimme, die dröhnte laut wie Donnerschlag.

„Bewahre deine Waffe, Makunajna! Unseren uralten Feind hast du besiegt und deines Vaters Tod gerächt. Nie wieder wird die Schwarze Kobra deinen Stamm bedrohen. Jetzt gehört sie mir."

Makunajna stand da wie in den Boden gegraben, als er dieser geheimnisvollen Stimme lauschte. Der gewaltige schwarze Körper der Kobra zitterte, das giftige Reptil hatte sich zu einem Klumpen gerollt vor Angst und Schmerz.

Plötzlich bemerkte Makunajna, wie sich eine riesige Spinne an einem silbernen Faden vom Monde herabließ, über der Kobra in der Luft hängenblieb, sie mit ihrem Netz umgab und sich mit ihrer Last zur Höhe emporzuwinden begann, bis zum Himmel, immer höher und höher, bis sie den Augen des Jünglings entschwand.

Als sich die Spinne mit der Kobra bereits über den Gipfeln der Anden befand, brach der Tag an. Die glühende Sonne trocknete die Spinnwebe so stark aus, daß sie riß und die Kobra wieder auf die Erde fiel.

„Wir müssen bis zum Abend warten", sprach die Spinne zur Kobra. „In einem Felsspalt wollen wir uns verbergen, du aber wirst meines Gespinstes Fäden den ganzen Tag über mit Rauhreif umhüllen, der an den Wänden der Höhle klebt. Nachts steigen wir wieder zur Höhe empor, und selbst wenn es uns nicht gelingen sollte, vor Sonnenaufgang den Himmel zu erreichen, so wird der Rauhreif dennoch in so dicker Schicht mein Netz einhüllen, daß die Sonnenstrahlen es nicht zerschmelzen können, und so werden wir den Mond erreichen."

Die vom Mondspeer verwundete Schwarze Kobra hatte alle ihre Kräfte verloren, und sie wagte es nicht, sich dem Willen der Spinne zu widersetzen, zumal diese vom Herrn des Kalten Lichtes entsandt worden war.

Den ganzen Tag über besserte die Spinne ihre Webe aus, die Kobra wiederum verkleidete die Fäden mit Rauhreif aus den Bergen, dann aber erhoben sich beide zum Himmel und gelangten wohlbehalten auf den Mond.

Dort ließ der Herr des Kalten Lichtes die Schwarze Kobra ein wenig Mondkraut zupfen, und sogleich heilten alle ihre Wunden zu, ihr furchtbares Gift aber verlor seine böse Kraft und verwandelte sich in einen Strahl reinen Wassers, das seither als Regen auf die Erde niederfällt. Aus Dankbarkeit, weil der Herr des Kalten Lichtes sie erlöst hatte von ihren Qualen, kroch die Schwarze Kobra zu seinem Thron, umgab ihn freundschaftlich mit ihren Windungen und legte ihren flachen Schädel zu den Füßen des Himmelsbeherrschers nieder.

Von nun an bewachte die Schwarze Kobra den Schlaf ihres ehemaligen Feindes als treueste seiner Sklavinnen. Bei Vollmond kann man sie noch heute sehen, wie sie über den Mond kriecht.

Nachdem die Schwarze Kobra verschwunden war, zog Makunajna mit seiner Mutter aus dem Urwald hinaus in die Ferne, fand seines Vaters Stamm und wurde sein Häuptling.

Lange lebte er und glücklich. Wie die Leute seines Stammes sagen, soll der Mond Makunajna nach seinem Tode zu sich in sein Königreich geholt haben.

Unter Makunajnas Führung wurde sein Volk, das früher in Armut, Hunger und Erniedrigung gelebt hatte, mächtig und stolz, und aus ihm erwuchsen zahlreiche Stämme, die viele wackere Krieger hervorbrachten. Sie alle aber verehrten den Mond am Himmel, ihren göttlichen Verteidiger und Beschützer, und in hellen Nächten zeigten sie einander die Schwarze Kobra und Makunajna, wie sie in Eintracht und Freundschaft im Schatten des Mondthrones lebten.

TANGALI UND DIE TOCHTER DES HIMMELS

Einst lebte der große Jäger Tangali. Mutig war Tangali, stark war Tangali. Niemand auf der ganzen Welt konnte sich messen mit Tangali.

Auf seinen Jagden verwundete Tangali einen Jaguar.

„Schenke mir das Leben, Tangali, ich werde es dir hundertfach vergelten", bat der Jaguar.

„Was gibst du mir, wenn ich deine Bitte erfülle?" fragte der Jäger.

„Ich werde dir alle Tiere im Urwald geben."

„Ach, die jage ich selber, wenn ich Lust habe."

„Ich gebe dir die Herrschaft über den ganzen Wald", sprach der Jaguar.

„Die habe ich sowieso. Vor meinem Wurfspeer und meiner Armbrust flieht alles, was lebt, auch du, obwohl du viel Kraft hast", versetzte Tangali.

„Ich werde alle Schätze dir offenbaren, von denen sich keiner der Menschen jemals etwas träumen ließ."

„Ein Jäger bin ich. Im Urwald ist eine gute Lanze mitunter mehr wert als alle Schätze der Welt."

„Ich werde dir das schönste Mädchen zur Frau geben."

„Viele schöne Mädchen sind mir bekannt, doch bisher hat noch keines von ihnen mein Herz bewegt."

„Wenn du dieses Mädchen erblickst, wirst du es niemals wieder vergessen können."

„Wo kommt es her, und wo lebt es?" fragte Tangali nun doch neugierig gemacht. „Warum habe ich bisher noch nichts von ihr gehört?"

„Sie ist die Tochter des Himmels. Ihre Mutter ist die Sternenkönigin, der Mond ihr Vater."

„Ich möchte sie sehen", sprach Tangali.

„Lasse mich frei, und sie wird deine Frau."

„Wohlan, ich schenke Freiheit dir und Leben", erklärte Tangali und ließ den bereits erhobenen Wurfspeer sinken.

Der Jaguar begann seine Wunde zu lecken, schleppte sich dann zum Wasser und sagte:

„Komm heute abend hierher, so wirst du ihr an der Quelle begegnen. Jede Nacht erscheint sie mit ihren Dienerinnen an diesem Ort, um Wasser zu schöpfen aus der Quelle, denn nur dieses Wasser trinken Mond und Sterne."

„Gut", versetzte Tangali. „Aber denke daran, der Tod erwartet dich von meiner Hand, wenn du mich betrügst und dein Wort nicht hältst."

Der Abend war kaum angebrochen, da stand Tangali schon an der Quelle. Setzte sich ins Gras und wartete. Der Jaguar trat aus dem Wald und sprach:

„Verbirg dich im Gebüsch, und wenn du das Mädchen erblickst, sprich kein Wort, sonst wird die Tochter des Himmels erschrecken und nie wieder hier erscheinen."

Der Jäger versteckte sich in den Büschen und wartete ungeduldig.

Geraume Zeit verstrich. Tangali schaute hin, da ließ sich an einem Spinnwebfaden ein Mädchen herab mit einem Krug in der Hand. Von wundersamer Schönheit war sie und Glanz ging aus von ihr, daß Tangali seine Augen verhüllen mußte. Sie füllte den Krug mit Wasser, betrachtete sich in der Quelle und begann ihre Haare zu kämmen mit goldenem Kamme.

Des Mädchens Schönheit bezauberte den Jäger so sehr, daß er, der Warnung nicht mehr eingedenk, aus dem Gebüsch eilte und vor das Mädchen hintrat.

„Sei gegrüßt, Tochter des Himmels, in meinem Walde! Ach, was gäbe ich dafür, wenn du bei mir bliebest für immer."

Erschreckt schrie das Mädchen auf und schwebte am Spinnwebfaden zur Höhe empor. Noch ehe Tangali auf die Quelle zuspringen konnte, befand sich das Mädchen schon nicht mehr auf dem Erdboden, nur der goldene Kamm war ihr entfallen und funkelte im Grase.

Tangali hob den Kamm auf und rief:

„Mein mußt du werden, das schwöre ich bei meinem Leben!"

„Warum hast du meinen Rat nicht befolgt!" sagte der Jaguar. „Du hast sie erschreckt. Jetzt wird es schwer sein, sie wieder hierher zu führen."

„Sie muß meine Frau werden! Seit ich sie erblickte, gibt es nur sie für mich auf der ganzen Welt. Du mußt mir helfen. Hast es versprochen, also halte dein Wort."

„Meine Macht reicht nicht bis zum Himmel", antwortete der Jaguar, „aber ich werde versuchen, dir zu helfen. Komm morgen vor Sonnenuntergang an diesen Ort."

Am nächsten Tage um die angegebene Zeit stand Tangali an der Quelle, nahm den Kamm heraus und wartete.

Der Jaguar trat aus dem Walde, sprang auf einen umgestürzten Baumstamm und schrie mit gewaltiger Stimme, daß der ganze Urwald vor Schrecken erstarb.

Einmal schrie er, ein zweites, ein drittes Mal.

Alle Tiere und Vögel erschienen auf den Ruf ihres Herrn.

Da sprach der Jaguar zum Panther:

„Bäume erklimmst du und Lianen, springst von einer Baumkrone zur anderen, durchs Geäst und über Zweige, biegsam, beweglich bist du und stark. Könntest du auch den Himmel erklimmen?"

„O nein, mein Herr und Herrscher, den Himmel erklimme ich nicht", antwortete der Panther.

„Du aber, Wildkatze, die du so geschmeidig bist wie Schilfrohr und weder Furcht kennst noch Schrecken, könntest du bis in den Himmel springen?" fragte der Jaguar.

„Jeden deiner Befehle bin ich bereit zu erfüllen", sagte die Wildkatze, „aber du forderst Unmögliches."

Beschämt, mit eingezogenem Schwanz schlich sie in den fernsten Winkel des Urwaldes.

„Vielleicht du, Hirsch? Flink bist du wie der Wind, selbst ich hole dich nur mit Mühe ein in der Prärie."

„Du weißt sehr wohl, mein Herr, daß ich dir dienen will in allen Dingen, doch was du jetzt verlangst, kann ich nicht tun für dich", antwortete der Hirsch betrübt.

„Ich sehe, daß ich mich werde an meinen Vetter um Hilfe wenden müssen, an den König der Vögel", sagte der Jaguar und sah den Adler an.

Der Adler breitete seine gewaltigen Schwingen aus und erklärte:

„Gern würde ich deiner Bitte willfahren, mein teurer Vetter, aber ich kann es nicht. Hoch in die Lüfte empor schwinge ich mich zwar, höher als andere Vögel, aber bis zum Himmel fliege ich nicht."

„So kann denn niemand von euch, ihr Bewohner des Urwaldes, meine Bitte erfüllen?"

„Wenn du, o Herr, die Hilfe eines so erbärmlichen Geschöpfes nicht verschmähst, wie ich es bin, dann wäre ich bereit, es zu versuchen", quakte ein grünes Fröschlein und sprang aus der Quelle ins Gras.

„Ach, du bist es, Mainu?" Der Jaguar wunderte sich. „Wie könntest du mir denn helfen?"

„Wenn du mir vertraust, so verspreche ich dir, daß ich in den Himmel gelange", antwortete das Fröschlein.

„Na, schön", meinte der Jaguar. „Ich werde deinem Wort glauben." Dann wandte er sich wieder den übrigen Tieren zu und befahl: „Nun aber laßt uns allein."

Als die Tiere und Vögel fortgegangen waren, sagte der Jaguar zu Mainu:

„Hier steht dein Herr, Tangali, der größte Jäger im ganzen Urwald. Mein Leben bin ich ihm schuldig. Habe ihm dafür die Tochter des Himmels zur Frau versprochen. Du mußt mir helfen, damit ich mein Wort halten kann."

„Ich werde alles tun, was in meiner Macht steht", sprach Mainu. „Gib mir nur Zeit bis zum Neumond, wenn die Sonne untergeht und der Mond schläft. Dann soll Tangali jede Nacht hierher kommen. Ich werde Nachrichten für ihn haben vom Himmel."

„Gut", meinte der Jaguar. „Ich kehre jetzt in den Urwald zurück, du aber, Tangali, komme morgen nach Sonnenuntergang, bleib vor der Quelle stehen und rufe: ‚Mainu, ich bin es, der Freund des Jaguars.' "

Der Jaguar sprang davon, und Tangali kehrte in seine Hütte zurück.

Gegen Abend verbarg sich das Fröschlein in der Quelle und wartete.

Der Quelle näherten sich die Dienerinnen der Sternenkönigin.

„Unsere Prinzessin ist heute krank, sie geht nicht aus dem Hause und weint", sagte eine der Dienerinnen.

„Was kann ihr denn nur zugestoßen sein?"

„Ich hörte, wie sie zur Mutter sagte, ein Mensch habe sie an der Quelle erschreckt, und sie habe ihren goldenen Kamm verloren", bemerkte die Älteste der Hofdamen. „Du weißt doch, daß dieser Kamm Zauberkraft besitzt."

„Arme Prinzessin! Was wird denn nun mit ihr geschehen?" Diese Worte vernahm das Fröschlein Mainu. Als die Dienerinnen der Sternenkönigin den Krug mit Wasser gefüllt hatten und sich anschickten, an ihren Spinnwebfäden zum Himmel emporzusteigen, da sprang das Fröschlein, hoppla! in den Krug hinein, verbarg sich auf seinem Boden und blieb sitzen.

Die Dienerinnen brachten das Wasser der Prinzessin, stellten es neben ihr Bett und gingen fort.

Die Prinzessin goß das Wasser aus dem Krug in drei Becher, und dabei stürzten ihr die Tränen aus den Augen. Das Fröschlein versteckte sich indessen auf des Kruges Boden und lauschte.

Die Sternenkönigin, ihre Mutter, trat ein, trank Wasser aus dem ersten Becher und fragte:

„Warum weinst du, Töchterchen?"

„Ach, Unglück ist mir widerfahren! Meinen goldenen Kamm habe ich an der Quelle unten auf der Erde verloren", erwiderte die Prinzessin.

Erschrocken rief die Sternenkönigin:

„Mein einziges Kind! Was soll nun werden? Erblinden wirst du vor unserem Glanze! Wir müssen diesen Kamm entdecken, und sei es am Ende der Welt! Weine nicht, Töchterchen, ich erzähle es dem Vater, er findet deinen Kamm bestimmt wieder. Gleich wird er seine Himmelswanderung beendet haben."

Der Mond trat ein, der Vater, und trank Wasser aus dem zweiten Becher.

„Warum bist du betrübt, Königin?" fragte er.

„Ach, ein Unglück hat uns betroffen, ein schreckliches Unglück", antwortete die Sternenkönigin. „Unsere Tochter hat ihren goldenen Kamm an der Erdquelle verloren."

Des Mondes Antlitz ward düster, er zerrte an seinem silbernen Bart.

„Es hilft alles nichts, aber ich muß heute noch einmal an den Himmel zurückkehren und den Kamm finden."

Also ging der Mond wieder an den Himmel und suchte bis in den hellen Morgen, von einem Ende der Welt bis zum anderen schaute er nach, aber nirgends vermochte er den goldenen Kamm zu erspähen.

Große Trauer herrschte im Himmelspalast. Die Prinzessin lag mit geschlossenen Augen in ihrem Zimmer, Mutter und Vater aber fürchteten sich, bei ihr einzutreten, um sie nicht zu blenden mit ihren Strahlen.

Als der Abend heraufzog, kamen die Dienerinnen, nahmen den Krug und ließen sich an einem Spinnwebfaden hinab auf die Erde, an die Quelle inmitten des Waldes. Kaum war der Krug ins Wasser getaucht, da sprang das Fröschlein Mainu, hoppla! auch schon heraus und nahm ein Bad in der kühlen Quelle.

In der Nacht kam Tangali, blieb am Wasser stehen und rief:

„Mainu, ich bin es, der Freund des Jaguars!"

„Guten Tag, Tangali", sagte Mainu. „Ich habe Nachrichten für dich vom Himmel."

„Sprich, Mainu, erzähle alles! Hast du die Prinzessin gesehen?"

„Die Prinzessin ist sehr krank. Erblindung droht ihr. Vater und Mutter kann sie schon nicht mehr ansehen, weil ihr Strahlenglanz ihre Augen blendet. Ihren goldenen Kamm hat sie verloren. Dieser Kamm besitzt geheimnisvolle Macht. Solange er in ihren Haaren steckte, konnte sie furchtlos in das Licht schauen, das Mond und Sternenkönigin ausstrahlten."

„Ein goldener Kamm, sagst du? Aber den habe ich ja, auf dem Herzen trage ich ihn. Ich fand ihn hier an der Quelle, als die Prinzessin vom Himmel kam, um Wasser zu holen."

„Ohne diesen Kamm wird die Prinzessin für immer blind werden", bemerkte das grüne Fröschlein.

„Das kann und darf nicht geschehen!" rief Tangali. „Mainu, du mußt der Prinzessin diesen Kamm geben."

„Gut, wirf ihn mir in die Quelle und komm morgen früh wieder."

Als die Dämmerung hereinbrach und der Sternenkönigin Dienerinnen nach Wasser kamen, sprang das Fröschlein in ihren Krug, dabei hielt es den goldenen Kamm in den Vorderpfötchen.

Finsternis herrschte im Zimmer der Prinzessin. Die Tochter des Himmels lag auf ihrem Bette mit geschlossenen Augen, sie weinte und beklagte ihr Schicksal.

Mainu hüpfte aus dem Krug und warf den goldenen Kamm auf die Hand der Prinzessin.

„Was ist das?" Sie sprang auf von ihrem Lager. „Das ist ja mein Kamm! Wie ist er hierher geraten?"

„Tangali, der große Jäger und Freund des Jaguars, meines Herrn, hat deinen Kamm an der Quelle gefunden und befohlen, ihn in den Himmel zu tragen", quakte Mainu.

„Und wie heißt du?"

„Mainu bin ich, das grüne Fröschlein."

„Aber weißt du, Mainu, warum Tangali mir den goldenen Kamm zurückgibt?"

„Ich weiß es", sagte Mainu, das grüne Fröschlein. „Seit Tangali dich an der Quelle erblickte, denkt er Tag und Nacht an dich, nur dich allein möchte er zur Frau nehmen."

„Also, er war es, der mich am Wasser erschreckte?" Nun fiel es der Prinzessin wieder ein.

„Ja, Tangali war es, der größte Jäger im Urwald."

„Sage ihm, ich werde morgen abend an der Quelle sein, denn ich möchte ihm selber Dank sagen dafür, daß er mir den Kamm zurückgab und mich bewahrte vor Erblindung."

„Vater, Mutter!" rief die Prinzessin und eilte tiefer hinein in den Himmelspalast. „Mein goldener Kamm hat sich wiedergefunden, wie glücklich bin ich, euch ohne Angst wieder anzuschauen!"

Große Freude herrschte im Himmel, alle waren fröhlich, die Sterne tanzten, sie nahmen einander bei den Händen im Ringelreihen, und so heller Glanz ging von ihnen aus in die Runde, daß die Nacht sich in Tag verwandelte.

Mainu, das grüne Fröschlein, kehrte auf gewohntem Wege zur Erde zurück, im Kruge nämlich, und als Tangali kam, berichtete es ihm von allem, was geschehen war.

Um die verabredete Zeit wartete Tangali an der Quelle.

Als die Sonne gesunken war, ließ sich die Prinzessin an einem Spinnwebfaden zur Erde herab und blieb vor dem jungen Jäger stehen.

„Sei gegrüßt, tapferer Tangali", sprach sie. „Ich will dir danken. Auch meine Eltern, der Mond, mein Vater, die Sternenkönigin, meine Mutter, wollen jenen kennenlernen, der ihrer Tochter das Augenlicht wiedergab. Was wünschest du, fordere es, du sollst alles erhalten."

„Nur eines wünsche ich mir auf der Welt", antwortete Tangali. „Daß du, Prinzessin, meine Frau wirst."

„Ich sage nicht nein", flüsterte die Prinzessin errötend. „Schicke Brautwerber zu meinen Eltern, vielleicht sind sie damit einverstanden, daß ich einen Bewohner der Erde zum Mann nehme."

„So möge Mainu mein Brautwerber sein!" rief Tangali glücklich.

Das Fröchlein, als es diese Worte vernahm, besann sich nicht lange. Hoppla! Schon saß es im Kruge und flog mit der Prinzessin zum Himmel empor.

Dort blieb es vor der Sternenkönigin stehen und sprach:

„Tangali, der große Jäger und Freund des Jaguars, bittet dich, hohe Beherrscherin des Himmels, um die Hand deiner Tochter."

Lächelnd versetzte die Sternenkönigin:

„Was ist denn das für ein Geschöpf? Ergötzlicheres sah ich mein Lebtag noch nicht. Hörst du es, meine Tochter, hier wird ein Brautwerber für dich von der Erde geschickt."

„Lächle nicht, Mütterchen", antwortete die Prinzessin, „denn jener, der Mainu, das grüne Fröschlein, als Brautwerber schickte, ist meinem Herzen teuer."

„Was sagst du, mein Kind!" rief die Königin. „Höre ich recht? Du, die Tochter der Sternenkönigin und des Mondes, solltest die Frau eines sterblichen Erdenbewohners werden?"

„So und nicht anders", erklärte die Prinzessin. „Oder hast du vergessen, Mutter, daß Tangali es war, der mir den Kamm zurückgab und mich vor ewiger Erblindung bewahrte?"

„Alle Schätze des Himmels wollen wir ihm geben, doch allzu verwegen ist er, da er es wagt, die Hand auszustrecken nach dir."

„Ich habe ihn mir auserwählt, und einen anderen mag ich nicht", beharrte die Prinzessin.

Die Sternenkönigin eilte zu ihrem Gatten und erzählte, was geschehen war.

„Hm!" brummte der Mond und strich seinen silbernen Bart. „Du sagst also, unsere Tochter will die Frau eines Menschen werden, der Tangali heißt? Ich kenne ihn. Oft schon sah ich ihn des Nachts auf Raubtierjagd. Sogar der Jaguar fürchtete ihn. Tangali ist ein tüchtiger Jäger. Es tut mir nicht leid, einem solchen Mann meine einzige Tochter zur Frau zu geben."

„Was sagen wir denn nun dem Brautwerber Mainu?" fragte die Königin.

„Sage dem grünen Fröschlein, Tangali möge uns für unsere Tochter ein Brautgeld senden, wie es Brauch ist."

„Aber was für ein Brautgeld verlangen wir denn?"

„Tangali soll uns schenken, was auf Erden am kostbarsten ist."

„Es tut mir leid, mein Kind einem Sohn der Erde zu geben, aber was soll ich tun? Ich kann doch nicht meiner Tochter und auch noch meinem eigenen Mann widersprechen!" Die Königin seufzte.

Da Mainu der Sternenkönigin Antwort vernahm, wartete das grüne Fröschlein gar nicht erst den Abend ab, sondern es ließ sich mit dem Regen zur Erde niederfallen und eilte zur Quelle.

„Tangali!" rief es. „Tangali! Gute Kunde habe ich für dich."

„Sprich, Mainu! Seit gestern habe ich mich nicht von diesem Ort hinwegbegeben, ich konnte dich kaum erwarten. Welche Antwort bringst du mir?"

„Hier die Worte des Mondes und der Sternenkönigin: ‚Tangali möge den Eltern das Brautgeld senden, wie es Brauch ist.' "

„Was für Brautgeld wollen sie denn?" fragte Tangali ungeduldig.

„Du sollst ihnen geben, was auf Erden den höchsten Wert besitzt."

„Was könnte das sein? Vielleicht Gold. Es gibt doch nichts, das mehr Wert besäße als Gold."

„Ich denke, das Wasser ist es. Nichts Herrlicheres kenne ich als Wasser", sagte Mainu.

„Aber vielleicht sind es Diamanten, die sich bergen in der Erde Tiefen? Oder vielleicht Eisen, aus dem Schwerter und Lanzenspitzen geschmiedet werden? Ich sehe schon, wir beide allein finden es nicht heraus. Den Jaguar müssen wir fragen."

Als der Jaguar erschien, wollte Tangali von ihm wissen:

„Was hältst du für das Wertvollste auf Erden?"

„Das hängt davon ab, für wen. Für mich zum Beispiel ist es die Freiheit. Ich schätze sie über alles", entgegnete der Jaguar.

„Nein, um Freiheit geht es den Eltern meiner Verlobten nicht, was könnte solch ein Brautgeld ihnen schon nützen, denn wer ist wohl freier als Mond und Sternenkönigin?" meinte Tangali.

„Weißt du was? Mir kommt da ein Gedanke. Wir wollen alle Tiere zusammenrufen und ihre Meinung erfahren", schlug der Jaguar vor.

„So wird es am besten sein."

Der Jaguar rief alle Tiere aus dem ganzen Urwald zur Beratung. Tangali stand vor ihnen und fragte:

„Was haltet ihr für das Wertvollste auf Erden?"

Die Hirsche und Rehe meinten, das Gras sei am wertvollsten, Panther, Wildkatze und Puma nannten frisches Fleisch, die Schlange zischte: „Vogeleier", das Eichhörnchen rief: „Nüsse!", die kleinen Vögel zwitscherten: „Fliegen und Schmetterlinge", die Möwen schrien: „Fische!", und die Bienen summten: „Blüten und Honig."

Tangali hörte zu, lauschte, dachte gründlich nach über jeden Rat, doch keiner erschien ihm gut.

Da kroch die Ameise unter einem Zweiglein hervor.

„Und ich sage euch, die Körner des Getreides und die Samen der Gräser sind das Wertvollste auf Erden. Die Menschen ernähren sich von ihren Früchten, viele Tiere fressen davon, und sogar die fleischfressenden Geschöpfe könnten ohne Getreide nicht leben, denn was sollten sie fressen, wenn Mangel herrschte an Ziegen, Hirschen, Schafen und allen Grasfressern?"

‚Die Ameise hat recht', überlegte Tangali. Laut aber sagte er: „Ja, ich werde meinen künftigen Schwiegereltern Getreide schicken."

Er trat an die Quelle, rief sein treues grünes Fröschlein und sagte:

„Hier, Mainu, hast du Körner und Samen von allen Getreidearten und Gräsern, die auf der Erde wachsen. Trage sie hin zur Sternenkönigin und zum Monde als Brautgeld für meine Verlobte."

Das Fröschlein wartete bis zum Abend, und als die Dienerinnen der Sternenkönigin nach Wasser kamen, sammelte es die Körnchen auf und sprang in den Krug.

Im Zimmer der Prinzessin hüpfte das Fröschlein leise in eine Ecke und wartete.

Die Prinzessin trat ein, kämmte sich mit dem goldenen Kamm ihre Haare, summte ein munteres Liedchen, und dann füllte sie drei Becher mit Wasser aus dem Krug.

Ein Weilchen später erschien das Königspaar. Alle drei tranken Wasser aus den Bechern, und als sie sich sattgetrunken hatten, meinte der Mond:

„Wo bleibt denn nun der Brautwerber, was soll das heißen?"

„Da ist er ja!" rief die Prinzessin und klatschte vor Freude in die Hände.

Denn just in diesem Augenblick kam Mainu aus seiner Ecke hervorgehüpft. Vor dem Königspaar blieb das Fröschlein stehen, schüttete die Getreidekörner zu seinen Füßen und sprach:

„Tangali, der große Jäger, Tangali, der Freund des Jaguars, sendet euch das Hochzeitsgeschenk für seine Verlobte."

Der Mond strich seinen Bart, zwirbelte den silbernen Schnurrbart gar, weil er so zufrieden war, dann lächelte er von einem Ohr zum anderen und rief:

„Siehst du es nun, Frau, was für einen klugen Schwiegersohn wir haben werden? Nur Getreide fehlte uns noch im Himmel. Nun kannst du knusprige braune Brote backen, süße Kuchen und Brötchen. Es gibt wirklich nichts besseres auf der Erde und im Himmel als Brot."

Die Sternenkönigin nahm das Hochzeitsgeschenk mit dankbarem Herzen an und ließ sogleich die Reise für die Tochter ausrichten.

Bald darauf begab sich die Prinzessin in Begleitung ihrer Dienerinnen an Spinnwebfäden zur Erde nieder und wurde die Frau des Jägers. Laut und fröhlich ging es auf der Hochzeit zu, von allem gab es reichlich. Der Jaguar und alle Urwaldbewohner erschienen zu Gast, auch die hellen Sterne stellten sich ein, und der Mond saß mit seiner Gattin auf silbernem Throne da. Mainu, das grüne Fröschlein aber, quakte vergnügt und sprang vor Freude fast bis an den Himmel.

SONNE UND MOND

Einst ging der Sonnenmann vom Himmel hinab auf die Erde, denn aus der Höhe hatte er eine prächtige Büffelherde in der Prärie erspäht.

„Diese Büffel werde ich jagen", sprach der Sonnenmann und begann sie mit dem Lasso einzufangen.

Der Mond sah dies von ferne. Ein wenig neidisch auf seinen Nachbarn, ließ auch er sich an silbernen Strahlen zur Erde hinab. Er holte den Sonnenmann fast ein, dann wieder war jener im hohen Grase verschwunden. Endlich stieß er auf seine Spuren, ging hin zu ihm und sagte:

„Wie gelingt dir die Jagd, Nachbar?"

„Nicht übel. Sieh nur, welch schöne Tiere ich erlegt habe."

„Hm, hm, in der Tat, sie sind prachtvoll", murmelte der Mond, denn der Neid hatte ihn gepackt.

„Ich muß sie in den Wigwam schleppen, er ist hier ganz in der Nähe. Wirst du mir helfen, Bleicher Bruder?"

„Warum nicht? Ich helfe dir."

Also schleppte der Mond gemeinsam mit dem Sonnenmann die Büffel durch die Prärie.

Der Sonnenmann aber war stärker und schneller, er war dem Mond immer weit voraus, kaum sein Kopf war zu sehen im Gebüsch.

„He, wo bist du denn, Nachbar?" rief der Mond. „So warte doch auf mich, ich werde mich noch verirren."

„Mein Wigwam ist schon ganz nahe!" schrie der Sonnenmann von weitem.

Der Mond schleppte das Büffelfleisch, er schleppte es, tief niedergebeugt unter der Last, Schweiß rann ihm von der Stirn, sein Atem reichte nicht in der Brust.

„Ach, hätte ich nur ein Tröpfchen Wasser."

Plötzlich sah er so etwas Ähnliches wie einen Flaschenkürbis an einem Baum hängen.

‚Vielleicht ist Wasser drin', dachte der Mond und nahm den Flaschenkürbis vom Zweig. „Au, au, au!" begann er laut zu schreien.

„Was ist denn geschehen, Bleicher Bruder?" rief der Sonnenmann.

„Die Wespen haben mich gestochen! Sie sind aus dem Flaschenkürbis herausgeflogen, der da am Baum hing."

Und der Mond begann mit den Armen zu fuchteln, sich der Wespen zu erwehren, sie zu vertreiben. Aber die Wespen fielen wie eine Wolke über ihn her, sie bissen, stachen und zwackten ihn ins Gesicht, die Augen, die Nase, den Mund, den Hals, auch in die Kehle, Stirn, überallhin. Der Mond schwoll auf wie ein Kürbis.

„Ich kann nichts sehen", heulte er. „Wo bist du denn nur, Nachbar?"

„Hier, hier, unter dem Baum! Komm zu mir."

Der Mond schleppte, tastete sich vorwärts, konnte kaum aus den Augen sehen. Stolperte über einen Baumstumpf, schlug sich das Bein wund, konnte nicht mehr gehen.

„Was soll nun werden mit mir, Nachbar? Keinen Schritt komme ich weiter."

„Ich nehme dich Huckepack", erklärte der Sonnenmann. „Sei nicht traurig."

Der Sonnenmann nahm den Mond Huckepack. Fast brach er zusammen unter der Last, aber nichts passierte, er trug ihn in den Wigwam.

Dort zog er ihm die Wespenstacheln aus dem Körper, rieb ihm das Gesicht mit einer Wundsalbe ein, und der Mond wurde wieder gesund.

Seitdem brachen Sonnenmann und Mond oft gemeinsam zur Jagd auf.

„Du gehst nach Westen und verfolgst den Bären, ich aber werde mich nach Osten wenden, denn ich sah dort viele Spuren der rentierähnlichen Karibus. Du wirst nachts jagen und ich am Tage. Am Abend und am Morgen treffen wir uns im Wigwam und teilen unsere Beute."

„Na schön", sagte der Mond, denn er war verträglich von Natur, neigte nicht zum Streit.

Lange Zeit wanderten der Sonnenmann und der Mond so über die Erde, doch schließlich ward ihnen das einsame Leben leid.

„Man hat ja niemand, mit dem man reden oder lachen kann, leer ist der Wigwam. Entweder schläfst du, wenn ich heimkehre von der Jagd, oder du triffst Vorbereitungen zum Aufbruch. Langweilig ist es", beklagte sich der Mond.

„Wir müssen uns etwas ausdenken", entschied der Sonnenmann.

Und er trug zwei Zwergpapageien in den Wigwam. Sie schüttelten ihre blauen Flügelchen, schwatzten miteinander, erhoben auch lautes Geschrei. Lustig ward es im Wigwam.

Eines Nachts, als der Sonnenmann schlief, der Mond aber noch nicht heimgekehrt war von der Jagd, da sprach ein Papagei zum anderen:

„Unsere beiden Herren tun mir sehr leid. Müde kommen sie von der Jagd zurück und müssen selber Feuer entfachen, Essen kochen und Kleidung nähen."

„Dabei vergessen sie auch uns nicht, Körner schütten sie uns hin, stellen uns frisches Wasser auf", fügte der andere Zwergpapagei hinzu. „Wie könnte man ihnen nur helfen?"

„Weißt du, was mir gerade in den Sinn kam?" fragte der ältere Zwergpapagei den jüngeren.

„Vielleicht ist es das Gleiche, woran auch ich denke. Aber was kam dir denn in den Sinn?"

„Bestimmt ist es das Gleiche wie dir!"

„Aber was, was denn nur, was, was, was?" schrie der ältere Zwergpapagei.

„Mein Herr, der Mond, trägt in seiner Jagdtasche Mondkraut, das sieht aus wie silbernes Moos", sprach das jüngere Vöglein.

„Der Sonnenmann aber trägt Sonnenkräuter bei sich, wie Mais sehen sie aus", schrie das ältere Vögelchen, dem anderen ins Wort fallend.

„Na, und? Na, und? Na, was?" rief ungeduldig das jüngere Tierchen.

„Wer vom Sud aus diesen Kräutern trinkt, kann sich in ein Mädchen verwandeln. Aber, pst! pst! Das ist ein Geheimnis", flüsterte der ältere Zwergpapagei dem jüngeren zu, wobei er sich nach allen Seiten umsah.

„Ich weiß schon, was wir tun, ich weiß, ich weiß es!" schrie das jüngere Vöglein.

Sie stahlen die geheimnisvollen Kräuter aus den Jagdtaschen ihrer Herren, tranken von ihrem Sud und verwandelten sich augenblicklich in zwei allerliebste Mädchen, das ältere in ein Sonnenmädchen, das jüngere in ein Mondmädchen.

Munter machten sie sich an die Arbeit, sie räumten die Wigwams hübsch auf, rupften Moos und pflückten weiche grüne Zweige für die Ruhelager.

Zwischen Steinen zerrieben sie Körner, zerstampften sie im Mörser, buken Fladen daraus, kochten das Essen, dabei aber lachten sie und schwatzten miteinander wie echte Zwergpapageien.

Ein wenig erstaunt über den Lärm erwachte der Sonnenmann, und auch der Mond kam herbei, angelockt vom lauten Gelächter.

Und der Sonnenmann nahm das Sonnenmädchen zur Frau, der Mond aber heiratete das Mondfräulein.

Von nun an ging es laut und lustig zu in ihren Wigwams, Kinder stellten sich ein, immer mehr, ein ganzes kleines Dorf füllte sich mit Menschen.

Die Zeit verging, die Kinder wuchsen heran, Mond und Sonnenmann wurden Großväter, schließlich Urgroßväter, noch etwas später Ururgroßväter und am Ende gar Ururururur... Sie waren schon gar nicht mehr imstande, ihre Nachkommenschaft zu zählen.

Eines Tages saß der Sonnenmann vor seinem Hause auf dem Erdwall und paffte schweigend seine Pfeife.

Der Mond kam heran, begrüßte den Nachbarn, dann aber ließ er den kahlen Kopf hängen und seufzte schwer.

„Weißt du was, Nachbar? Ich habe das Leben satt auf der Erde, Sehnsucht empfinde ich nach dem Himmel. Was würdest du sagen, wenn wir beide dorthin zurückkehrten, wo wir hergekommen sind?" fragte er.

„Auch ich habe schon daran gedacht", erwiderte der Sonnenmann. „Hier auf der Erde werden Menschen und Tiere auch ohne uns fertig, dort aber sind wir mehr vonnöten. Übrigens werden wir auch sowieso die Welt weiter beleuchten, bei Tag und bei Nacht."

„Also worauf warten wir noch? Wir sollten nichts aufschieben", sagte der Mond. „Wenn es heißt, heimkehren, dann kehren wir heim. Im Morgengrauen brechen wir auf, denn weit ist der Weg."

Noch ehe die Morgendämmerung heraufzog, waren beide reisefertig. Lange wanderten sie, endlich fanden sie den Himmelspfad. Der Sonnenmann war stärker, also eilte er dem Mond immer ein Stückchen voraus. Aber er brauchte nicht lange zu warten, da tauchte der Nachbar bereits in einiger Entfernung auf.

Seither wandern sie beide am Himmel dahin, schauen zur Erde hinab, und sie denken zurück an alte Geschichten...

DIE GESCHICHTE VON DER SONNE, DEM MOND UND DEM HAHN

Vor Jahren, vor Jahrhunderten, da lebte am Ufer des Ganges, des heiligen Flusses, ein Hahn mit Federn, die spielten in allen Farben des Regenbogens, ja, sie funkelten gar wie Gold und Silber.

Kaum daß die Sonne sich erhob über dem Dschungel, da sprang der Hahn auf und begrüßte mit triumphierender, jubelnder Stimme ihre Strahlen:

„Zakarii, zakarii!" was in der indischen Sprache bedeutet: „O Sonne, mein Bruder, sei mir gegrüßt!"

Die aus dem Schlaf gerissenen Bambusstauden, Palmen und Schilfrohre am Ufer konnten nicht genug staunen über des Hahnes tägliches Gebet.

Bis einst die Wogen des greisen Ganges, der sich sehr ferne zurückliegender Zeiten entsinnt, anhuben, eine gar seltsame Geschichte zu erzählen. Das biegsame, geschmeidige Schilf neigte seine Schopfbüschel, die hoch emporragenden Palmen wiegten sich unruhig, am Himmel aber eilten weiße Wolken dahin, um der Wogen Märchen zu erlauschen.

„Höret, o hört, was der heilige Ganges spricht! Ein großes Geheimnis enthüllen wir euch.

Einst waren drei Brüder, Sonnenjüngling, Mond und Hahn. In Glück und Eintracht lebten sie miteinander. Doch eines Tages schlich der Sonnenjüngling aus dem Himmelspalast und begab sich auf weite Reise.

Plötzlich geschah ein Unglück.

So lange die drei zusammen gewesen waren, hatte brüderliche Liebe und Eintracht in ihrem Hause geherrscht, doch als der Sonnenjüngling nicht mehr da war, begannen sich Mond und Hahn zu streiten. Der Mond befahl seinem Bruder, dem Hahn, die Herden heranzutreiben, die sich im dichten Himmelsdschungel verirrt hatten. Der goldgefiederte Hahn war beleidigt, weil sein Bruder ihm so harten Befehl erteilte, er empörte sich und erfüllte seinen Wunsch nicht. Da packte der erzürnte Mond ihn beim korallenroten Kamm und schleuderte den Hahn vom Himmel hinab auf die Erde.

Als der Sonnenjüngling von seiner Wanderung zurückkehrte, traf er den Hahn nicht mehr im Palast an. Der Mond berichtete ihm von seinem Streit mit dem Bruder und wie er ihn auf die Erde hinuntergestoßen hatte.

Da ward der Sonnenjüngling betrübt in seinem Herzen, und er sprach:

„Mond, mein Bruder, da du es nicht verstanden hast, in Eintracht zu leben mit dem Goldgefiederten, werden sich auch unsere Wege trennen. Du wirst Herr der Nacht, der Tag aber wird mir gehören."

So trennten sich die drei Brüder.

Jeden Morgen nun, wenn der Sonnenjüngling seine Wanderung antritt, erwacht der Hahn aus nächtlicher Finsternis, begrüßt freudig seinen Bruder und schreit laut:

‚Zakarii, zakarii!' Und dabei freut er sich, daß er den Sonnenbruder wenigstens von weitem sehen kann. Doch wenn der Sonnenjüngling am Himmel untergeht und der Mond hinter den Wolken hervorschwimmt, dann steckt der Hahn erschrocken den Kopf ins Gefieder, schmiegt sich in sein Bambusnest, um das pausbäckige Gesicht seines zweiten Bruders nicht sehen zu müssen."

Die Wogen verstummten. Das Schilf aber, die Palmen und die Wolken spannen das Märchen von den drei Brüdern noch lange weiter: vom guten Sonnenjüngling, dem bösen Mond und dem unglücklichen Hahn.

VOM KAISERSOHN, DER IN EINE SCHLANGE VERWANDELT WURDE, UND SEINER TREUEN FRAU, DIE IHN IN ALLER WELT SUCHTE, BEI DER SONNE, BEIM WIND UND IHN MIT MONDES HILFE VOM ZAUBER ERLÖSTE

Einst lebte eine Kaiserin in einem großen Schloß. Obwohl es an ihrem Hofe alles gab in Hülle und Fülle, obwohl sie in Gold und Silber gekleidet ging und alle Leute sich vor ihr bis an den Erdboden verneigten, herrschte kein Glück in ihrem Herzen, denn Kinder hatte sie nicht und bekam sie auch keine. Bittere Tränen vergoß die Kaiserin in den Nächten, wenn niemand sie sehen konnte, sie schluchzte, seufzte und weinte sich die Augen aus.

Eines Abends, als der junge Mond am Himmel erstrahlte, begab sich die Kaiserin auf einen Spaziergang durch die Gärten, von denen der Palast umgeben war. Plötzlich glitt eine schwarze, glänzende Schlange über den Pfad, den das Mondlicht versilberte.

Entsetzt schrien die Hofdamen auf, aber die Kaiserin, die nur von einem Gedanken beherrscht war, erschrak überhaupt nicht, sondern sie hob den Kopf, blickte zum mondhellen Himmel empor, seufzte und flüsterte:

„Ach, könnte doch wenigstens die Schlange mein Sohn sein!"

Die Kaiserin kehrte in den Palast zurück, in ihre schönen Gemächer, schaute hin, da stand doch in ihrem Schlafzimmer eine kleine, aus Weidenruten geflochtene Wiege, und darin, auf einem Lager aus grünem Moose, lag eine schwarze Schlange mit einem silbernen Zeichen auf dem Kopf, das ähnelte des jungen Mondes silberner Sichel.

Die Kaiserin trat hinzu, beugte sich über die Wiege, begann sie sacht zu schaukeln, und dabei sang sie:

„Schlaf, mein Söhnchen, schlaf,
Söhnchen, das der Mond mir sandte.
Schlaf, mein armes Kindchen,
Von den Menschen bist du nicht,
Auch nicht von den Schlangen..."

Der Schlangensohn hob den Kopf, die Mondsichel funkelte auf seiner Stirn, und die Kaiserin vernahm Worte, die er mit Menschenstimme sprach:

„Aus der Höhe herab komme ich zu dir, komme zu dir aus weiter Ferne. In deine Obhut begebe ich mich, dafür aber werde ich Glück dir senden, Gesundheit und auch Wohlergehen für dein Reich, Macht für deine Krone."

Zwanzig Jahre lang zog die Kaiserin ihren Schlangensohn auf, hielt ihn wie ihr eigen Kind, dem Volk befahl sie, ihn als Kaisersohn zu verehren, eine goldene Krone tat sie ihm auf den Kopf und setzte ihn auf den Thron. Als der Schlangenprinz sein zwanzigstes Lebensjahr vollendet hatte, sprach er zur Kaiserin:

„An der Zeit ist es für mich, eine Frau zu nehmen, Mutter. Suche mir eine Verlobte aus unter den Hofdamen."

„Ach, mein Söhnchen, mein geliebter Schlangensohn. Wo nehme ich nur eine Frau her für dich, will doch keines der Fräulein dich haben, jedes flieht aus Angst vor dir."

„Sei nicht traurig, Mutter. Morgen, sobald es hell wird, krieche ich hinaus auf den Gartenpfad. Dort wird meine künftige Verlobte mir begegnen."

Am nächsten Morgen, ganz in der Frühe, kroch der Schlangensohn hinaus ins Gras und schließlich quer über den Pfad.

Da kam gerade vom Schloß her ein schönes Fräulein gegangen, von Adel war es, aber arm, ein Waisenkind, hatte nicht Vater noch Mutter, und böse Menschen hatten es aus seinem Besitztum vertrieben. Aus Mitleid hatte die Kaiserin das junge Mädchen in ihr Schloß genommen und es zu ihrer Hofdame gemacht.

Der Schlangensohn zischte, sein biegsamer, elastischer Körper wölbte sich empor wie zum Sprunge, er wiegte den Kopf hin und her, die silberne Sichel auf seiner Stirn funkelte, und mit seinen grünen Augen sah er das Fräulein an. Als hätte sie sich verbrüht, so sprang sie beiseite, schrie auf, faßte sich ans Herz, sank vor Schreck zu Boden, war einer Ohnmacht nahe.

Da vernahm sie eine freundliche, angenehme Stimme.

„Fürchte dich nicht, schönes Fräulein, ich tue dir kein Leid, stehe dir vielmehr zu Diensten. Was immer du dir wünschest, werde ich dir sogleich mit Freuden erfüllen."

Das Fräulein tat die Augen auf, da stand ein junger Herr vor ihr, gar schmuck anzusehen, wie der Prinz im Märchen, mit einem Silberreif auf der Stirn und einem kleinen silbernen Schwert am Gurt.

Artig verneigte er sich vor ihr und sprach:

„Seit langem schon warte ich auf dich, denn vom Schicksal bist du mir vorbestimmt, und ohne dich gibt es kein Glück für mich auf der Erde. Willst du meine Frau werden und Kaiserin sein? All meine Hoffnung setze ich auf dich, bist du doch imstande, bösen Zauber von mir zu nehmen und mir für immer meine menschliche Gestalt zurückzugeben. Auf den Knien flehe ich dich an, stoße mich nicht zurück, verschließe dich nicht meinen Bitten und meiner Liebe. Das Urteil erwarte ich aus deinem Munde, wird es Glück mir bringen oder mich in Verzweiflung stürzen?"

Solcher Zauber war in seiner Stimme, in seinen Augen solche Glut, so stark sein Flehen, daß das Mädchen, noch ehe es sich's versah, auch schon den Verlobungsring am Ringfinger spürte. Kaum aber war dies geschehen, da werschwand der junge Ritter, und an seiner Stelle erschien wieder der schwarze Schlangenprinz.

Die Kaiserin, als sie es erfuhr, lachte und weinte vor Freude, überschüttete ihre künftige Schwiegertochter mit Kleinodien und Gold und ließ in alle Himmelsrichtungen verkünden, der Kaisersohn werde Hochzeit feiern.

Auf der Hochzeit aßen und tranken die Gäste, Glück wünschten sie dem jungen Paare, doch kaum waren die Neuvermählten in ihre Zimmer gegangen, da fuhren auch die Gäste schweigend, ängstliche Blicke um sich werfend oder mit verstohlenem Flüstern auf und davon. Insgeheim tuschelte man, es sei doch nicht recht, eine Jungfrau vom Menschengeschlecht mit einer Schlange zu verheiraten, das wäre ja unerhört!

Aber laut darüber zu sprechen, wagte niemand, denn der Kaiserin Macht war ungeheuer groß, und es liefen gar Gerüchte um, sie könne zaubern, und wenn sie erst einmal auf jemanden Zorn habe, könne sie einen Menschen in einen Esel verwandeln oder ein Schwein, und deshalb wäre es besser, sich ihr nicht in den Weg zu stellen.

Indessen sah die junge Frau von Tag zu Tag wohler aus, vergnügt war sie und lachte, sie strahlte einfach vor Glück.

Die Leute wunderten sich, sie zerbrachen sich die Köpfe, wurden nachdenklich. Steckte irgendein Zauber dahinter? Selbst die Schwiegermutter, die Kaiserin, spürte ein Geheimnis in alledem und begann die Schwiegertochter nach ihrem Schlangengatten auszufragen.

„Die glücklichste aller Frauen bin ich", sagte die junge Frau zur Schwiegermutter und vertraute ihr das Geheimnis an. „Mein Mann wirft des Nachts seine Schlangenhaut ab und steht als herrlicher Ritter da. So strahlend ist seine Schönheit, daß alle Königssöhne auf der ganzen Welt neben ihm verblassen. Auf seiner Stirn funkelt eine silberne Sichel, die spendet uns Licht in der Finsternis, seine Augen aber brennen wie zwei Sonnen, schlank ist seine Gestalt wie die einer Pappel und biegsam wie Schilfrohr."

Die Kaiserin hörte zu, und ihr Herz weitete sich vor Freude und Stolz. Da kam ihr ein Gedanke.

„Höre einmal", sprach die Kaiserin zur Schwiegertochter. „Wenn dein Mann heute nacht die Schlangenhaut abwirft, um Menschengestalt anzunehmen, so trage sie doch verstohlen beiseite und bringe sie zu mir. Ich werde es so einrichten, daß er sich nicht wieder in eine Schlange zurückverwandeln kann, sondern für immer in Menschengestalt bleibt."

In der Nacht tat die junge Frau, wie ihre Schwiegermutter sie geheißen hatte. Diese aber nahm die kaiserliche Schlangenhaut und warf sie ins Feuer, damit ihr Sohn sie niemals mehr überstreifen konnte.

Kaum aber ward die Schlangenhaut vom Feuer erfaßt, da vernahm man im schlafenden Schloß einen schmerzlichen Schrei.

„Es ist meines Mannes Stimme!" rief die junge Frau und eilte erschrocken zusammen mit der Kaiserin ins Schlafzimmer. Dort fanden sie den Kaisersohn ohne einen Tropfen Blut im Gesicht, blaß wie der Mond am Himmel.

„Was habt ihr mir nur angetan, Mutter und Frau? Nur drei Nächte noch, und der böse Zauber hätte seine Macht verloren über mich. Nun aber werdet ihr mich nicht mehr sehen auf dem Schloß. Weit fort muß ich gehen, hoch empor in die Höhe, wo keines Menschen Blick mich erreicht."

Die Kaiserin, seine Mutter, begann zu weinen, kläglich zu schluchzen die junge Frau.

„Verlasse mich nicht, mein geliebter Mann, will ohne dich nicht leben auf der Welt", sagte sie tränenüberströmt. „Versprich mir, daß ich dich wiedersehe, trage ich doch dein Kind unter dem Herzen."

„Nur eines kann uns noch retten", sprach der Ritter betrübt, dabei aber ward sein Gesicht immer weißer, immer blasser. „Wenn du mich suchen wolltest in aller Welt, aber nicht in einer goldenen Karosse oder zu Pferd, auch auf keinem Maultier oder Esel, sondern zu Fuß, mit eisernen Schuhen an den Füßen müßtest du gehen und dich auf einen eisernen Wanderstab stützen."

,,Um dich, mein lieber Mann, nicht für immer zu verlieren, wäre ich bereit, dich auf den Knien zu suchen auf der Erde oder im Himmel."

,,Ach, meine geliebte Frau, nicht früher findest du mich, ehe du die eisernen Schuhe nicht abgerissen, den eisernen Wanderstab nicht zerbrochen hast, das Söhnchen aber wirst du nicht eher zur Welt bringen, es sei denn, daß ich den rechten Arm um dich lege", bemerkte der Ritter noch und verschwand vor ihren Augen.

Die Kaiserin rang die Hände, verzweifelt weinte ihre Schwiegertochter. Im Morgengrauen ging die junge Frau zum Schmied.

,,Fertige mir", so sprach sie, ,,Schuhe aus Eisen und schmiede mir auch einen eisernen Wanderstab. Muß allein hinausziehen in die Welt, meinen Mann suchen, den ich verloren habe."

Also wanderte die junge Frau durch die ganze Welt, im Winter wie im Sommer ging sie immer geradeaus, fragte überall nach ihrem geliebten Mann. Doch niemand auf der Welt hatte ihn gesehen, noch etwas von ihm gehört.

Mitten im düsteren Wald irrte sie umher, erklomm gar einen sehr hohen Berg, und so gelangte sie schließlich ins Sonnenhaus. Stand auf der Türschwelle und verneigte sich tief vor einem altersgebeugten Mütterchen, das Gesicht voller Runzeln wie ein welker Apfel, der aber innen noch ganz frisch ist und saftig.

Das war die Mutter des Sonnenjünglings. Sie wollte mit bloßen Händen die Glut entfachen im Herde. Da sie dies sah, sprang die junge Frau hinzu, riß die Kante ihres Umhangs ab und umwand damit die Hände der alten Frau, damit sie sich nicht wehtat.

Die Sonnenmutter war gerührt und fragte freundlich:

,,Was führt dich denn zu uns, du Paradiesseele?"

,,Meinen Mann suche ich in aller Welt", antwortete ihr die junge Frau. ,,Böser Zauber hat ihn in eine Schlange verwandelt. Die Kaiserin, meine Schwiegermutter, hatte ihn aufgezogen wie ihren eigenen Sohn. Des Nachts nahm er Menschengestalt an, wurde ein schöner Ritter, so schön, daß man wohl kaum einen gefunden hätte, der ihn übertraf, aber tagsüber mußte er sich wieder in die Schlangenhaut hüllen. Nur drei Nächte noch trennten ihn von der Erlösung aus dem Zauber. Wäre unsere Ungeduld nicht gewesen, dann wäre er Mensch geworden für immer, und ich hätte ihn niemals verloren. Doch auf den Rat meiner Schwiegermutter, der Kaiserin, nahm ich ihm sein Schlangengewand in der Nacht, die Kaiserin verbrannte es, und so geschah denn das Unglück. Mein Mann mußte aus dem Schloß verschwinden, ich wiederum werde ihn nicht eher finden, als bis meine eisernen Schuhe verschlissen sind und mein eiserner Wanderstab zerbricht.

Sage mir, Sonnenmutter, wo ist mein Liebster, hast du ihn vielleicht hier oben gesehen? Auf der Stirn trägt er des Mondes Zeichen, seine Augen blitzen, seinesgleichen findet man nicht in aller Welt."

„Deinen Mann habe ich nicht gesehen, aber sei nicht traurig. Wenn mein Sohn heimkehrt, der Sonnenjüngling, werden wir ihn fragen. Er sieht alles und müßte ihn vom Himmel aus irgendwo erspäht haben. Wärme dich einstweilen am Feuer, bist ja halb erfroren, wie ich sehe, denn im Gebirge sind die Abende kalt. Ruhe dich hier ein wenig aus, armes Kind, iß etwas, trinke frische Milch und sammle Kräfte."

Die gutmütige alte Sonnenmutter begann sich zu tummeln, rasch brachte sie der armen jungen Wandersfrau Essen herbei, stellte ein Krüglein Milch vor sie hin, legte auch ein Stück Brot dazu. Da ließ sich ein Rauschen vernehmen hinter dem Fensterchen der Hütte.

„Jetzt verbirg dich schnell", sprach die Alte und führte ihren Gast in die Kammer. „Mein Sohn kommt zurück, der Sonnenjüngling. Offenbar ist er heute zornig über die häßlichen Wolken, und müde wird er auch sein nach seiner ganztägigen Wanderung, also zeige dich seinen Augen nicht sogleich. Erst wenn er etwas gegessen und getrunken, sobald er sich ein wenig ausgeruht hat von seiner Arbeit, werde ich dir ein Zeichen geben. Dann komme mutig heraus und frage ihn selber nach deinem Mann. Inzwischen bleibe hier im Versteck sitzen, aber mucksmäuschenstill, sonst ergeht es dir übel."

Die Alte legte den Finger an die Lippen und konnte gerade noch die Kammertür schließen, als goldenes Licht die Stube erhellte. Der Sonnenjüngling stand auf der Türschwelle, gewaltig, leuchtend, mit einer Strahlenkrone um die Stirn.

„Sei gegrüßt, Mutter!" rief er mit Donnerstimme. „Wer war denn bei dir? Ich rieche in der Hütte eine Paradiesseele!"

„Ach, Söhnchen, offenbar träumst du. Wer sollte schon bei mir gewesen sein?" versetzte die gute Alte, aber da sie es nicht gewöhnt war, Geheimnisse zu haben vor ihrem Sohn, verschluckte sie sich und blickte immer wieder unruhig nach der Kammertür.

Zum Glück wurde der Sohn nichts gewahr, denn hungrig war er und müde nach langer Wanderung, also brachte sie ihm rasch Essen und Trinken.

Erst als er sich gehörig sattgegessen hatte, sagte die Mutter lächelnd:
„Nun will ich dir die Wahrheit gestehen, mein Sohn. Es ist wirklich eine Paradiesseele zu uns gekommen, in der Kammer wartet sie auf dich."

„Das habe ich doch gleich gesehen, Mutter!" meinte der Sonnenjüngling. „Sie soll ruhig herauskommen aus der Kammer zu mir, ich werde doch dem armen Ding nichts zuleide tun."

Die blasse junge Wandersfrau in den eisernen Schuhen und mit dem eisernen Wanderstab in der Hand betrat die Stube, verneigte sich tief, ganz tief, umfaßte seine Knie und bat:

„Sage mir, strahlender Sonnenjüngling, hast du nicht irgendwo in der Welt meinen lieben Mann gesehen?"

„Habe ihn nirgends gesehen auf der Erde, doch ich wandere ja nur am Tage über den Himmel. Einen Rat will ich dir geben. Gehe hin zum Wind, er weht Tag und Nacht, und frage ihn, ob er deinen Mann nicht irgendwo in der Dunkelheit sah."

Die schöne junge Wandersfrau verneigte sich, dankte der Sonnenmutter für die Bewirtung, ergriff ihren Wanderstab und strebte dem Ausgang zu.

„Nimm noch diese Geschenke von mir zur Erinnerung, mein Kind", sagte die Sonnenmutter und gab ihr zum Abschied einen goldenen Spinnrocken, eine goldene Spindel und eine Strähne goldenen Flachses.

So beschenkt wanderte die junge Frau weiter bis zur Hütte des Windes. Auf der Schwelle stand die alte Windmutter und begrüßte lächelnd ihren Gast.

„Wo kommst du her, und warum bist du auf Wanderschaft, mein Paradiesseelchen?"

Artig begrüßte die junge Frau die Windmutter, sie küßte ihre Hand und bat sie um Hilfe, um Fürsprache bei ihrem Sohn.

„Aber worum möchtest du meinen Sohn denn bitten", fragte die Windmutter wohlwollend.

Da erzählte sie der Windmutter ihre ganze Geschichte. Sie suche ihren Gatten, über den böser Zauber Gewalt habe, wie sie ohne Ruh noch Rast die ganze Welt durchwandert habe und schließlich im Sonnenhaus eingekehrt sei und daß der Sonnenjüngling sie zum Wind geschickt habe.

Die gutmütige Hausfrau gab ihr zu essen und zu trinken, dann aber verbarg sie ihren Gast in der Kammer und sagte:

„Warte hier, bis ich dich rufe. Wenn mein Sohn dich unvorbereitet erblickte, könnte er dich auspusten wie eine Kerze."

Müde von der Arbeit kehrte der Wind in die Hütte zurück, faltete seine gewaltigen Flügel zusamen, aß sich satt und trank etwas, schnallte den Gurt lockerer und legte sich aufs Bett, um auszuruhen vor neuer Arbeit.

„Weißt du, Söhnchen", sprach die Mutter, „wir haben einen Gast in der Hütte."

„Weiß ich", versetzte der Wind, „sah ich doch, wie sie hierherging, die Paradiesseele."

„Dir bleibt aber auch nichts verborgen", rief die Alte erfreut. „Gleich führe ich sie dir herein, sie hat nämlich eine Bitte an dich. Vielleicht kannst du ihr helfen, der armen jungen Frau, ihren Mann wiederzufinden."

Die Windmutter holte ihren Gast aus der Kammer und führte die junge Frau in die Paradestube.

Tief verneigte sie sich vor dem Wind und fragte, ob er nicht irgendwo in der Welt ihren Geliebten gesehen habe.

„Erst unlängst sah ich ihn", sprach der Wind. „Er ritt im Gefolge einer mächtigen Herrscherin. Gar nicht froh war er, sondern recht bedrückt, obwohl die Herrin freundlich mit ihm redete und ihm befahl, genau neben ihrer Kutsche zu reiten. Jetzt aber weiß ich nicht, was weiter mit ihm geschehen, noch in welcher Gegend der Welt er sich aufhält, denn hinter einem großen Berg entschwand er meinen Blicken."

Die unglückliche Frau war sehr betrübt über diese Worte, Tränen stürzten aus ihren Augen und rannen die blassen Wangen herab.

Als der Wind das sah, strich er ihr über die goldenen Haare und sagte liebevoll:

„Quäle dich nicht, Paradiesseelchen, den Weg werde ich dir zeigen zum Monde, er aber hat ganz bestimmt deinen Mann gesehen, deshalb sollst du den Weg zu ihm wissen."

Die junge Frau dankte dem Winde, küßte ehrfürchtig der Windmutter Hand, dann aber ergriff sie den eisernen Wanderstab und ging zur Tür. Zum Abschied schenkte ihr die Windmutter einen kleinen goldenen Handwebstuhl mit einem goldenen Schiffchen und eine Strähne Goldgespinst, der Wind aber hob seine gewaltigen Flügel und sagte:

„Gehe nur immer geradeaus, gen Westen, halte dich in der Richtung, in der jener hohe Berg emporragt. Du mußt seinen Gipfel bezwingen. Auf der anderen Seite, wo es wieder bergab geht, dort liegt des Mondes Gehöft."

Immer weiter wanderte die junge Frau, sie ging und ging, mit den eisernen

Schuhen stieß sie an Schollen und Kieselsteine, sie stützte sich auf den eisernen Stab. Schwer fiel es ihr, den steilen Berg zu erklimmen, der Schweiß rann ihr in die Augen, die Luft reichte ihr nicht zum Atmen. Endlich aber stand sie auf dem Gipfel und hielt Umschau. Da erblickte sie am Berghang mitten im Grünen des Mondes weißes Haus.

Ihr war, als strömten ihr neue Kräfte zu, sie eilte hinab vom Gipfel und stand schon ein Weilchen später auf der blanken Türschwelle.

Die Mondmutter kam ihr entgegen, begrüßte die Unbekannte mit gutem Worte.

„Ach, sei mir willkommen, Paradiesseelchen! Was führt dich zu uns?"

Da erzählte ihr die arme Wandersfrau ihre traurige Geschichte, alles sagte sie ihr, wie sie die ganze Welt schon auf ihren Füßen durchlaufen, bei Sonne und Wind war auf der Suche nach ihrem Mann, und wie der Wind sie hierher gesandt und den Weg ihr gewiesen.

„Ach, du armes Kind!" rief die Mondmutter mitleidig. „Möchte dir ja so gerne den Himmel günstig stimmen, doch siehst du, ein gutes Herz hat mein Sohn zwar, nichts dagegen zu sagen, aber heftig ist er, neigt zum Jähzorn, und wenn die Wolken ihn geärgert haben, ist überhaupt nicht mit ihm zu reden. Am besten, ich verstecke dich erst einmal vor ihm in der Kammer, dann fühle ich selber vor, was und wie, und im rechten Augenblick lege ich auch ein Wörtchen mit ein für dich. Inzwischen aber, was unsere Hütte zu bieten hat, das gebe ich dir gern, setze dich nur an den Tisch und iß dich satt, bist doch sicherlich hungrig."

Also gab die Mondmutter der armen Wandersfrau zu essen und zu trinken, dann aber führte sie ihren Gast in die Kammer, während sie selber ihres Sohnes Rückkehr erwartete.

Plötzlich ward ein Rauschen vernehmbar vor dem Fenster, ungeheure Helligkeit erfüllte die Hütte, und der Mond trat herein in eigener Person.

Von hoher Statur war er, sein Kopf reichte an die Deckenbalken, einen silbernen Bart hatte er und weiße Haare.

Kaum war er in der Stube, da schaute er auch schon in alle Ecken und rief mit lauter Stimme:

„Mutter! Wer war hier? Ich rieche eine Paradiesseele in der Hütte."

„Was dir nicht einfällt, Söhnchen, niemand ist in der Hütte!" Die Mutter lächelte und machte sich am Tisch zu schaffen, als wäre rein gar nichts los, nur hin und wieder blickte sie verstohlen zur Kammer hin.

Der Mond setzte sich an den Tisch, wischte sich den Schweiß von der Stirn und seufzte tief auf.

„Uff! Habe ich aber heute geschuftet. Eine schwere Nacht hatte ich, über dem Meer tobten Stürme, in den Bergen rutschten Lawinen, und in den Wüsten gab es Sandstürme."

„Iß, Söhnchen, iß etwas zu deiner Gesundheit", sagte die Mutter und stellte eine dampfende Schüssel vor ihn hin, legte einen Laib Brot dazu und trug einen Krug Wein herbei.

Als nun der Mond sich gehörig sattgegessen und auch dem goldenen Wein zugesprochen hatte, trat sie näher zu ihm und sprach:

„Weißt du, lieber Sohn, wer dort in der Kammer sitzt?"

„Ich weiß, daß ein Fremder hier weilt und warte nur, daß du es mir selber sagst, wer bei uns eingekehrt ist", versetzte der Mond mit gutmütigem Lächeln auf dem breiten Angesicht.

„Eine arme Frau, die der Mann verlassen mußte", antwortete die Mutter, „weil irgendwelche Zauber Macht haben über ihn. Diese Zauberkräfte hatten ihn in eine Schlange verwandelt, die Frau aber sucht ihren Mann nun in aller Welt. Beim Sonnenjüngling war sie schon, den Wind hat sie gefragt, er aber hat sie zu dir geschickt, Söhnchen. Kannst du dir vorstellen, daß sie auf ihren Wanderungen eiserne Schuhe an ihren Füßen beinahe ganz zertragen, abgerissen hat, das arme Ding, und ihr eiserner Wanderstab ist schon angebrochen, als sie über Felsgestein, Klippen und wegloses Gelände ging. Mir tut die junge Frau von Herzen leid, vielleicht könntest du ihr irgendwie helfen, mein Lieber?"

„Wo ist sie denn? Sie möge vor mir stehen, werde ihr kein Leid antun, aber vielleicht kann ich ihr helfen", antwortete der Mond gutmütig und strich seinen silbernen Bart.

Also führte die Mondmutter die schöne Wandersfrau aus der Kammer und vor ihres Sohnes Angesicht.

„Du bist ja die Frau des Kaisersohnes, der in eine Schlange verzaubert wurde!" rief der Mond, als er sie erblickte. „Erzähle mir doch, was ist mit ihm geschehen, alles hübsch der Reihe nach. Er ist nämlich ein ferner Stammesverwandter von mir, in seinem Geschlecht fließt unser Mondblut. Aber nein, warte einmal! Trägt er das Zeichen der Sichel auf der Stirn?"

„Ja, erlauchter Herr, er trägt es", rief des Kaisersohnes Frau, und ihre Stimme zitterte vor Bewegung.

„Dann ist er es auch, kein anderer", entgegnete strahlend der Mond, und er lächelte von einem Ohr zum anderen.

„Wenn du ihn gesehen hast, erlauchter Herr, wo in aller Welt war das?" fragte die junge Frau atemlos, denn frohe Hoffnung erfüllte ihr Herz.

„Freilich habe ich ihn gesehen, nicht nur einmal sah ich ihn. Wollte sogar ein wenig länger verweilen über seinem Palaste, doch niemals hatte ich Zeit, war dauernd auf Reisen, denn überall erwarteten mich Meere, Ozeane, ohne mich hätten sie weder Ebbe gehabt noch Flut, die Segelschiffe aber, die dahinfuhren über Untiefen, und die Wanderer in den Wüsten, sie alle wären verloren gewesen ohne mich."

„Er wohnt also in einem Palast?"

„Aber ja doch, in einem wunderschönen Palast, auf einem hohen Berge. In der Gewalt einer mächtigen Herrscherin befindet er sich, eben jener, die ihn einst verzauberte und in eine Schlange verwandelte. Als ihr ihm die Schlangenhaut verbranntet, mußte er zurückkehren zu seiner Verfolgerin, sie aber reichte ihm den Trunk des Vergessens, und nun erinnert er sich nicht mehr an seine Wahlmutter, die Kaiserin, noch an dich, seine rechtmäßige Frau."

Die arme Frau begann zu weinen in ihrem Schmerz, da sie diese Kunde vernahm, dann aber raffte sie all ihre Kräfte zusammen, fuhr wieder in die auf weiten Wegen abgeschabten eisernen Schuhe, nahm den eisernen Wanderstab zur Hand und sagte:

„Lebt wohl, Mondmutter, auch du, heller, erlauchter Herr, lebe wohl. Habt Dank für die Bewirtung. Ich muß weitergehen auf dem Wege zu meinem geliebten Mann. Kann einfach nicht glauben, daß er mich vergessen hat, ehe ich mich nicht selbst davon überzeugt habe. Sagt mir nur noch, wo er ist, in welcher Himmelsrichtung der Palast jener bösen Zauberin liegt, die meinen geliebten Mann gefangen hält."

„Gehe auf diesem Pfade geradeaus ins Tal des Himmelsgewölbes, den Hang hinab, bis du dich auf dem grünen Gipfel eines Erdberges befindest. Dort wohnt die Zauberin mit deinem Mann", erklärte ihr der Mond, sie vor sein Haus geleitend. Die Mondmutter aber schenkte ihr zum Abschied ein goldenes Huhn mit Kücken.

Und wieder zog die arme Wandersfrau weiter in ihren eisernen Schuhen und auf den Eisenstab gestützt.

Lange wanderte sie so dahin in Mühsal und Beschwernis, bis am Ende ihre eisernen Schuhe schon ganz dünn durchgerieben, ja zerlöchert waren und ihr eiserner Wanderstab an eine Klippe stieß und zerbrach. Sie setzte sich unter einem hohen Felsen nieder und begann bitterlich zu weinen. Plötzlich sah sie durch ihre Tränen, daß es gar kein Felsen war, sondern die Mauer eines hohen Palastes, mit Zinnen, die drohend emporragten.

‚Sicherlich ist es der Palast der bösen Zauberin', überlegte die Wandersfrau. Sie trocknete ihre Tränen mit der Kante ihres Gewandes ab, holte den goldenen Rocken hervor und den goldschimmernden Flachs. Emsig begann sie zu spinnen, wobei sie immer wieder Ausschau hielt nach den Burgzinnen.

Da oben ging gerade die schöne, böse Zauberin spazieren. An den Zinnen blieb sie stehen und hätte beinahe aufgeschrien vor Erstaunen über den Anblick des goldenen Rockens mit dem goldschimmernden Gespinst.

„Verkaufe mir doch deinen Rocken und das Gespinst", schlug sie der Wandersfrau vor.

„Um nichts in der Welt verkaufe ich ihn, niemand bekommt ihn von mir."

„Ich gebe dir einen hübschen Batzen Geld, es soll dir nicht leid tun", redete ihr die Zauberin zu mit funkelnden Augen, denn sie hatte sich an dem goldenen Rocken festgeguckt, war in ihn ganz vernarrt.

„Will weder Gold noch Silber, für keinerlei Schätze in aller Welt verkaufe ich meinen Rocken."

„Aber was möchtest du denn dafür, so rede doch nur, ich will dir jeden Wunsch erfüllen", bat die Zauberin weiter.

„O Herrin aus dem hohen Schloß", antwortete die Unglückliche, „ich werde dir den Rocken, die Spindel und den Flachs geben, wenn du mir gestattest, nur eine Nacht im Zimmer des Kaisersohnes zu wachen."

Die Zauberin wunderte sich, wie dieser Bettlerin in den zerrissenen Schuhen, die nur Lumpen auf dem Leibe trug, ein solcher Wunsch in den Sinn kommen mochte, doch der goldene Rocken war ihr so ins Auge gefallen, er reizte ihre Habgier so sehr, daß sie zustimmte. Aber weil sie eine ziemlich kluge Hexe war, ließ sie dem Kaisersohn für alle Fälle einen Schlaftrunk reichen, damit er die ganze Nacht fest durchschlief und Gottes weite Welt vergaß.

Nur um Mitternacht fuhr er für einen Augenblick aus dem Schlafe empor, da drang ein klägliches Flüstern an sein Ohr, doch ein Weilchen später war er schon wieder in tiefen Schlaf gesunken.

Gerade in diesem Augenblick hatte seine arme Wandersfrau ihm ins Ohr geflüstert, sich beklagt über ihr hartes Schicksal, von ihren weiten Such-

und Wanderwegen ihm berichtet, wie sie eiserne Schuhe abgetragen und ihren eisernen Wanderstab unterwegs zerbrochen hatte, ehe sie ihren Mann im Schloß der bösen Zauberin wiederfand.

Am nächsten Morgen setzte sie sich wiederum unterhalb der Schloßmauer hin, zog ihren kleinen goldenen Handwebstuhl heraus, wickelte die Goldsträhne auf und begann zu weben.

Die böse Zauberin sah es von oben, und ihre Augen fingen beinahe Feuer beim Anblick des kleinen goldenen Gerätes.

„Verkaufe ihn mir, ich gebe dir einen ganzen Sack voller Dukaten."

„Ich verkaufe meinen Webstuhl nicht, für keinerlei Geld, aber wenn du mir gestattest, noch eine Nacht im Zimmer des Kaisersohnes zu wachen, dann gebe ich ihn dir umsonst zusammen mit dem goldenen Schiffchen und dem Goldgewebe."

Auch diesmal war die schöne Zauberin einverstanden, doch wiederum kochte sie dem Kaisersohn einen Sud aus Schlafkräutern, daß er schlief wie ein Toter. Nur einmal um Mitternacht ward er plötzlich munter, da vernahm er leises Weinen oder ein klägliches Schluchzen. Ein Weilchen später lag er schon wieder in tiefem Schlafe.

Am nächsten Morgen saß die arme Wandersfrau im Vorhof des Schlosses und ließ die goldene Glucke mit dem Kücken laufen. Wie goldene Küglein rannten die Kücken auf dem ganzen Vorhof umher, sie pickten und piepten, die Gluckhenne aber lockte sie sorgsam, sie plusterte sich auf, war stolz wie ein Pfau.

„Ko, ko, ko,
Bin nicht irgendwer,
Bin bis vom Monde her,
Dort war unser Hühnerstall."

Die Zauberin erblickte die goldene Glucke, sie betrachtete auch die Kücken mit dem Goldfederflaum, und sie bekam solche Lust, sie zu besitzen, daß sie den ganzen Palast dafür gegeben hätte.

„Verkaufe mir die goldene Gluckhenne mit den Kücken", sprach sie, „du sollst es nicht bereuen."

„Um keinerlei Schätze der Erde gebe ich sie her, es sei denn, du gestattest mir, noch eine Nacht beim Kaisersohn zu wachen."

Noch einmal ging die schöne Hexe auf diese Bedingung ein, nur um die goldene Glucke mit den Kücken ihr eigen zu nennen.

Gegen Abend rief der Kaisersohn seinen Diener ins Schlafzimmer und ermahnte ihn ernst:

„Ein schlechter Diener bist du, denn du sorgst nicht für den Schlaf deines Herrn. Schon die zweite Nacht weckten mich um Mitternacht jemandes Flüstern und Weinen. Wenn mich auch heute nacht wieder etwas stört, entgehst du deiner Strafe nicht."

Der arme Diener fiel erschrocken auf seine Knie und bekannte dem Kaisersohn alles, erzählte ihm, daß die Schloßherrin ihm schon zweimal befohlen habe, dem Kaisersohn einen Schlaftrunk zu reichen, und wie dann in später Nacht eine Bettlerin in sein Zimmer eingetreten sei, an seinem Bett gewacht habe, wobei sie flüsterte und kläglich weinte.

Da er dies vernahm, wunderte sich der Kaisersohn sehr und wollte schon fragen, was dies alles zu bedeuten habe, da blitzte plötzlich irgendeine ferne Erinnerung, ein Gedanke durch seinen Kopf, erhellte für einen Augenblick die Finsternis, in die jene schöne und böse Zauberin sein ganzes früheres Leben versenkt hatte.

Deshalb sagte er nichts weiter, sondern begab sich eilends zur Ruhe in sein Zimmer. Doch als der alte Diener den Becher Wein brachte, den ihm die Schloßherrin schickte, da rührte der Kaisersohn das Getränk nicht an.

Schon dunkel war die Nacht, als er ein leises Geräusch vernahm hinter der Tür, und ein Weilchen später betrat eine Bettlerin sein Zimmer. Sie tappte mit eisernen Schuhen an sein Bett, beugte sich darüber und flüsterte:

„Du bist es doch, mein lieber Mann, meines Herzens Geliebter. Die ganze Welt habe ich durchwandert, eiserne Schuhe zerrissen, den eisernen Wanderstab zerbrochen, war bei Sonne und Wind, bat auch den Mond um Hilfe, bis ich dich endlich fand in einem reichen, stolzen Palast an der Seite einer schönen Zauberin. Wie konntest du mich nur vergessen, deine eigene Frau, die dir ein Kind gebären sollte, ein Söhnchen und Erben der Kaiserkrone? Schon die dritte Nacht komme ich her zu dir und beklage mein hartes Geschick, du aber, mein Mann, schläfst, hörst meine Klagen nicht."

Beim Klang ihrer Stimme war dem Kaisersohn, als schlügen Feuerflammen in sein Gesicht, und da er ihre Worte vernahm, erinnerte er sich plötzlich an alles, was einst geschehen war am Hofe der Kaiserin, seiner Pflegemutter... Er sprang vom Bett auf und rief:

„O meine geliebte Frau! Jetzt erkenne ich dich, nun fällt mir alles wieder ein. Der böse Zauber, den die schöne Hexe auf mich geworfen, dieses Palastes Beherrscherin, hat nun seine Gewalt verloren über mich. Frei bin ich, bleibe in Menschengestalt für immer, es droht mir keine Verwandlung mehr in eine Schlange. Das hast du vollbracht, meine geliebte Frau, deine heiße Liebe hat es vermocht, vor keinerlei Mühen und Qualen bist du zurückgeschreckt und hast mich befreit vom Zauber."

Nach diesen Worten fiel der Kaisersohn zu den Füßen seiner treuen Wandersfrau nieder und begann die blutenden Wunden zu küssen an ihren Füßen, die das harte Eisen gerieben hatte.

„Lege deinen rechten Arm um mich, wie du mir einst beim Abschied sagtest", sagte die Frau zu ihm, zitternd vor Glück und Freude.

Der Kaisersohn legte den rechten Arm um sie und zog sie an die Brust. In diesem Augenblick ließ sich ein Lärmen vernehmen im Palast, dann aber erscholl ein Dröhnen wie hundert Donnerschläge.

Das war die böse Hexe, die fuhr durch den Schornstein hinaus in die Luft, um nie wieder zurückzukehren.

Seither lebte der Kaisersohn mit seiner treuen Frau glücklich und lange. Einen Sohn hatten sie, der war allerliebst, wie gemalt, und die Kaiserin kam zu ihnen aus der Hauptstadt zu Besuch gefahren und freute sich über ihren auf so wunderbare Weise wiedergefundenen Sohn, die geliebte Schwiegertochter und den Enkel, den Erben der Krone.

Zur Erinnerung an ihre lange Wanderung bewahrte die treue Frau ihre eisernen Schuhe auf, deren Sohlen durchgerieben waren, und auch den zerbrochenen Eisenstab hob sie auf.

Im Schloßsaal aber, unweit des Throns, stellte sie den goldenen Rocken hin und auch den goldenen Handwebstuhl. Von Zeit zu Zeit saß sie daran, spann oder webte und blickte aus den hohen Fenstern hinaus auf den Schloßhof, wo die goldene Glucke ihre Goldkücken spazieren führte, wobei sie stolz ihr Liedchen gackerte:

„Ko, ko, ko,
Bin nicht irgendwer,
Bin bis vom Monde her,
Dort war unser Hühnerstall."

EIJAWANOKO

Vor Jahren und Jahrhunderten lebte auf der Koralleninsel Nauru ein Mädchen namens Eijawanoko. Mit ihrer Großmutter wohnte sie unter einem unendlich hohen Baum. Die Einwohner nannten diesen Baum Inkumateri, das ist eine besonders hohe Art von Eukalyptusbäumen.

Mit seinen Zweigen berührte er den Himmel, und so breit ausladend war sein Geäst, und so dicht belaubt war er, daß weder ein Sonnenstrahl noch ein Regentropfen durch seine dichte Krone drangen.

Oft träumte Eijawanoko davon, in den allerhöchsten Gipfel des Baumes zu gelangen. Noch niemand auf der ganzen Insel hatte es bisher gewagt, dorthin zu klettern.

Sie erzählte der Großmutter von ihrem Entschluß. Die überraschte alte Frau erklärte ihrer Enkelin lange, sie möge doch diesen verwegenen Gedanken aufgeben, denn es könnte ihr ein Unglück widerfahren.

Eijawanoko aber war hartnäckig und gab ihr Vorhaben nicht auf. Eines Tages fiel sie von einem hohen Ast herab, den sie erklommen hatte.

Da sagte die Großmutter:

„Ja, wenn du solches Verlangen hast, den höchsten Gipfel zu erreichen, dann muß es wohl so sein. Hast dir dein Schicksal selber so ausgesucht." Und sie gab dem Mädchen einen Zauberspruch mit auf den Weg.

Vierzehn Tage und vierzehn Nächte kletterte Eijawanoko an dem Zauberbaum empor. Ermüdet und durstig ruhte sie sich endlich in einer Astgabel aus, die von zwei gewaltigen Ästen des Inkumateri gebildet wurde. Da gewahrte sie eine große Menge Kokosschalen, die mit einer wundervoll duftenden, kühlen und erfrischenden Flüssigkeit gefüllt waren. Erfreut trank Eijawanoko mehrere Kokosschalen leer, da packte sie plötzlich jemand am Arm. Erschrocken sah sich das Mädchen um und erblickte eine alte bucklige Frau, deren Augen vom Star erblindet waren.

„Was bist du denn für eine, und warum trinkst du mir das Getränk aus, das ich für meine beiden Söhne zubereitet habe, für Iguan und Marrimen!"

„Ach, liebe Frau! Zürne mir nicht, ich ahnte nicht, daß diese Kokosschalen dir gehören. Vierzehn Tage und vierzehn Nächte klettere ich schon an diesem Baum empor, ohne auszuruhen, und die Sonnenglut hat mir die Kehle ausgetrocknet."

„Ich heiße Eniburara. Bin die Mutter des Sonnenjünglings und des Mondes und bereite für sie ein Getränk, wenn sie, ermüdet von ihrer Wanderung über den Himmel, herkommen, um sich im Schatten des Laubes zu erfrischen. Heute aber werden meine Söhne nichts zu trinken haben, deinetwegen, du böses Mädchen! Meine Söhne werden dich erschlagen!"

„O liebe, teure Eniburara! Verzeihe mir! Ich werde dir dienen mein Leben lang. Einen wunderbaren Zauberspruch kenne ich, vielleicht kannst du mit seiner Hilfe wieder sehen. Meine gute Großmutter gab ihn mir mit auf den Weg."

Als Eniburara dies hörte, ließ sie den Arm des Mädchens los.

Eijawanoko sah ihr in die Augen und sagte den Zauberspruch. Da schwirrten plötzlich unter den Augenlidern der alten Frau zwei braune Käfer hervor, und die Blindheit fiel von ihren Pupillen. Eniburara konnte wieder sehen.

„O wie schön und hell die Welt ist! Und ich dachte, nur Finsternis und Häßlichkeit herrschen auf ihr. Endlich werde ich auch die Gesichter meiner lieben Söhne erblicken. Jetzt aber mußt du dich verstecken, denn sie lieben es nicht, wenn jemand von den Menschen hierher kommt", sagte sie zu dem Mädchen.

Bald schon kehrte Iguan, der Sonnenjüngling, ins Mutterhaus zurück.

Eniburara mußte ihre Augen mit der Hand beschatten und ihr Gesicht vom Sohn abwenden.

„Warum wendest du das Gesicht von mir ab, Mutter?" fragte Iguan. „Das hast du doch bisher noch nie getan."

„Ja, mein Sohn, doch jetzt sehe ich dich, und deiner Stirn blendendes Licht tut meinen Augen weh."

In diesem Augenblick kam auch Marrimen, der Mond.

O welch freundliches und ruhiges Gesicht hatte der zweite Sohn!

Ohne Furcht konnte sie in sein schönes, blasses Angesicht schauen.

„Wie geschah es denn, daß du uns wieder siehst, Mutter?" fragten die Söhne.

„Ein Mädchen von der Erde kam zu uns herauf, schön und gut. Sie war es, die mir mit einem Zauberspruch mein Augenlicht wiedergab." Mit diesen Worten trat Eniburara an das Versteck. Sie nahm Eijawanoko bei der Hand und führte sie vor der Söhne Angesicht.

„Eijawanoko, wessen Frau möchtest du werden? Schaue sie dir gut an und wähle dir einen aus", sagte sie lächelnd.

Eijawanoko dachte ein Weilchen nach. Sie sah den Sonnenjüngling, dann wieder den Mond an, und schließlich erklärte sie:

„Iguans Frau kann ich nicht werden. Zuviel Glut und Licht strahlt aus von ihm, und niemals könnte ich ihm gerade in die Augen sehen. Also werde ich mit Marrimen gehen, er sieht so freundlich und ruhig aus."

Kaum hatte sie diese Worte ausgesprochen, da trat Marrimen auf sie zu, umarmte sie und trug sie hoch empor in den Himmel. Der betrübte Iguan aber verhüllte sein Angesicht.

Bis auf den heutigen Tag kann man Eijawanoko sehen, wie sie in silbernen Nächten über den Himmel schwebt mit ihrem Mann, Marrimen, dem Mond. Auf seiner Scheibe wird eines Mädchens Gestalt sichtbar, das einen Kranz aus Blumen trägt.

DER TREUE PADANG UND DETANNA, DAS MÄDCHEN AUS DEM REGENBOGEN

Einst lebte fern, ganz fern, im Süden, dort, wo das Meer tausend kleine grüne Inseln umspült, ein Jüngling namens Padang.

Eines Tages, als er gerade auf dem Zuckerrohrfeld arbeitete, erblickte er ein wunderschönes Mädchen, wie es sich am Regenbogen vom Himmel herabließ. Er lief hinzu, und noch ehe sie ihren Fuß auf den Erdboden setzen konnte, umfing er sie in der Luft.

„Laß mich", bat das Mädchen unter Tränen. „Eine Himmelsbewohnerin bin ich und muß dorthin zurückkehren, ehe der Regenbogen über der Insel verschwindet."

„Wie heißt du?" fragte Padang, voller Entzücken die wundersame Gestalt der Unbekannten betrachtend.

„Ich heiße Detanna", sagte das Mädchen aus dem Regenbogen. „Aber ich bitte dich, Herr, lasse mich frei davongehen."

„Warum bist du denn auf der Erde erschienen?"

„Ach, ich wollte ja nur ein paar Blumen pflücken auf der Wiese", antwortete sie.

„Bleibe bei mir auf der Erde", bat Padang. „Wirst die Hausfrau meiner Hütte, da kannst du jeden Tag Blumen pflücken, Kränze flechten und Sträuße binden. Mein Feuer wirst du hüten und mir Speisen zubereiten, ich aber werde dir allerlei Getier bringen, Reis, Nüsse, süße Mangofrüchte, Datteln, Bananen und Feigen. Ich werde dich lehren, Betel zu kauen und süße Kokosmilch zu trinken, vom Strand werde ich dir die schönsten Muschelschnüre bringen, und ich schenke dir ein buntes Obergewand, einen Sarong, so schön, daß alle Mädchen meines Dorfes dich darum beneiden werden. Nur bleibe bei mir und werde meine Frau."

Er redete ihr so lange zu und bat sie, bis das Mädchen aus dem Regenbogen schließlich seinen Bitten nachgab.

„Nur eine Bedingung stelle ich dir", sagte Detanna. „Niemals, niemals sollst du mich fragen, wie es am Himmel ist, und du darfst auch niemandem auf der Welt sagen, wo ich herkomme. Wenn du das tust, verlasse ich dich für immer, denn es wird mir nicht gestattet sein, länger auf Erden zu verweilen."

„Alles verspreche ich dir, was du nur verlangst", antwortete Padang. „Ich schwöre, das Wort ‚Himmel' in deiner Gegenwart niemals mehr auch nur zu erwähnen."

Das Mädchen aus dem Regenbogen ging also mit Padang in sein Dorf, die Hochzeit ward ausgerichtet, und von nun an lebten die beiden glücklich in ihrer Bambushütte, die mit Palmblättern bedeckt war. Und als ihnen gar ein Söhnchen geboren wurde, war das Glück der jungen Eltern vollkommen. Sie nannten den kleinen Jungen Bingo und liebten ihn mehr als ihr Leben.

So hübsch war der Junge, daß die Leute bei seinem Anblick stehenblieben, und er hatte ein so fröhliches Gemüt, daß selbst der traurigste Mensch lächeln mußte, wenn er Bingo ansah.

Am liebsten spielte der Junge mit einem Ball, den ihm die Mutter schenkte, als er zehn Jahre alt war. Ein seltsamer Ball war es, ganz bunt, als wäre er aus Regenbogen gewoben, einmal war er blau, dann wieder apfelsinenfarben und ein Weilchen später schon wieder veilchenblau-rosarot gestreift. Leicht war er wie eine Feder, und man konnte ihn so hoch in die Luft emporwerfen, daß er in der Höhe schon nicht mehr zu sehen war.

Eines Tages ging der kleine Bingo mit dem Vater ins Feld und vergnügte sich wie gewöhnlich mit seinem Ball. Er warf ihn empor, stippte ihn auf den Boden, fing ihn im Fluge und lachte so glücklich, daß allen Leuten, die ihn hörten, leichter wurde ums Herz.

Doch plötzlich hörte Padang sein Söhnchen weinen.

„Was ist dir denn geschehen, Bingo?" fragte der Vater. „Eben noch lachtest du laut, und auf einmal weinst du?"

„Der Ball, mein Ball!" schluchzte der Junge. „Ich habe den Ball nicht mehr."

„Wo ist denn dein Ball? Ist er dir ins Wasser gefallen?"

„Ich habe ihn hochgeworfen, ganz hoch empor, und da ist er dort oben verschwunden, über jenem Berggipfel", antwortete Bingo weinend und wies mit der Hand zum Gipfel eines Berges. „Dort, über den bunten Pfad rollte er und war dann irgendwo verschwunden."

Wieder begann er laut zu weinen. Und als der kleine Bingo weinte, da ward allen so traurig ums Herz, als hätte sich die ganze Welt verdüstert.

„Das ist kein Pfad, sondern ein Regenbogen am Himmel", sagte der Vater. „Weine nicht, Söhnchen, wir wollen zur Mutter gehen, sie wird sicherlich deinen Ball finden. Denn unsere Mutter ist ja aus dem Regenbogen am Himmel zu uns gekommen."

„Was hat Mutter denn am Himmel gemacht?" fragte Bingo, der ein Weilchen seinen Ball vergessen hatte.

Padang aber, seines früheren Versprechens nicht mehr eingedenk, antwortete:

„Sie hat dort oben gewohnt, über der weißen Wolke, hat wohl die Schäfchen gehütet auf den Himmelswiesen. Eines Tages aber hat sie sich am Regenbogen herabgelassen und ist in unsere Hütte gekommen."

„Wir wollen ganz schnell nach Hause gehen!" rief der Junge. „Ich will mit Mutter am Regenbogen emporfliegen, meinen Ball holen und mit den Himmelsschäfchen spielen."

Hüpfend und springend eilte Bingo voraus zur Hütte, und der Vater folgte ihm, das Unglück nicht ahnend, das der Familie drohte.

Kaum hatten sie die Türschwelle überschritten, stürzte ihnen das Mädchen aus dem Regenbogen entgegen. Blaß war die Mutter wie Linnen, Tränen rollten aus ihren Augen.

„Was ist denn geschehen, so sprich doch nur, Frau", fragte Padang erschrocken.

„Ein schreckliches Unglück!" antwortete das Mädchen aus dem Regenbogen, Bingos Mutter. „Wir müssen uns trennen für immer. Du hattest kaum dein Versprechen gebrochen, das du mir einst gabst, da vernahm ich einen Befehl aus der Höhe:

‚Nimm deinen Sohn und kehre zurück über die Wolken, es ist dir nicht gestattet, länger auf Erden zu verweilen, sonst müssen dein Mann und dein Kind sterben, du aber löst dich in Nebel auf.' "

„Aber das ist doch unmöglich", flüsterte Padang, „du kannst mich doch nicht so verlassen. Und du kannst auch Bingo nicht mitnehmen. Ich habe es ja nicht absichtlich getan, sondern hatte dieses Verbot einfach vergessen. So viele Jahre sind glücklich für uns vergangen seit jener Zeit. Nein, das wirst du nicht tun, du bist doch meine Frau."

„Ich muß es aber tun. Leb wohl, mein geliebter Mann, habe nicht zu große

Sehnsucht nach mir. Stünde es in meiner Macht, ich ginge niemals fort von hier.''

Plötzlich schrie der kleine Bingo:

,,Mutter, Mütterchen, komme mit mir, meinen Ball suchen! Ich habe ihn emporgeworfen, und er ist an den Himmel gerollt.''

,,Ich komme ja schon, Söhnchen'', antwortete die Mutter, trat über die Schwelle der Hütte, wobei sie mit einem Tüchlein ihre Tränen abwischte, die ihren Augen entströmten.

,,Nein! Nein! Das kann nicht sein! Bleibt doch bei mir! Laßt mich nicht allein!'' rief Padang, und wie aus einer Erstarrung erwachend, rannte er hinter den beiden her.

Aber sie waren schon weit fort.

An der einen Hand hielt die Mutter Bingo fest, mit der anderen hatte sie den Regenbogen ergriffen, und wie auf einem bunten Pfad voller Blumen, so stieg sie daran empor, bis sie irgendwo jenseits des Horizonts seinen Blicken entschwand, ein Weilchen später aber war der Regenbogen bereits verblaßt und hatte sich in Luft aufgelöst.

Padang war allein. Verzweifelt warf er sich zu Boden und blieb viele Stunden so liegen, dann endlich schleppte er sich in seine leere Hütte. Seither war die Freude verschwunden aus seinem Leben, Trauer und Sehnsucht hausten in seinem Herzen. Jeden Tag blickte er mit Hoffnung zum Himmel empor, sah den weißen Wölkchen nach, die mit dem Wind in den Höhen schwammen, und wenn nach einem Regen ein Regenbogen am Himmel erschien, begann Padang laut zu schreien, lief über die Felder, fuchtelte mit den Armen, wobei er vergeblich nach Frau und Kind rief.

Wenn die Leute aus dem Dorfe ihn so sahen, flüsterten sie einander zu, es müsse wohl in Padangs Kopf etwas durcheinandergeraten sein, seit Frau und Söhnchen ihm verschwunden waren. Sicherlich habe der Löwe im Dschungel sie zerrissen, dieser arme Mensch aber erzählte recht ungereimtes Zeug, sie wären auf dem Regenbogenweg von ihm fortgegangen an den Himmel.

Eines Tages, als wiederum ein bunter Regenbogen erstrahlte, setzte sich Padang unter eine Palme am Waldrand, schaute zum Himmel empor und weinte bitterlich.

Da galoppierte querfeldein ein wilder Büffel auf ihn zu mit herrlichem ausladendem Gehörn. Er war verwundet, blutete, und in seinem Rücken stak eines Pfeils eiserne Spitze.

Mit letzter Kraft schleppte sich das Tier unter die Palme und fiel unweit Padangs nieder.

Padang tat der verwundete Büffel leid, er zog die eiserne Spitze aus seinem Rücken, wusch die Wunde mit Wasser aus und legte Kräuter auf, die den Blutstrom stillen sollten.

Das verletzte Tier sah ihn mit seinen großen sanften Augen dankbar an, und auf einmal sagte es mit Menschenstimme:

„Wie soll ich dir danken, Padang, für die Hilfe, die du mir angedeihen ließest? Sprich, ich will alles tun, damit du glücklich bist. Wünschest du Gold, so will ich eine Stelle dir zeigen, inmitten dieser Felsen, an der Gold in der Erde lagert. Möchtest du kostbare Steinchen besitzen, wie sie bei euch Menschen hoch geschätzt werden, dann sollst du so viele davon haben, wie du nur schleppen kannst. Ich kenne einen Ort in einem ausgetrockneten Fluß, wo im hartgewordenen Schlamm eine ganze Menge davon liegt."

„Will weder Gold noch kostbare Steine", versetzte Padang und ließ bekümmert den Kopf auf die Brust sinken.

„Warum bist du so traurig, Padang, hat jemand dir ein Lied getan?" fragte der Büffel. „Erzähle es mir doch, vielleicht kann ich dir irgendwie behilflich sein?"

„Ach!" entgegnete Padang. „Mir kann niemand helfen auf der weiten Welt. Es sei denn, er besäße Zauberkräfte und trüge mich zum Himmel empor, an den Ort, wo der Regenbogen aufgespannt wird. Dort am Himmelsgewölbe wohnen meine Frau und mein einziges Söhnchen."

„Flügel besitze ich nicht", sagte der Büffel und erhob sich. „Kann dich nicht hintragen. Werde versuchen, dir zu helfen. Heute abend an der Tränke werde ich den Mond fragen, wielleicht findet er einen Rat für deine Not."

„Wie das?" Padang staunte. „Du kannst mit dem Mond reden?"

„Freilich", antwortete der wilde Büffel. „Jeden Abend kommt er vom Himmel herab und verwandelt sich in einen gewaltigen Büffel mit riesigem Gehörn. Hat er dann seinen Durst gelöscht, kehrt er an den Himmel zurück in seiner gewöhnlichen Gestalt."

„Ach, so frage ihn doch nach dem Mädchen aus dem Regenbogen und nach unserem Söhnchen Bingo!" rief Padang mit neuer Hoffnung. „Vielleicht ist er ihnen irgendwo begegnet auf seinen Wanderungen."

„Gut", antwortete der Büffel ernst. „Erwarte mich hier morgen früh um die gleiche Zeit, ich bringe dir bestimmt irgendeine Nachricht."

Nach diesen Worten jagte der Büffel so rasch in den Wald, als wäre er niemals verwundet gewesen.

Am nächsten Morgen saß Padang unter der Palme und wartete mit Ungeduld auf den Büffel.

Nach einem Weilchen ließ sich Hufgetrappel vernehmen, und das gewaltige Tier kam aus dem Dschungel ins Feld gelaufen. Am Fuß der Palme blieb es stehen, schaumbedeckt vom raschen Lauf.

„Eine gute Kunde habe ich für dich", rief er, die gewaltigen Hörner schüttelnd.

„Hast du mit dem Mond gesprochen? Hat er Detanna und unser Söhnchen gesehen?" Padang sprang auf.

„Er selbst hat sie nicht gesehen, er wandert ja des Nachts, wenn kein Regenbogen am Himmel erscheint, aber die Wolken haben ihm von den beiden erzählt. Ich habe ihm deine ganze Geschichte berichtet, und der Mond hat mir versprochen, die Sonne zu fragen, vielleicht kann sie dir helfen. Heute nacht sehe ich ihn wieder an der Tränke, und wenn ich etwas erfahre, werde ich es dich sogleich wissen lassen. Sei guten Mutes, warte morgen mittag hier auf mich, ich komme bestimmt."

Nach diesen Worten verschwand der Büffel vor Padangs Augen.

Am nächsten Mittag, als Padang unter die Palme trat, stand der Büffel schon da und zupfte vertrocknetes Gras.

„Sei gegrüßt, Padang!" rief er mit seiner tiefen Stimme. „Gute Kunde bringe ich dir. Der Mond hat heute früh die Sonne am Himmel getroffen und sie nach Detanna und eurem Bingo gefragt. Stell dir vor, die Sonne kennt die beiden, sieht sie oft zusammen Ball spielen, der Ball ist bunt wie ein Regenbogen. Auf der Wolke wohnen sie und wandern mit ihr über den Himmel, einmal sind sie hier, genau über uns, dann schwimmen sie wieder mit dem Wind auf der anderen Seite des Horizonts."

„Wie könnte ein Mensch zu ihnen gelangen?" fragte Padang. „Kennt die Sonne irgendeine Möglichkeit?"

„Der Mond ist dir wohlgesonnen, er hat sich so lange für dich eingesetzt, daß auch die Sonne beschlossen hat, dir zu helfen, obwohl du ein Mensch bist. Also höre mir aufmerksam zu. Sobald die Regenzeit beginnt, warte einen Tag ab, an dem der Regen für ein Weilchen aufhört, die Sonne scheint und sich von einem Horizont zum anderen ein Regenbogen erstreckt. Dann klettere auf diese Palme, reiße ein Palmenblatt ab und schwenke es dreimal in alle vier Himmelsrichtungen, wobei du Mond und Sonne zu Hilfe rufst... Ich freue mich, daß ich dir diesen Dienst erweisen konnte", schloß der wilde Büffel. „Nun aber lebe wohl, Padang, ich muß zu meiner Herde zurückkehren."

Glücklich dankte Padang dem hilfreichen Büffel und ging wieder in seine Hütte. Wie auf Flügeln schwebte er dahin, wenn er an den Augenblick dachte, da er seiner geliebten Detanna wieder begegnen und sein Söhnchen in die Arme schließen würde.

Als die Regenzeit einsetzte, hielt er mit Ungeduld Ausschau nach einem Tage, an dem ein Regenbogen am Himmel erschien.

Bis endlich ein Tag gekommen war, an dem der Wind die düsteren Wolken in Fetzen riß, die über der Erde gelagert hatten, und über dem Horizont blendende Sonnenstrahlen hervorströmten, in denen feuchte Nebeldämpfe emporstiegen. Ein riesiger, bunter Regenbogen verband Himmel und Erde miteinander.

Kaum hatte Padang aus dem Palmenwipfel begonnen, die Sonne anzurufen, da fühlte er plötzlich, wie irgendeine Zauberkraft ihn in die Höhe trug. Der Luftstrom ließ ihm den Atem stocken in der Brust, aber es dauerte weniger als einen Augenblick, und ein Weilchen später fiel er bereits leicht auf eine weiße Wolke, die über den Himmel schwamm.

Er sah sich um und gewahrte mit Staunen, daß der Boden, auf dem er stand, weiß war wie Schnee, während die Wiesen ringsum himmelblau waren. Einem granatroten Felsen entsprang eine Quelle reinen Wassers. Padang verspürte Durst, also trat er an die Quelle, schöpfte in die hohle Hand ein wenig Wasser und befeuchtete die aufgesprungenen Lippen.

Eine seltsame Süße durchströmte seinen Körper, so leicht und frisch fühlte er sich wieder wie in früheren glücklichen Jahren.

Plötzlich vernahm er Schritte und sah einen Menschen, der mit einem Eimer auf die Quelle zuging. Er trat an die Quelle, füllte seinen Eimer, und da er Padang erblickte, lächelte er freundlich und nickte ihm zu wie einem alten Bekannten.

„Guter Mann", fragte Padang, „weißt du nicht, wo Detanna wohnt mit ihrem Söhnchen Bingo?"

„Detanna? Das ist ja meine Herrin", antwortete der Mann mit dem Eimer. „Für sie trage ich dieses Wasser aus der Quelle."

„So sage mir doch, ich bitte dich, ist es noch weit bis zu ihrem Hause? Ihr Mann bin ich und komme von der Erde hierher."

„Pst, sprich leiser, damit dich die Wächter nicht hören, überall sind sie, unsichtbar schweben sie in der Luft. Sie bewachen Detanna in jenem Schloß dort, in der Ferne, das von einem Wall schneeweißer Wolken umgeben ist."

„Warum wird sie bewacht? Hat sie denn etwas verbrochen, daß man sie hinter den Mauern eines Schlosses gefangenhält?" fragte Padang erschrocken.

„Eine Strafe ist es, weil sie einen Menschen geheiratet hat", versetzte der Diener, nahm den Eimer und betrat den Pfad, der zum Schloß führte. Es stand auf einer Anhöhe.

„Ich will mit dir gehen, meine Frau muß ich sehen und unseren Sohn, und wenn ich sterben müßte, so will ich doch kämpfen bis zum letzten, um sie zu befreien aus der Gefangenschaft."

„Eine sehr gefährliche Sache ist das, Padang, denn auf dir unbekannte Mächte stürzest du dich, die bereit sind, dich zu vernichten, noch ehe du des Schlosses Schwelle überschreitest", erklärte ihm der Diener und versuchte ihn zurückzuhalten.

Aber Padang hörte nicht auf seine Warnungen, sondern folgte ihm zum Schloß. Ein luftig-leichtes Gebäude war es, errichtet aus feinen Eiskristallen und Schneeflocken mit schlanken Türmchen, und es hing an der Purpurwolke wie ein Adlernest am Felsen.

„Eine Bitte habe ich an dich, guter Mann", sagte Padang zum Diener, als sie schon in Toresnähe waren. „Gib Detanna dieses Palmenblatt. Ich habe meinen Namen darauf eingeritzt, damit sie weiß, daß ich hier bin."

„Gut, ich werde mich bemühen, deine Bitte zu erfüllen. Du aber hüte dich, Padang, sei vorsichtig", sagte der Mann mit dem Eimer und verschwand jenseits des Tores, das sich augenblicklich dröhnend hinter ihm schloß.

„Wer bist du, der du es wagst, dich dieser Schwelle zu nähern?" ließ sich eine Stimme aus der Höhe vernehmen.

Aber er sah niemanden. Schneeweiß-himmelblaue Leere ringsum.

„Ich bin Padang, ein Bewohner der Erde."

„Was führt dich hierher?" fragte die Stimme.

„Ich bin zu meiner Frau gekommen, zu Detanna und unserem Söhnchen Bingo."

„Menschen von der Erde haben hier keinen Zutritt. Der Tod erwartet dich, wenn du es wagst, diese Schwelle zu überschreiten", antwortete streng die Stimme.

„Nicht furchtbar sein wird mir der Tod, wenn ich ein Weilchen nur jene sehen kann, die ich liebe", antwortete Padang.

Nach diesen Worten herrschte Stille, als dächte jener, der mit Padang sprach, über diese Antwort nach. Nach längerer Zeit endlich erscholl eine andere Stimme, die noch drohender klang:

„Padang, Mensch der Erde! Nur deshalb haben wir dich bis jetzt noch nicht verbrannt mit unseren Lichtstrahlen, weil du einst Detannas Mann warst, des Mädchens aus dem Regenbogen. Aber wenn das Leben dir lieb ist, so vergiß sie und kehre zurück auf die Erde."

„Niemals werde ich sie vergessen! Töten könnt ihr mich, mit Strahlen verbrennen, ihr, die ihr meine Frau und meinen Sohn in Gefangenschaft haltet, doch ich werde mich nicht von ihnen lossagen. Das schwöre ich bei Himmel und Erde."

Plötzlich drang das Weinen des kleinen Bingo von jenseits der Gartenpforte an Padangs Ohr, ihm folgte die flehende Stimme Detannas.

Sie rief den Wächtern etwas zu, bat und beschwor sie, und gleichzeitig beruhigte sie den weinenden Sohn.

Beim Klang ihrer Stimme begann Padang noch lauter zu schreien und noch stärker mit seinen Fäusten an das Tor des Wolkenschlosses zu schlagen.

„Laßt mich hinein zu meiner Frau und meinem Sohn! Ich muß sie sehen. Ich gehe nicht fort von hier, ehe ihr mir das Tor nicht öffnet!"

Aber nur dumpfes Schweigen war die Antwort. Wie lange Padang vor dem Schloßtor stand, das wußte er nicht, doch am Ende übermannte ihn der Schlaf.

Ein Rufen weckte ihn:

„Padang! Mensch der Erde! Auf Detannas Bitte haben wir beschlossen, euch beiden eine Begegnung zu gestatten. Zuvor aber wirst du drei Prüfungen bestehen müssen. Gehst du als Sieger daraus hervor, dann darfst du Frau und Sohn wieder zur Erde mitnehmen. Wenn du aber die Aufgaben, die du erhalten wirst, nicht erfüllst, stürzest du vom Himmelsgewölbe hinab und stirbst."

„Sprich, was für Prüfungen werden das sein?" rief Padang. „Vor keiner werde ich zurückschrecken, wenn ich nur meine Lieben sehen kann."

„Hier ist ein Korb, geflochten aus Gräsern und Weidenruten. Du mußt ihn mit Wasser füllen aus der Quelle und ihn herbringen, ohne auch nur einen Tropfen zu verschütten."

Im gleichen Augenblick fiel zu Padangs Füßen ein Körbchen nieder, das war aus Gras und Weidenruten geflochten.

Padang ergriff das Körbchen und eilte wie auf Flügeln getragen zur Quelle hin, an der er vor kurzem erst den Diener mit dem Eimer getroffen hatte.

Er schöpfte Wasser und begann, so schnell er konnte zum Schloß hinzurennen. Aber noch ehe er ein paar Schritte gemacht hatte, war alles Wasser aus dem Körbchen geronnen.

Dutzende Male kehrte er wieder um, füllte das Körbchen von neuem, doch jedesmal vergeblich.

Endlich setzte er sich müde und erschöpft an der Quelle nieder und begann bitterlich zu weinen über sein Geschick. Schon hatte er die Hoffnung aufgegeben, Detanna und Bingo wiederzusehen, und erwartete den Tod aus der Hand der unsichtbaren Feinde.

Da tauchte plötzlich aus der Quellentiefe ein Fisch empor, der hatte lange himmelblau-schwarze Flossen, und sie wehten wie Schleier.

„Warum weinst du, armer Mann?" fragte der Fisch mit Menschenstimme.

„Wie sollte ich da nicht weinen, wenn schrecklicher Tod mich erwartet. Von der Erde kam ich her, um Frau und Sohn zu sehen, aber die Wächter halten sie im Schloß gefangen, und mir befehlen sie, drei Prüfungen zu bestehen. Ich aber kann schon die erste Aufgabe nicht erfüllen, denn es geht über Menschenkraft, diesen aus Gras und Weidenruten geflochtenen Korb mit Wasser zu füllen, ohne auch nur einen Tropfen zu verschütten."

„Sei nicht traurig, ich werde dir helfen. Ich kenne Detanna und Bingo. Oft schon hat sie mir von des Schlosses Zinnen wohlschmeckende Brocken zugeworfen und nicht gestattet, daß meine Kinder gefangen werden. Tauche diesen Korb nur ins Wasser und binde ihn am Felsen fest, damit er nicht in die Tiefe sinkt, den Rest besorge ich."

Nach diesen Worten ließ der Fisch einen feinen durchdringenden Laut in seiner Fischsprache ertönen, und augenblicklich glitt eine große Menge kleiner Fische in den Korb. Ein Weilchen später hatten die Fischlein den Korb mit einer so dicken Schlammschicht, vermischt mit klebrigen Algen ausgekleidet, daß kein Tropfen Wasser mehr durch das Geflecht fließen konnte.

Der erfreute Padang dankte den Fischlein und trug den Korb voller Wasser vor das Schloßtor. Noch hatte er sich den Schweiß nicht von der Stirn wischen können, da vernahm er eine Stimme:

„Padang! Die erste Aufgabe hast du erfüllt. Nun die zweite: Innerhalb eines Tages sollst du von der Quelle bis in unsere Schloßgärten, die Durst leiden, einen Graben ausheben. Noch ehe die Sonne sinkt, muß die Arbeit vollendet sein, sonst stirbst du."

Padang kehrte zur Quelle zurück, ergriff eine Hacke und machte sich daran, den weichen, sandigen Grund aufzugraben. Er grub und grub bis Mittag, der Schweiß rann ihm über die Stirn, aber es lag noch ein riesiges Stück Arbeit vor ihm. Diese Aufgabe überstieg Menschenkräfte!

Einer Ohnmacht nahe vor Anstrengung, setzte er sich im Schatten an der Quelle nieder, schwere, erbsengroße Tränen rollten ihm über die eingefallenen Wangen.

Plötzlich vernahm er ein Rascheln im Grase, und gleich darauf rief ihn ein feines Stimmchen beim Namen.

„Warum weinst du, Padang, Mann Detannas?"

Eine winzige Wasserkrabbe war es, die kroch zu seinen Füßen und sah ihn neugierig an.

Als ihr nun Padang von seinem Unglück erzählte, begann die Krabbe ihn zu trösten.

„Verzweifle nicht, Padang! Für uns Krabben ist es eine Kleinigkeit, im Boden herumzuwühlen und einen Kanal zu graben, der bis an die Schloßgärten reicht. Quäle dich nicht, wirf deine Hacke hin und ruhe dich aus, jetzt machen wir uns an die Arbeit."

Nach diesen Worten war die kleine Krabbe verschwunden, doch schon ein Weilchen später geriet der Boden in Bewegung unter dem Angriff tausender Krabbenfüßchen. Noch ehe die Sonne untergegangen war, lief das erste Wasser von der Quelle durch den fertigen Graben hin zu den Schloßgärten und wässerte sie.

„Ich weiß gar nicht, wie ich euch danken soll", sagte Padang gerührt zu den Krabben. „Ihr habt mir das Leben gerettet."

„Nicht uns danke, sondern Detanna", antworteten die Krabben. „Niemals hat sie gestattet, uns zu töten. Ihr Söhnchen aber, der Bingo, wenn der eines unserer Krabbenkinder im Sande herumstrampeln oder auf dem Rücken liegen sah, dann trug er es stes zur Quelle und rettete ihm das Leben."

Beglückt und wohlgemut trat Padang vor das Tor des Wolkenschlosses, wies auf das murmelnde Bächlein und rief:

„Da bin ich! Wie ihr seht, ist auch meine zweite Aufgabe erfüllt."

Augenblicklich erscholl eine Stimme aus der Höhe:

„Du hast das zweitemal gesiegt, Padang, Mensch der Erde. Doch harrt deiner noch die dritte der Prüfungen. Bestehst du sie, dann gewinnst du Frau und Sohn...Siehst du das Feld dort in der Ferne? Es ist dicht besät mit Reis und Mais, der Reis ist noch in seinen Hülsen, der Mais noch an den Kolben. Du sollst Reis und Mais trennen und ihre Körner in die Körbe sortieren, die am Feldrain stehen. Im Morgengrauen soll diese Arbeit vollendet sein."

Also ging Padang auf das riesengroße Feld, das goldgelbrötlich war vom Mais-Reis-Gemisch und begann die großen Körbe mit Körnern zu füllen.

Er hatte kaum zwei Körbe voll, da brach die Nacht herein, und in der Finsternis konnte er Reis und Mais nicht mehr unterscheiden.

Verzweifelt setzte er sich auf den Feldrain und rief in die finstere Nacht:

„Leb wohl Detanna, lebe wohl, geliebtes Söhnchen! Nun sehe ich euch wohl niemals mehr wieder. Offenbar ist der Tod mir doch noch bestimmt, denn auch die dritte Prüfung übersteigt Menschenkraft. Kein Mensch kann im Laufe einer Nacht eine solche Menge Reis von Mais trennen und alle diese Körbe damit füllen."

Wie er so in stummer Verzweiflung dasaß und alle Hoffnung verloren hatte, wartete aufs Morgengrauen, das ihm furchtbaren Tod bringen sollte, da vernahm er plötzlich ein leises Geräusch. Eine kleine Feldmaus war es, die ihr Köpfchen aus der Höhle steckte und piepste:

„Ich konnte deine Klagen nicht länger ruhig mit anhören, Padang, Mann Detannas. So beschloß ich, dir zu helfen, wie mir einst Detanna half, als eine Schlange mich fressen wollte. Das Leben rettete sie mir, indem sie die Schlange verscheuchte, jetzt aber will ich dein Leben retten. Sei unbesorgt, noch ehe die Sonne aufgeht, werden die Körbe gefüllt sein. Wir werden uns schon zu helfen wissen mit dem Reis und dem Mais."

Nach diesen Worten verschwand die Maus und rief ihren ganzen Mäusestamm zusammen. Ein Weilchen später wimmelte es auf dem Feld von kleinen Mäusen. Flink machten sie sich ans Werk, und sie tummelten, regten sich so geschäftig, daß das ganze Feld leergeräumt war, als die Frühmorgenröte die Wolke anzustrahlen begann, kein Körnchen lag mehr auf dem Felde, und die ganze Ernte befand sich sorgfältig auseinandersortiert in den Körben.

Und als dann das Morgenrot am Himmel emporzog, da stand Padang vor dem Tor des Wolkenschlosses.

Offenbar erwartete man ihn dort schon, denn er vernahm sogleich eine Stimme. Diesmal war sie angenehm und freundlich.

„Padang! Dein Mut, deine Liebe und Treue zu Frau und Kind haben dir das Leben gerettet. Aber denke daran, wäre Detanna nicht gewesen und ihre Güte für alle Geschöpfe, dann hättest du's niemals vollendet. Deshalb bist du auch aus der dritten Prüfung als Sieger hervorgegangen. Überschreite des Schlosses Schwelle, dort erwarten dich Detanna und ihr Sohn. Doch ehe du sie wieder mitnehmen kannst auf die Erde, mußt du noch einen Befehl erfüllen, es ist der letzte. So höre denn:

Heute um Mitternacht werden sich alle Bewohner der Regenbogenwolke im Schloßsaal versammeln. Unter ihnen wird deine Frau stehen. Ohne einen Augenblick zu zögern, mußt du in der Dunkelheit Detanna herausfinden, sonst verlierst du sie für immer und kehrst allein dorthin zurück, woher du kamst."

Kaum waren des unsichtbaren Wächters Worte verhallt, taten sich die Torflügel des Wolkenschlosses auf, und Padang betrat einen riesengroßen und hellerleuchteten Saal, in dem Tische ihn erwarteten, die mit den erlesensten Speisen und Früchten gedeckt waren. Aber Padang rührte nichts an.

Er setzte sich ans Fenster und sann darüber nach, daß wieder einmal alle seine Hoffnungen zusammengebrochen waren, daß er vergeblich so viele Mühen und Fährnisse ertragen hatte, denn es würde ihm doch niemals gelingen, in der Finsternis seine Frau herauszufinden, die verborgen war inmitten vieler Palastbewohner.

Der Abend brach herein, Regenbogenlichterglanz erstrahlte am Himmel, Padang aber saß noch immer unbeweglich am Fenster, versunken in traurige Gedanken.

Im Schloß herrschte tiefe Stille, niemand störte sein Schweigen, nur einmal war ihm, als vernähme er durch dicke Mauern Bingos Lachen. Doch als er aufstand und in den nächsten Saal eilen wollte, da verschloß ihm ein unsichtbares Lufttor geräuschlos den Weg.

Plötzlich strich ihm etwas Weiches um die Beine. Ein weißes Kätzchen war es, mit buschigem Fellchen. Über die Kletterpflanzen, die an den Schloßmauern emporrankten, war es ins Fenster geklettert und aus dem Garten in den Saal gesprungen.

„Padang, Mensch von der Erde", flüsterte es, „meine Herrin, Detanna, schickt mich zu dir. Wenn alle sich in diesem Saal versammeln und der Augenblick der Auswahl gekommen ist für dich, halte dich einfach in Richtung dieses schmalen Fensters, das nach Osten gerichtet ist. Dort wird Detanna stehen. Du erkennst sie auch daran, daß sie Bingos Ball in den Händen hält."

„Aber im Dunkeln kann ich den Ball doch gar nicht unterscheiden." Padang fiel wieder zurück in Trauer und Unruhe.

„Auch daran hat Detanna gedacht. Sie hat den Mond gebeten, in diesem Augenblick seine Strahlen so auf sie zu lenken, daß du sie erkennen kannst ohne Irrtum."

Als Padang dies hörte, kehrte Zuversicht in sein Herz zurück. Mit Ungeduld erwartete er die Nacht und den Augenblick der letzten Prüfung.

Um Mitternacht tat sich leise die Saaltür auf, und in Stille und Finsternis zog die Menge der Schloßbewohner in den Saal ein, wo sie in Reihen Aufstellung nahm. Als alle auf ihren Plätzen standen, erscholl eine Stimme:

„Padang, die Zeit der letzten Prüfung ist gekommen. Gehe hin zu deiner Frau, erkenne sie in der Dunkelheit, und du gewinnst sie für immer."

Ohne Bedenken lenkte Padang seine Schritte zum Ostfenster, als plötzlich das Kätzchen aus der gegenüberliegenden Ecke des Saales leise miaute. Auf dieses Zeichen kehrte Padang im letzten Augenblick um, und gleichzeitig blitzte ein Mondstrahl durch das Gitterwerk des Fensters, in dessen Lichtschein Padang seiner Detanna liebes Gesicht erkannte. Sie stand in der Nische des Fensters, das nach Westen führte, hielt Bingos Ball in der Hand und lächelte ihm zu.

Mit einem Aufschrei des Glücks stürzte er zu ihr.

Da aber gingen im Saal die Lichter an, es ward taghell, und alle Bewohner des Wolkenschlosses umringten fröhlich Padang und Detanna.

Plötzlich ließen sich auf dem getäfelten Fußboden die Tritte eiliger Kinderfüßchen vernehmen. Bingo hatte das um diese Zeit ungewohnte laute Sprechen aus dem Schlaf geweckt, und nun rannte er fröhlich zum Vater hin. Keine glücklichere Familie gab es wohl auf der ganzen Welt!

Am Morgen aber, kaum daß die Sonne erstrahlte, da erschien ein Regenbogen am Himmel, und darauf spazierten Padang und Detanna mit Bingo zur Erde hinab wie auf einem bequemen Pfade.

Seither lebten sie glücklich und froh in ihrem kleinen Dorfe.

INHALTSVERZEICHNIS

ISBN 83-10-07698-3

Printed in Poland

Poznańskie Zakłady Graficzne
im. M. Kasprzaka

EDV Bestell-Nummer: 304 611 3